W0276814

DistelLiteraturVerlag

Jean-Bernard Pouy, 1946 in Paris geboren, nach dem Studium der Kunstgeschichte (Schwerpunkt Film) in diversen Berufen tätig, u. a. als Lehrer, Journalist, Lektor und Drehbuchautor. Sein erster Kriminalroman erschien 1983, mit seinem zweiten debütierte er 1984 in der «Série Noire» bei Gallimard, weitere folgten. Er bekam für seine Romane bisher u. a. die Preise: «Grand Prix de la Ville de Reims 1986», «Prix Polar 1989», «Prix Paul Féval 1996», «Prix Polar Michel Lebrun 1999». Für «Die Schöne von Fontenay» erhielt er die «Trophée 813 du meilleur roman francophone 1992».

Jean-Bernard Pouy

Die Schöne von Fontenay

Aus dem Französischen
von Stefan Linster

DistelLiteraturVerlag

Deutsche Erstausgabe
Copyright © 2001 by Distel Literaturverlag GmbH
Sonnengasse 11, 74072 Heilbronn
Die Originalausgabe erschien 1992
unter dem Titel «La Belle de Fontenay» in der Série Noire
bei Éditions Gallimard (Paris)
Copyright © Éditions Gallimard 1992
Druck und Bindung: Fritz Steinmeier, Nördlingen
Umschlagentwurf: Jürgen Knauer, Heilbronn,
ISBN 3-923208-48-0

Wie viele andere auch wahrscheinlich suche ich mein Gleichgewicht und habe dabei den Eindruck, einem Camper gleich auf einem abschüssigen Gelände zu schlafen, woher ein gewisses Unbehagen rührt.

J.-C. Pinson (J'Habite Ici)

Für Iris

1

SAAT

22. März, ein guter Tag für Kartoffeln.

Wenn die bekloppten Wirrköpfe von Nanterre* sich gerade diesen Tag ausgesucht haben, um eine ganze Generation zu verändern, dann muß dieser Jahrestag wohl auch gut fürs Aussetzen von Kartoffeln sein.

Es ist kühl, und in der Luft hängt noch ein wenig von diesem feuchten Niederschlag, der die Gegend verschleiert, und ihr die Klarheit raubt. Ich kann kaum das Kraftwerk erkennen, das hinterm Rangierbahnhof frostig schimmert. Das Plateau d'Itry, eine dunkelgrüne, von den Trabantensiedlungen geriffelte Ebene, gleicht in Seitenansicht dem abgenutzten, glattgeschliffenen Blatt eines gigantischen Fuchsschwanzes.

Versuch du mal, was schön Poetisches mit der Banlieue im Morgengrauen hinzukriegen, nur Mut, kann ich da sagen.

Ich habe die beiden Säcke zum Rand meines Stücks getragen. Und den mit Dünger an der Grenze zu Charles'

---

* Einige Wörter und Begriffe werden am Ende des Buches erklärt *(Anm. d. Übers.)*.

Parzelle abgestellt, die noch brachliegt, er ist etwas spät dran, dem dürfte ein Hexenschuß die Rente verhageln. Viel Platz ist hier ja nicht, gerade mal genug, damit wir uns auf dem schmalen Kiesweg zwischen den beiden Kleingärten bewegen können.

Die vier langen Furchen in der lockeren Krume habe ich soeben fertig gezogen. Jetzt brauche ich nur noch den Mist auszubringen und anschließend alle dreißig Zentimeter eine kleine Kartoffel in die Erde zu stecken, was mir dann in ein paar Monaten ein Kilo pro Sproß eintragen wird.

Alles in allem werde ich für meinen ganz persönlichen kleinen Herbst und meinen großen einsamen Winter Anrecht auf einen Doppelzentner bekommen.

Ich habe eine kleine Kartoffel aus dem Sack geholt, sie ist leicht grün, zwischen gelb und khaki, einige bläuliche Triebe sind kaum sichtbar aus der Haut hervorgebrochen. Habe ihr einen überaus dankbaren Kuß aufgedrückt, geliebtes Püree, geliebtes Gratin, und ich sah auch schon die Heringe, die heiße Wurst vor mir, roch bereits die Muskatnuß und den blanchierten Seehecht.

Kartoffeln mag ich für mein Leben gern.

Jedoch löst die Wahl der richtigen Sorte dieses Knollengewächses, das mehr Menschenleben gerettet hat als das Penizillin, stets eine nahezu metaphysische Beklemmung aus, vor allem wenn man es selbst anbaut. Von einer im Nu getroffenen Entscheidung hängt das Geschick fast eines ganzen Jahres ab. Absolutes Muß ist ein Erdapfel von festem Fleisch und langer Lagerfähigkeit. Und da wird's auch schon knifflig. Die *Charlotte* mag ich sehr, nur hält sie sich nicht allzu gut. Da wäre noch die *Rosa*, kräftig gelb im Fleisch, doch bei der muß man bis September warten. Oder die *Ratte,* Toto nennt sie die *Quenelle de Lyon*, und tatsächlich ist dieses «Lyoner Klößchen» neben der *Noirmoutier* die beste aller Kartoffeln, doch hier bei uns wächst sie schlecht und bringt nur geringen Ertrag. Ich jedenfalls habe schon gerne Vorräte beim ersten Reif, ein altüberlieferter Brauch, den ich mir aus der Kindheit bewahrt habe, so ein Vorratskeller mit Äpfeln, die kühl gelagert werden, und Trauben, die bis in den Februar halten.

Beinahe hätte ich mit dieser guten alten *BF 15* vorliebgenommen. Eine mühelose Sache. Ohne Überraschungen. Die erstbeste Wahl.

Selbstverständlich gibt es auch noch die *Roseval*… aber Kartoffeln mit rotem Fleisch, das erinnert einen an Blut und so was…

Nun habe ich also zwei Säcke Saatkartoffeln von der Sorte *Belle de Fontenay*, «Schöne von Fontenay», und zwar die grüne und köstliche, schön festkochende *Hénaut*, Fritten hasse ich nämlich, und vor allem läßt die sich schon von Juni an ernten. Doch sie ist heikel und macht einen Haufen Arbeit.

Aber davor ist mir sicher nicht bange, ich gartele nämlich für mein Leben gern. Garteln ist ein Verb, das ich erfunden habe. Ich gartele. Wir garteln. Allerdings hätte ich tatsächlich auch garteln müssen.

Das läutert mir die Seele. Und außerdem ist es doch normal, wenn man in einem Arbeiterkleingarten malocht, dafür ist so was ja gedacht, und auch für diejenigen, die so was mögen, für die die Scholle nicht irgendwas Niederes ist, sondern ganz einfach nur gut.

Ab Juni werde ich auf dem kleinen Stück Land dann noch andere Sachen anpflanzen, wie Bohnen, Zucchini, Radieschen und Spättomaten. Ich bin für solche einfachen, elementaren Geschichten, und außerdem habe ich ja nicht viel Platz.

Die letzte Nacht habe ich in der kleinen Hütte geschlafen, um in aller Frühe fit und noch vor Mittag mit der Steckerei fertig zu sein. Eine richtige kleine, etwas frische, doch ruhige Frühjahrsnacht. Mit Sicherheit.

Der Frühdunst scheint sich ein wenig verdichtet zu haben, zu einer etwas milchigeren weißen Nebelbank, die bloß die lauteren Geräusche durchlassen dürfte, etwa den Lärm der zweihundert Meter von hier quietschenden und scheppernden Züge, und die lediglich von ganz bestimmten Lichtern durchbohrt wird.

Nebelscheinwerfer in der Ferne, ein Polizeiblaulicht in unmittelbarer Nähe.

Ganz in der Nähe.

Was treiben die Flics nur hier, so früh noch dazu? Bauen die Bälger auf den Bahngleisen schon wieder Mist? Oder ein Unfall?

Je seltener ich diese Typen sehe, desto besser fühle ich mich. Ich schleife den Sack Saatkartoffeln ans Ende der ersten Furche.

Von dort kann ich die kleinen blauen Lichter genau sehen, wie sie im Nebel kreisen. Ein ganzer Schwarm Flics. Die spielen wohl Angriff auf Fort Alamo, das dürfte denen richtig Spaß machen, unser Viertel mit ihrer Razzia in aller Herrgottsfrühe aufzuschrecken, man könnte ja fast meinen, die kommen zu den Gärten herunter. Ich schaue mich um, noch ist niemand da, die anderen werden erst später kommen. Rentner haben alle Zeit der Welt, selbst wenn sie nicht viel schlafen.

Vielleicht hat es einen Einbruch gegeben … Oder es wurde wieder was verwüstet. Ich habe aber nichts gesehen, als ich durch die kleine Eisentür reinkam. Weder geparkte Wagen noch Mopeds. Probleme gibt's nämlich im Sommer, wenn die Vorstädter aus der Banlieue mir nichts, dir nichts hier einfallen und uns unser Gemüse klauen. Aber nicht um die Zeit. Auf den Parzellen ist ja fast nichts. Ein paar Stengel Porree, etwas Knoblauch, Blumensetzlinge …

Ich richte mich wieder auf und reibe mir die Hände, an denen noch ein wenig Erde klebt …

Ich hatte da so ein Gefühl in der Magengegend, daß irgendwo der Wurm drin war, als hätte sich gerade eine kleine innere Sirene lautlos bebend in Gang gesetzt ...

Ich sehe die blauen Kameraden ganz hinten über den Hauptweg rennen. Man könnte ja meinen, die kommen hierher. Vielleicht suchen die etwas. Vielleicht verfolgen die jemanden. In meinem Leben habe ich die Bullen schon zu oft antanzen sehen, um wirklich beeindruckt zu sein, aber trotzdem, all das ruft schlechte Erinnerungen in mir wach, sagt mir was wie ein böses Andenken ...

Der erste der Gesetzeshüter blieb zwei Meter vor mir stehen, die Knie gebeugt und seine Waffe auf meinen Kopf gerichtet.

Ich hob die Hände hoch, so ein Patzer, hier, in aller Frühe und mitten in den Gärten, ist schnell passiert, und da beweis du mal irgendwas.

Ein zweiter stürzte sich auf mich, tastete mich ruck, zuck ab, warf mich dann auf einen der Kartoffelsäcke und preßte mich brutal mit einem Knie auf meinem Rücken nieder.

Daraufhin sah ich die anderen gegen die großen blauen Plastikfässer vorrücken, in denen wir das Regenwasser auffangen. Dann haben sie sich die Ärmel hochgekrempelt. Und zu dritt haben sie schließlich versucht, aus der einen Tonne, die mir vorbehalten ist, irgendwas Großes herauszuhieven.

Ja was glauben die denn? Daß ich in meinen Gießkannen Waffen verstecke?

Das ging so bis zu dem Augenblick, in dem ich endlich realisiert habe, womit sich diese Schergen da abquälten.

Sie zogen nämlich an zwei Beinen.

Ich sah nackte Füße, kleine Füße, eine fast schwarze, zerrissene, um die Knie zusammengerollte Jeans. Mich überkam plötzlich ein Brechreiz. In der beinahe vollkommenen Stille meines Schädels spürte ich diesen Schluckser, ganz deutlich.

Und als es denen dann immer noch nicht gelingen wollte, das Ganze aus dem Faß zu bekommen, stießen sie es einfach um. Das Wasser schoß heraus und strömte über den Weg, lief bis zu meinen Füßen, durchnäßte den unteren Teil meines Saatkartoffelsacks. Sie zerrten den Körper an den Beinen hervor.

Selbst von weitem, obwohl das Gesicht vom brackigen Wasser bereits aufgedunsen war und trotz der Rostspäne, die in dem blonden Haar klebten, erkannte ich Laura, die kleine Laura, sofort.

Ich schlug um mich, wollte unbedingt zu ihr, doch man versetzte mir einen heftigen Schlag auf die Schulter.

Also habe ich mich nicht mehr gerührt.

Ein Flic ging fort und kehrte aufgeregt wieder zurück. Er blickte mich giftig an, doch gleichzeitig auch mit einer gewissen Herablassung.

Dann beratschlagten sie sich untereinander. Man hob mich hoch, auf meinem Rücken, meinem Hals, meinen Schultern spürte ich, wie ihre Hände etwas sanfter wurden, fast mitfühlend, solche Sachen merke ich eigenartigerweise ziemlich gut, plötzlich schien man den Übeltäter richtig zu hätscheln, und dann führten sie mich ab.

In die dem Schuppen entgegensetzte Richtung, weg von Laura.

Ich schaute mich noch einmal zu meinem Kartoffelsack um. Mir war fast so, als würde ich meine Familie verlassen. Ich habe ja keine Kinder. Beinahe hätte ich zu schluchzen angefangen.

*

Ich habe gut zwei Stunden in einem überheizten Büro des Kommissariats warten müssen. Während der ganzen Zeit saß mir ein Flic gegenüber und starrte mich unentwegt, praktisch ohne zu blinzeln, an. Die reinste Heldenstatue von einem Flic. Das sollte sicher so was wie psychologische Vorbereitung sein. Und die gelang ihm auch, denn ich wurde nach und nach ruhiger, indem ich mich an seine beiden mächtigen Augenbrauenpacken hielt, die über der leicht gelben Nase unerbittlich zusammenwuchsen, ich dachte etwas weniger an Laura, und der Anblick ihres bläulichen, mit dem Braun der Rostblättchen übersäten Gesichts verblaßte zusehends. Der Kummer, den ich empfand, diese gewisse Verzweiflung, verlor an Schärfe, es gab plötzlich nicht mehr viele Bilder, an die ich mich klammern konnte, ich wußte nicht allzu viel, schaffte es noch nicht, mir tatsächlich klarzumachen, daß sie tot war. Ich hielt sogar einen Selbstmord für möglich, glaubte es aber nicht, eine derart drollige Göre. Was trieb ich überhaupt hier, was war das denn wieder für ’ne Geschichte, es gelang mir einfach nicht, die losen Enden zusammenzubringen, gerade Linien zu ziehen. Da war nur Zickzack, oder Kalbslungenmus, wie man halt will.

Und dann ist ein kräftiger befrackter Kerl in das Büro gekommen. An seiner Art, die Akte auf den Tisch zu knallen, erkannte ich sofort, daß er hier zu Hause war, so als verbrauchte er die gesamte Raumluft in einem einzigen Zug. Kommissar Gaillet. Ich hatte seinen Namen an der Tür gelesen, so ein graues, auf die Schnelle hingraviertes Plastikschildchen, kein Vergleich mit dem Schild eines Gerichtsvollziehers oder dem eines Notars.

Er hatte das Zimmer von zwei Schergen selbigen Kalibers gefolgt betreten, deren ganzes Auftreten – der Gang, die Blicke, das gewitzte, munter gesellige Lächeln – die feinsinnige Eleganz einer Abreibung nach guter alter Haussitte ankündigte.

Mit all den Leuten kam so langsam Stimmung ins Kontor, ich mußte unweigerlich an eine Szene mit den Marx Brothers denken.

Der Chef musterte mich seufzend. Ich roch seinen Atem, selbst aus fast zwei Meter Entfernung. Gauloises, Müdigkeit, Bangigkeit. Aber auch Bier, und zwar vor nicht allzu langer Zeit.

Er blickte mich weiter an. Also wirklich, hier geht offenbar alles über die Blicke, muß wohl eine neue Hausanweisung sein. Dann begann er, auf einem Block herumzukritzeln. Da wären wir nun also so weit. Er riß den Zettel ab und reichte ihn mir:

WIE MACHEN WIR'S? hatte er in Großbuchstaben hingeschrieben, einer von der Sorte, die denkt, daß ein Taubstummer ein bißchen schwachsinnig sein muß: ergo nicht so gut lesen können, ergo besser gleich groß schreiben!

Mit einem Wink bat ich ihn um seinen Block und den Bleistift. Sie haben mir die Handschellen abgenommen, ich rieb mir die Gelenke, wie in allen guten Filmen, allerdings tat es mir wirklich weh, ich dachte an jenes Spiel, das wir als Kinder «Brennesseln machen» genannt haben, und dann schrieb ich:

FALLS SIE ETWA DARAUF WARTEN, DASS ICH ZU SPRECHEN ANFANGE, KÖNNTE DAS DEN RAHMEN EINER VORLÄUFIGEN FESTNAHME SPRENGEN.

Er zwinkerte mir mit Fernsehserienblick zu, ganz der Typ großer verständnisvoller Flic, der dir jeden Moment eine paternalistische Ohrfeige verpassen kann. Und just in diesem Augenblick setzte sich einer seiner Henkersknechte mir genau gegenüber hin und begann, übel grimassierend die Fäuste zu schütteln.

Ich bremste ihn sofort, indem ich die Hand hob, nahm den Block wieder an mich und schrieb:

ICH BIN SPANIER, KEIN ITALIENER, ICH SPRECHE NICHT MIT DEN HÄNDEN.

Er las meine geistreiche Botschaft und erwiderte gleich darunter:

SPIEL NUR DEN DEPP, ALTER DRECKSACK.

Nun gut, der Ton war angeschlagen. Betreten zog ich den Wisch wieder zu mir her.

Ich tilgte noch den Hauch eines Lächelns von meinen Lippen. Den schwer beeindruckten Kerl mimen.

DAS ZEICHENALPHABET HABE ICH NIE GELERNT. ABER ICH KANN VON DEN LIPPEN LESEN, WENN SIE LANGSAM REDEN. ICH KANN SCHREIBEN. UND ICH KANN AUCH TIPPEN, DAS WÜRDE IHNEN ERSPAREN, MEINE AUSSAGE AUFZUNEHMEN.

Ich gab ihm das Blatt zurück, er überflog es in Windeseile, reichte es dem Kommissar weiter, der las es zunächst ebenfalls, stieß seinen Gehilfen mit der gutmütigen Brutalität des Chefs zur Seite, baute sich genau vor mir auf und starrte mir fest in die Augen, wogegen ich auf seinen Mund schaute.

«Gib doch einfach zu, daß du sie getötet hast, dann geht alles viel schneller», sagte er langsam, wobei er seine Lippen peinigte.

Auf dem Block erwiderte ich:

OHNE MEINEN *VODKA* SAGE ICH GAR NICHTS, ODER WIE DIESE RECHTSVERDREHER NOCH GLEICH HEISSEN.

Es ging mir nicht unbedingt darum, systematisch auf dämlichen Humor zu machen, aber bei den Bullen muß man immer gleich Farbe bekennen. Da kenne ich mich aus, ist ja nicht das erste Mal, daß ich ein galantes Rendezvous mit denen habe. Zwar hat es sich seit ein paar Jahren etwas beruhigt, doch diese Art Erfahrung vergißt man nie, die sammelt man eher an. Die elementare Technik besteht darin, nicht gleich eingeschüchtert oder gar geschockt zu wirken, man muß so lange wie nur möglich albern und Witzchen reißen, damit sie sich richtig aufregen, im allgemeinen fängt man sich auf Anhieb eine Ohrfeige, und so trauen die dem nachfolgenden Mumpitz etwas mehr, sobald du den Dingen gebührend Rechnung zu tragen scheinst und so aussiehst, als würdest du ernsthaft aussagen oder auch auf ihre Fragen antworten. Auf diese Weise läßt es sich leichter lügen. Im gegebenen Fall hatte ich jedoch nichts zu verbergen, ich brauchte mich nur zu verteidigen. Demnach mußte ich so lange wie irgend möglich rumkaspern, auch auf die Gefahr hin, in einem geeigneten Moment einen absoluten Zusammenbruch fingieren zu müssen.

«Gut», meinte er.

Er mühte sich ein klägliches Lächeln ab, seufzte tief genug, damit mir seine wohlriechende Tramontana erneut spürbar ums Gesicht wehte, und diskutierte schließlich die ganze Sache mit seinen Kollegen durch. Ich vernahm nur jenes verworrene, etwas eigenartige Dröhnen, das Stimmen und Geräusche durch Resonanz in meinem Kopf verursachen, ich höre sie nicht, ich spüre sie, als Schwingungen, zarte Windstöße, in etwa vergleichbar mit elektrischem Prickeln, wie Schauder über sämtliche Knochen meines Schädels. Gaillet begann in dem Dossier zu blättern, das er auf den Tisch geworfen hatte, zog ein Blatt heraus und reichte es mir: So konnte ich nun mein eigenes Porträt lesen, verfaßt im feinnervigen und beschränkenden Stile der *Polente People*. Mein *Who's who*. Ich wußte schon lange, daß ich karteimäßig erfaßt war, die polizeilichen Nachrichtendienstler der *Renseignements Généraux* kleben mir ständig am Hintern, obwohl sie seit ungefähr zehn Jahren an mir nichts mehr zu beißen haben. Aber, nun ja, ein Anzug ist halt ein Anzug.

Enric Jovillar
Geboren am 2. Januar 1929 in Tercuy, Katalonien, Spanien
Waise
Im März 1938 mit seiner Schwester Emma heimlich nach Frankreich eingewandert
Politischer Flüchtling (seit September 1938, Préfecture Agen)
Erhalt der französischen Staatsbürgerschaft am 10. Juli 1947
Militanter Anarchist (gehört der CNT an), Aktivist

Vier Verurteilungen (darunter eine zu sechs Monaten ohne Bewährung im Jahr 1974)
Begnadigt 1981
Behinderung, hochgradige Taubheit durch Unfall in jungen Jahren, Stummheit als Folgeerscheinung
Ledig
Werkmeister von 1952 bis 1964 in den Werkstätten der SNCF von Itry, anschließend Redakteur der Eisenbahnerzeitung *La Vie du Rail*, Gewerkschafter, Vorruhestand seit 1984.

Kommissar Gaillet klatschte in die Hände, um meine Aufmerksamkeit auf sich zu lenken, und sprach dann ganz langsam, ein Blatt Papier in der Hand:

«Das ist lediglich eine Zusammenfassung», meinte er.

Als ob ich das nicht wüßte.

Natürlich muß es bei dem Karteieintrag noch eine etwas längere Ergänzung geben, die vielleicht besagt, ich sei ein Kampfhahn, ein Querulant erster Güte, ein gewalttätiger Mensch und eigentlich, tief im Innern, ein richtiger Killer, ein Psychopath, womöglich die Reinkarnation von Jules Bonnot, einzelgängerisch und verzweifelt – kurzum das klassische Profil des gewöhnlichen Terroristen. Und sicher dürften sich darin auch die Aussagen einiger Flics finden, denen ich die Stirn geboten habe, während sie mir ordentlich was vor dieselbe donnerten. Na ja, als ich jünger war… Trotzdem traf es mich schon ganz sonderbar, festzustellen, daß dieses «technische Datenblatt» den Anspruch erhob, irgendeine Wahrheit zu enthalten. Insgeheim regte ich mich langsam doch etwas auf. Klar, ich hockte nun bereits eine ganze Weile hier, ohne so recht zu wissen, weshalb, aber den Zweck dieser Einladung konnte ich mir schon denken, schließlich hatte ich die Nacht in meiner Hütte verbracht, aber niemanden vorzuweisen, der die Qualität meines Schlafs beurteilen und bezeugen könnte. Laura war eine

Freundin, sie kam mich oft besuchen, schlief manchmal in der Hütte nebenan, der von Toto, las stundenlang, während ich meinen Gemüsegarten bearbeitete, halbnackt – sommers natürlich – auf dem kleinen brachliegenden Viereck Land ausgestreckt, denn Toto kam ja nicht mehr, und wir hielten seine Parzelle eifersüchtig zurück, um sie jemandem zu geben, der sie wirklich verdiente. Den Toto nannten wir so, weil er sich abmühte, die irrwitzigsten oder längst vergessenen Gemüsearten zu ziehen wie Topinambur oder Hurepoix-Knollenziest, und Kerle dieses Schlags, die das Gärtnern tatsächlich mögen, die trifft man nicht an jeder Straßenecke. Und wenn Laura dann wieder ging, haben wir uns immer ganz fest umarmt und geküßt. Ich mochte dieses kleine Mädchen wirklich, und die Kumpel in den Gärten konnten häufig beobachten, wie ich Laura krampfhaft in meine Arme schloß, daher habe ich mir gesagt, daß es eng werden wird. Die haben zwar keinerlei Beweise, werden mich aber aufs äußerste triezen.

Ich wandte mich also der Schreibmaschine zu.

Der Kommissar meinte zu seinem Unterpolypen, er solle den Arsch vom Kunstlederkissen heben, und dann begann ich zu tippen, und das tat mir gut, das kann ich nämlich und mochte ich früher auch:

Alles ist essentiell wahr, doch existentiell falsch.

Die Faschisten haben meine Eltern in Barcelona umgebracht, und der Krieg hat mich in dem kleinen Dorf Saharis eingeholt, in dem meine Schwester mit Unterstützung des Pfarrers auf mich achtgab, jaja, bei einem Anarcho wirkt das ziemlich komisch, aber so ist es nun mal. Überhaupt nicht lustig ist jedoch, mit 9 Jahren wie ein Hase über den Haufen geknallt zu werden. Eine Gewehrkugel italienischer Herstellung hat mir den Schädel durchbohrt. Seither höre ich nichts mehr. Meine Schwester hat mich krank und blutüberströmt auf ihren Schul-

tern über die Pyrenäen geschleppt. Behandelt wurde ich erst nahe der Grenze, in Puigcerdá. Dann sind wir wieder zu Fuß weiter.

Und im Departement Lot-et-Garonne schließlich fand meine Schwester eine Stelle als Dienstmädchen, bei einem Apotheker, der uns während Ihres eigenen Krieges versteckt hat. Dort habe ich auch das Sprechen wieder vollkommen verlernt, und seitdem gebe ich nur noch Gegrunze von mir, das Bände spricht über das, was ich von diesem Hundeleben halte.

Trotz alledem war ich auf der Schule gewesen. Auch wenn ich nicht gut im Mündlichen bin, schlage ich mich ganz wacker im Schriftlichen. Zwanzig Jahre Journalismus bei der besten Zeitung der Welt. Zum Beweis... Suchen Sie mal nach Rechtschreibfehlern, das kann nicht jeder von sich behaupten.

Ich bin durch den Antifaschismus zum Anarchisten geworden, und das leuchtet wohl ein.

Warum ausgerechnet die Anarchos?

Ihr Hauptquartier weiß das ganz genau, ich habe es Ihren Richtern schon hundertmal «gesagt».

Lassen Sie mich doch ein für allemal in Ruhe.

Über meine Schulter hinweg las Gaillet nach und nach mit. Beim letzten Satz schlug er mir heftig auf die Achsel. Die arme alte «Japy» hat alles abbekommen, ich habe das *m*, das *e* und das *R* eingedrückt, und so mußten wir alles wieder auseinander pfriemeln. Daraufhin klopfte er mir auf den Schädel, damit ich weiterschreiben sollte. Meine ganz persönliche Literatur schien ihn in Atem zu halten.

Gestern habe ich in meiner Hütte übernachtet, ich bin gegen 19 Uhr 30 angekommen, weil ich meine Kartoffeln heute morgen in aller Frühe aussetzen wollte.

Ich habe geschlafen.

Fragen Sie mich bloß nicht, ob ich irgend etwas «gehört» habe, diese Sorte Humor geht mir zum einen Ohr rein und zum anderen wieder raus.

Und heute morgen dann haben mich Ihre Freunde freundlich in Ihr Hauptquartier eingeladen.

Wir müßten das Ganze jetzt schnell hinter uns bringen, meine Kartoffeln warten nämlich.

Gaillet packte mich am Hemdkragen und riß mich wüst von meinem Sessel, um mich wieder auf den Stuhl vor seinem Schreibtisch zu verfrachten, dann baute er sich vor mir auf und schrie, jedes einzelne Wort hämmernd, ich merkte, daß er zu brüllen begonnen hatte, Speicheltröpfchen spritzten ihm aus dem Mund, und sein Gesicht verzerrte sich krampfartig, er stand um Haaresbreite vorm Schlaganfall:

«Hör auf mit deinem Scheiß. Du bist des Mordes verdächtig, wahrscheinlich in Tateinheit mit sexueller Gewalt…»

Auf einmal mußte ich wieder an Laura denken und ließ erneut den Kopf hängen. Ich hatte das Mädchen vergessen mit all diesen Flics, vor denen ich einfach keine Achtung haben kann, die zu hassen ich mich genötigt fühle. So ist das halt, da kann ich mir einfach nicht helfen, das ist zur Marotte geworden. Ist ja wahr. Die Kleine.

«Laura?» meinte der Kommissar, trotz allem ein wenig irritiert, daß ich gezwungen war, auf seinen Mund zu schauen und nicht in seine Augen.

Ich zog den Block zu mir herüber.

DAS IST EIN MÄDCHEN AUS DEM LYCÉE NEBENAN.

Gaillet nahm den Block, kritzelte irgendwas und gab ihn mir zurück.

Anstelle des «IST» hatte er «WAR» geschrieben.

Selbstverständlich tat mir das weh. Selbstverständlich senkte ich den Kopf und versuchte, nicht allzu sehr an Lauras Blick zu denken, an ihr blondes, beinahe flaumweiches

Haar. Sicher konnte ich in diesem Moment als der widerwärtige Unhold durchgehen, der diesen Mord begangen hatte. Der ledige Mittsechziger. Der von einem jungen Ding emotional aufgewühlte Opa. Ganz zu schweigen von den Kommentaren, die diese Poeten unweigerlich von sich geben würden, Dinge wie: Gib zu, daß du's satt gehabt hast, dir einen runterzuholen, wo du doch schon taub bist usw.

Da herrschte eine derartige Spannung, daß ich förmlich spüren konnte, wie sich über mir die Köpfe einander zuwandten, und vielleicht auch diese Blicke, die sich gegenseitig bestätigten, jetzt bricht der Torero für Arme gleich zusammen, wirst sehen, wird nicht mehr lange dauern und dann spuckt er seine Paella wieder aus.

Ich beschloß, alle Register zu ziehen.

Ich erhob mich mit melodramatischem Getue, knurrte, die Töne, die hierbei aus meinem Mund kommen, scheinen meiner Zuhörerschaft stets Mitleid einzuflößen, und zeigte kläglich auf die Schreibmaschine. Kommissar Gaillet nickte zustimmend, als dächte er, nur zu, mein Alter, so ein schönes Geständnis befreit, das tut richtig gut, nimmt einem Last von der Seele und reinigt das Gewissen.

Ich begann zu tippen:

Laura WAR eine Freundin. Ich kannte sie seit zweieinhalb Jahren, ungefähr. Sie WAR eine der Personen, die ich auf der Welt am liebsten hatte. Sie kam mich in den Gärten besuchen. Sie kam häufig mit ihren Kumpeln, manchmal auch mit einem ihrer Pauker oder mit ihren jeweils aktuellen «Verlobten»...

Ich habe keine Kinder. Ich glaubte zu verstehen, daß es sie zu Hause ankotzte.

Sie gab mir ihre Lieblingsbücher zum Lesen.

Ich machte es genauso.

Das letzte Mal ist sie vor ungefähr zwei Wochen ge-

kommen. Ich erinnere mich noch gut daran, ich habe den Knoblauch geharkt.

Dann dachte ich eine Weile nach.

Hinter mir konnte ich jede Menge entgeisterter Ratlosigkeit spüren, Typen, die brennend darauf warteten, daß ich endlich den Grund niederschrieb, weswegen ich ein junges Mädchen, das ich so sehr mochte, habe abmurksen können.

Tod den Bullen.

Konnte ich mir einfach nicht verkneifen.

Ich habe mir eine Klatsche aufs Ohr eingefangen, und dann wurde ich prompt wieder auf den Stuhl vor dem Schreibtisch geschafft. Man legte mir erneut die Handschellen an. Ich sah die große Abreibung schon wie's Gewitter auf mich zukommen.

«Einen Stocktauben verhören und einen Stummen zum Reden bringen ... Und so was muß ausgerechnet auf mich fallen», seufzte Väterchen Gaillet.

Zumindest habe ich es so verstanden.

Und dann kritzelte er auf den Block:

DU HAST NOCH GENAU FÜNF MINUTEN, DANACH WIRST DU DIE SPRACHE WIEDERFINDEN, DAS SCHWÖRE ICH DIR! EIN WAHRES WUNDER!

Genau so sind die Flics eben. Niedere Rachsucht für nichts und wieder nichts. Blinde Ausübung ihrer kümmerlichen Macht. In meiner Eigenschaft als Anarcho mußte ich reagieren, um ihnen halt klarzumachen, daß ich mich mit Nötigung auskenne und daß mich das überhaupt nicht juckte, aber wirklich gar nicht.

Ich nahm den Block also wieder an mich, die Sache wurde langsam zum reinsten Briefwechsel: die Marquise de Sévigné hat sich den Dutt bürsten lassen ...

ICH HABE IHNEN NICHT ERLAUBT, MICH ZU DUZEN. SCHLIESSLICH HABEN WIR NICHT ZUSAMMEN ESEL GEHÜTET!

Und dann habe ich, ebenfalls nur eine Frage der Technik, den Zettel sofort zerknüllt und so getan, als wollte ich ihn verschlucken. Es kam, wie's kommen sollte, die Kerle fielen wie ein Mann über mich her, umklammerten mich nun endlich grob, als hätten sie nur auf dieses Signal gewartet, und quetschten mir die Hand auf dem Schreibtisch, damit ich sie öffnete.

Triumphierend und mit einem überaus boshaften Lächeln auf den Lippen glättete Gaillet den Wisch und las ihn begierig, die Beförderung bereits zum Greifen nah vor Augen. Plötzlich wurde er blaß, blickte mich an, als hätte ich ihm soeben an seinen dicken Mauleselhintern gepackt, und verpaßte mir schließlich einen üblen Fußtritt gegen das Schienbein.

Ich knurrte vor Schmerzen.

Tränen stiegen mir in die Augen.

In dem Moment kam ein Typ in den Raum, schaute sich die Kämpen beiläufig an, dachte wahrscheinlich, daß er gerade zwischen zwei Runden reingeplatzt war, und steckte dem Kommissar ein Blatt Papier zu.

Der Chef überflog es mit bekümmerter Miene.

Dann schrieb er wieder etwas auf den Block, reichte mir den Zettel jedoch nicht einmal, sondern legte ihn einfach nur noch auf den Schreibtisch, mir direkt vor die Augen: SOLL ICH DIR ALL DAS BESCHREIBEN, WAS DU DIESER ARMEN GÖRE ANGETAN HAST?

Nein, ich wollte nicht wissen, was ein anderer getan haben konnte, das hätte mir das bißchen Humor, das mir ganz hinten im Hals noch blieb und mir dabei half, dieser Bande Beutelratten Trotz zu bieten, auch noch genommen.

Ich nahm den Block, grübelte eine Weile über die adäquate Formulierung nach und schrieb dann, im wesentlichen: Hätte ich Laura tatsächlich umbringen wollen, und hätte ich, als armer Schwachkopf, sie dann auch noch an Ort und Stelle belassen, so hätte ich es doch zumindest so gedeichselt, sie auf irgendeiner Parzelle zu verscharren, und zwar möglichst tief, der Boden ist zur Zeit sehr locker, und dann viel Spaß beim Wiederfinden!

Ich reichte dem Kommissar mein Liebesbriefchen und dachte dabei: Wenn dieses Arschloch mir jetzt mit einem blöden Witz kommt, von der Sorte, warum nicht, da hättest du ordentlich was an Dünger gehabt, dann haue ich ihm augenblicklich aufs Maul, auch auf die Gefahr hin, mir ein Jahr einzuheimsen.

Doch er hatte nicht mal Zeit, mir zu antworten, das Telefon dürfte nämlich geklingelt haben, denn er stürzte sich auf den Apparat, horchte leicht grünlich in den Hörer, fixierte mich, seine Augenwinkel hingen seitlich herab wie die eines triefäugigen Artois-Bassets, und begann schließlich, möglichst artikuliert, auf mich einzureden. Man hätte meinen können, er knatschte auf einem riesigen Kaugummi herum, der ihm gewaltig am Zahnfleisch klebte.

«Wo waren Sie gestern so gegen 14 Uhr, oder am frühen Nachmittag?»

Ich spürte, daß die Scheißscherereien endlich ein Ende hatten.

Das Glück lächelte mir ein ganz klein wenig zu. Unsere dienstägliche *Belote*. Im *Thermomètre*, am Place Gambetta. Der Pole hatte gewonnen. Zwei «Vierer» in Folge, Germanaz ist darüber ganz grün geworden. Noch dazu einer mit Bauern zu zweihundert Punkten, verdammt noch mal. Ich hatte die Rechnung bezahlt, zwölf kleine Bierchen, vier Suze, drei Calvados sowie einen Fernet-Branca, den ich nicht mal zu Gesicht bekommen habe.

Das schrieb ich denen, wenigstens im Ansatz.

Gaillet verschloß sich nun wie eine Auster. Er würdigte mich keines Wortes mehr und ließ mich in den Bunker bringen. Meiner unmaßgeblichen Meinung nach hatte ich nun die volle Dauer einer vorläufigen Festnahme abzureißen. Im Grunde hatte ich nichts als die Wahrheit, die reine Wahrheit gesagt, inklusive dessen, im großen und ganzen und sozusagen als Geschenkpäckchen, was ich von denen hielt. Die Botschaft war angekommen. Völlig normal, daß sie es mir postwendend heimzahlten.

Ich schaute auf meine Armbanduhr. Drei Stunden war ich mittlerweile hier. Achtundvierzig weniger drei macht fünfundvierzig. Normal. War ihr gutes Recht. Eins beide, Ball in die Mitte.

Im Käfig hockte noch ein armseliger Vorstadtpunker mit stachelig hochstehendem Kamm, der ein Gespräch anzuknüpfen versuchte und glaubte, ich wolle mich nicht zu einer Antwort herablassen, und schon beinahe böse geworden wäre und mich kläglich als Arschloch titulierte, bis ihm dann endlich klar wurde, daß ich ihn weder hören, noch ihm etwas erwidern konnte.

*

Alles übrige habe ich schließlich aus der Zeitung erfahren.

Und als ich alle Informationen beisammen hatte, konnte ich mich endlich mit ein paar Fragen befassen, wie beispielsweise, warum hat man ausgerechnet mich auserkoren, und meine Regentonne und meinen von allen vergessenen Garten, kurz gesagt, all diese Dinge halt. Vielleicht gab ich ja einen präsentablen Mörder ab, den stinknormalen sadistischen Triebtäter eben. Schließlich war die kleine Laura ganz woanders, zu Beginn des vorausgehenden Nachmittags ermordet worden. Die Polizei hatte nämlich in den Gärten genügend Spuren entdeckt, um nachzuweisen, daß man die Leiche sehr wahrscheinlich mitten in der Nacht, sich meinen doppelt festen Schlaf zunutze machend, auf mein Stück geschafft und sie dann in die Tonne geworfen hat. Überdies war Laura erdrosselt worden und hatte eine gewisse Anzahl an Mißhandlungen, insbesondere sexueller Natur, erlitten, war jedoch erst nach dem Tode geschlagen und beschmutzt worden – dem Gerichtsmediziner zufolge wies sie diesbezüglich sehr spezifische Hämatome auf –, möglicherweise, um einen Überfall vorzutäuschen.

Die Untersuchung nahm ihren Lauf, ein Verdächtiger war wieder auf freien Fuß gesetzt worden, die Polizei ermittelte inzwischen in Richtung Verbrechen eines Landstreichers, eins mehr, wird sich zeigen, oder irgend so ein Mist halt.

Das Leben folgte ebenfalls seinem morastigen Lauf, außer für ein junges Mädchen von siebzehn Jahren, das nun für immer vom Schaum der Wintertage und fiebrigen Sommernächte befreit war. Und da gab es noch den Mörder eines jungen Mädchens, der wußte, daß ich existierte, oder zumindest wußte, daß Laura recht häufig den Kleingarten eines spanischen Rentners, Junggesellen und Taubstummen aufgesucht hatte – drei gute Gründe, um einen elementar sadistischen Lustmörder abzugeben, der nach Jungfrauenblut lechzt. Drei gute Gründe, damit der normale Flic nach bestem Wissen und Gewissen überzeugt sein mochte, einen Schuldigen erster Güte am Wickel zu haben, wenn ich so sagen darf.

Doch zum Glück fanden jeden Dienstagnachmittag in einer Pinte von Petit-Itry höllische Partien Belote statt, ein einfaches und spannendes Spiel und bestens geeignet für einen Spanier, Junggesellen und Taubstummen. Fürs Aufnehmen «*je prends*» brauchte ich nur nach der aufgedeckten Karte zu greifen, bei der Ansage «*belote*» für Trumpfkönig und -dame hob ich den Daumen und für den Schlußstich «*dix de der*», also noch zehn drauf, war's der Mittelfinger.

Im Thermomètre bildeten wir eine ernsthafte kleine

Bande, ernsthaft deshalb, weil wir nur selten eine dieser Verabredungen versäumten, waren wir uns doch sicher, die besten Belotespieler der Nordhälfte Frankreichs zu sein. Da gab es sogar einen, einen der vier Musketiere, nämlich Germanaz, der dauernd um die Wette behauptete, er hätte noch nie welche wie uns gesehen. Einer solchen Bemerkung von seiner Seite ist geradezu eine Überlegung wert. Dieser Typ war groß, ziemlich ungestalt, und hatte eine unglaubliche Fresse, eine Mischung aus Kindlichkeit und Bosheit, ungefähr so, als hätte ein Killer aus dem allerletzten Randbezirksloch das Gesicht eines viereinhalbjährigen Balgs, als ob Frankensteins Kreatur noch Pampers tragen würde. Germanaz verdiente sich seinen Lebensunterhalt mit Spielen, seine Spezialität waren Blitzschachpartien mit Zaster auf dem Tisch, bei denen er die einfältigen Gimpel zumeist in einer Pariser Bar, Rue de Tournon, rupfte. Dienstags kam er an, um sich in unserer friedlichen Gesellschaft auszuruhen, dann kloppte er mit uns eine höllische Belote, besonders gerne spielte er dabei gegen mich, weil er feinsinnig meinte, Jovillar würde wenigstens nie dumm daherquatschen. All das schrieb er mir nach unseren Runden, auf den Deckeln, die die astronomische Anzahl an kleinen Bierchen begleiteten, welche er sich hinter die Binde goß, bis der Wirt dichtmachte.

Ich kehrte schnurstracks in die Gärten zurück, wobei ich mich, argwöhnisch auf der Hut, ziemlich dicht an den Mauern entlangdrückte, ich hatte nämlich keinerlei Vertrauen in die Menschen und, im gegebenen Fall, am wenigsten in Mitglieder von Lauras Familie, die ja unter Umständen einen kleinen Racheakt ausgebrütet hatten, einen kleinen Banlieue-Lynchmord, im Handumdrehen erledigt und vergessen, aber unwahrscheinlich wohltuend.

Doch über den Gemüsebeeten herrschte Ruh.

Und das Kraftwerk war noch immer mehr oder weniger

von einem Heiligenschein umgeben. Die Banlieuezüge fuhren auch weiterhin in annähernd demselben Takt vorüber.

Endlich konnte ich meine gesamten Kartoffeln aussetzen und sie liebevoll mit Erde bedecken.

Zwei Tage später ging ich zur Beerdigung der Kleinen, die nunmehr, unter denselben liebevollen Bedingungen, keine gesunde Ernte mehr bringen würde. Alle waren da. Lauras ganze Familie, ich habe eine ihrer Schwestern erkannt, Fabienne, sie war nur ein einziges Mal strahlend und fesch herausgeputzt in den Garten gekommen, und nun sah ich sie am Rande eines völligen Zusammenbruchs wieder. Außerdem fast das gesamte Lycée, eine Myriade zarter Gesichter von jungen Burschen und jungen Mädchen, alle vom Kummer niedergeschmettert und mit einer Blume in der Hand, die ebenso rot war wie ihre Augen, und wahrscheinlich auch Pauker, mit den demütig gesenkten Köpfen von gebührend betroffenen Leuten, und Kommissar Gaillet bemerkte ich ebenfalls. Obendrein dürften sich so ziemlich überall noch unverbesserliche Flics herumgetrieben haben, nach dem Motto, der Mörder ist sicher auch da, wie in den großen imperialistischen Filmen eben.

Die ganze Gemeinde trottete schließlich mehr oder minder im Gänsemarsch an der Familie vorbei, und auch ich wollte Fabienne, der kleinen Schwester, die Hand drücken, und vor allem wollte ich eine kleine weiße Narzisse auf den Sarg werfen, eine von denen, die am Rand des Stückes wachsen, auf dem Laura sich im Frühjahr, nach der Schule, ein klein wenig nonchalant auszustrecken pflegte.

*

Ungefähr zehn Tage verstrichen daraufhin, einfach so, gemächlich. In den Zeitungen war von dem Verbrechen an der Gymnasiastin nicht mehr weiter die Rede, es gab Demos, Krieg, Leid und Unglück, aber keine Schnappschüsse eines Mörders, welcher, den Kopf unter einem Mantel halb verborgen, in ein Polizeiauto klettert.

Plötzlich wurde ich krank. Eine Grippe, aber nicht mal ’ne spanische. Ich hielt mich noch nicht für alt genug, um mich impfen zu lassen, außerdem sind Ärzte wie Flics. In jedem Quacksalber schlummert immer auch ein Folterknecht, und in jedem Pillendreher eine Marie Besnard, die nur auf ihre Morgenstunde lauert. Ich habe mich ganz allein gesund gepflegt, mit Aspirin und Aspirin. Und natürlich mit der Drei-Hüte-Aufgußkur: Du haust dich ins Bett, legst einen Hut ans Fußende, ziehst dir dann einen heißen Calvados nach dem anderen rein, und wenn du schließlich drei Hüte vor dir siehst, bist du geheilt.

Endlich geheilt…

Laura war mir nicht mehr aus dem Sinn gegangen. Da konnte ich mir noch so oft sagen, das läge bloß an ihrem Vornamen, selbstverständlich erinnerte ich mich an den Film mit dieser Brünetten, diesem Prachtweib, das man zunächst tot wähnt und das dann plötzlich mitten in den Salon reinschneit, vor den Augen eines FBI-Agenten, der auf der Stelle an Gespenster zu glauben beginnt und sich unmittelbar danach unsterblich in die Frau verliebt.

Laura wollte mir einfach nicht mehr aus dem Kopf. Sie war da, die ganze Zeit über, wie ein bestimmter Ton, wie gesprochene Worte. Wie etwas, das ich nicht mehr besaß oder das ich endlich besaß, ich weiß nicht, wie ein Fleck, ein Abdruck, ein Mal. Niemand weiß so recht, welche Töne es im Schädel eines Taubstummen gibt: Nun, in meinem jedenfalls herrscht ein Heidenlärm, allerdings nicht derselbe, den ein Hörnerv weiterleitet, meiner war ja unwiederbringlich von einer Kugel, Kaliber 30/30, demoliert. Doch zusätzlich zu meinem eigenen Töne- und Geräuschgedächtnis ist da noch, in puncto Hören, vor allem das Phänomen der Resonanz. Ein lautloser Gong, dumpfe oder spitze Druckwellen.

Und Laura war nun wie eine stumme, lautlose Frequenz, eine dauernde Präsenz. Ja genau, eine Präsenz.

Sobald ich mich wieder auf den Beinen halten konnte, kehrte ich, nein, rannte ich fast in die Gärten zurück.

Wie ein Verrückter habe ich Totos Stück vollständig umgegraben, weil ich bis hin zu den unsichtbaren Mulden alles beseitigen wollte, was Lauras Körper dort hatte hinterlassen können. Eigentlich durfte ich den Boden meines Nachbarn gar nicht anrühren, das stand nämlich in den Statuten, aber ich konnte einfach nicht anders. Wie ich auch die Regenfässer austauschen mußte. Ich habe die von Toto genommen, und meine auf seine Parzelle gestellt. Er würde nichts dagegen haben, zwei Jahre kam er schon nicht mehr her. Es widerte mich richtig an, daß der immer noch aufgeweichte Mittelweg voll von jenem Wasser stand, in dem Laura ein letztes Mal gebadet hatte, und der Schlamm an der Zementeinfassung drehte mir irgendwie den Magen um. Obendrein wurde ich mir nach und nach bewußt, daß dieser Garten, dieser Ort, an dem ich mich zum allerersten Mal in meinem Scheißleben annähernd wohl gefühlt habe, mir nun Unbehagen bereitete, mich beunruhigte, mir unerklärlicherweise zur Last wurde, meine Furcht noch verstärkte.

Also sagte ich mir etwas dümmlich, ich bin eben ein für allemal vom Schmerz, von Traurigkeit, vom Tod gezeichnet, und zwar schon seit jeher, seit meiner Kindheit, und die große Schnitterin, *Madame la Mort*, wird mich wohl nie in Frieden lassen, sie scheint mich halt zu mögen und umfängt mich mit ihren Brennesselfingern, und vielleicht ist das ja meine wahre gesellschaftliche Funktion, nämlich vom Tod umgeben zu sein, damit andere friedlich und ungestört leben, damit sie ganz einfach Freude empfinden können.

Auf gar keinen Fall durfte ich irgendeinen Haß auf dieses Stückchen Land bekommen, sonst würde auch ich bald ungenutzt darniederliegen, eine ganz eigene Brache sein, mich ohne Sinn und Zweck wiederfinden, zusammengekauert in meiner Dreizimmerwohnung beim Bahnhof, Rue de l'Insurrection – von wegen Straße des Aufstands, da würde ich mich gegen nichts mehr erheben, nicht mal mehr gegen mich selbst.

Daraufhin fing ich das letzte Buch an, das Laura mir gegeben hatte, einen Schmöker, in den ich bis dahin noch nicht mal reingeschaut, den ich auf einer der Stellagen meiner Hütte, zwischen Zuckerschotensaat und dem Schneckentot liegengelassen hatte. Einen Schmöker, der durch die Feuchtigkeit etwas aufgequollen war.

Ich las zwei Tage lang durch, beinahe ohne mich zu rühren, ohne auch nur vor die Tür zu gehen, bequem in ein Kissen gelehnt und einen Liter Chardonnay in Reichweite.

In dem Buch ging es um Liebe und um Abenteuer, ein ungeheurer Schwachsinn, irgendein Aktivist maoistischen Kalibers der 68er will sich Körper und Geist einer jungen Studentin hörig machen, und die betreffende «Rastignacin», die ehrgeizige Provinzschöne, entdeckt dabei den Verrat, die Macht und sozusagen auch ihren donnernden Eintritt ins Erwachsenenalter. Warum nur hatte Laura so darauf bestanden, daß ich diesen Scheiß unbedingt lese? Ein Rätsel mehr. Vielleicht hat ihr der Schinken ja gefallen, alles in allem. Versteh, wer will… In jedem Fall würde sie mir den Grund nicht mehr verraten. Eines der Geheimnisse, die sie mit ins Grab genommen hat, wie man so sagt.

Und dann sagten mir die Waffeln, was ich tun sollte, Tag um Tag. Diesen Brauch pflege ich schon seit langem. Die einen lesen die Zukunft halt in Tarotkarten oder im Kaffeesatz, andere untermauern ihre Entscheidungen, indem sie sich jeden Tag das Horoskop im *Parisien libéré* reinpfeifen, manche haben über lange Jahre hinweg ihr Kleines

Rotes Buch aufgeschlagen, doch bei mir sind es die Waffeln. Von denen kaufe ich immer mehrere Pakete und fülle sie dann zu Hause in eine große Blechdose um. Und jeden Morgen tunke ich ein halbes Dutzend davon in den Kaffee. Aber nicht etwa diese modernen Dinger, diese knusprigzartschmelzenden und ich weiß nicht mehr was noch alles, nein, sondern die guten althergebrachten Waffeln, die mit einem Sätzchen drauf, einem Sprichwort, einem Rat oder einer Frage, welches in erhabener Schrift auf dem gelben krachenden Gebäck steht. Und so nehme ich mir denn jeden Morgen aufs Geratewohl die erste vor, die mir in die Finger kommt, und der jeweilige Satz auf ihr leitet meinen Tag, berät mich, stärkt mich.

Oder bringt mich ganz einfach nur zum Lachen.

Und an diesem Morgen habe ich meine sechs Waffeln kurzerhand vor mich hingelegt. Da waren zwei «Du bist bezaubernd» dabei, eine «Verschiebe nicht auf morgen», eine «Sie werden hundert», eine «Hübscher denn je» und vor allem zwei «Suche das Licht».

Ob Zufall oder nicht, expliziter ging es nun wirklich nicht mehr. Die Waffeln zeigten mir den Weg. Das war auch nicht nur alberner Quatsch, warum sollte ich also nicht diesen Kunstgriff anwenden. Ich habe zu viele Leute gekannt, die nach der Wahrheit suchten, indem sie die Leiche ihres Zeitgenossen mit Füßen traten, ich bin mit zu vielen einfältigen Scheißkerlen in Berührung gekommen, die bereit waren, die ganze Erde mit Krieg und Blut zu überziehen, obwohl es ihnen bloß um eine Frage des «guten Rechts» ging, der «Wahrhaftigkeit», ja gar der Gerechtigkeit, in deren Mund klang dieses Wort stets wie Gerichtsbarkeit. Ich habe mich zu lange mit all denen herumgeschlagen, die ständig erfassen, um besser entlassen und aussondern zu können, ich habe zu leidvoll gelernt, allein auf mich selbst zu zählen, und auf ein paar Kumpel, manchmal, wenngleich…

Obendrein wollte ich nicht unbedingt, daß Ruhestand tatsächlich auch ruhiger Rückzug, rückwärts gehen, an seinen Ausgangspunkt zurückkehren bedeutet. Mein ganz persönlicher Ausgangspunkt war ja eine Gewehrkugel in den Kopf. Deshalb ... Der Ruhestand ist ganz einfach nur das so sehr herbeigesehnte Ende einer relativen und modernen Sklaverei. Sonst nichts. Nicht das Ende aller Freude. Nicht das Ende des Lebens. Ich weiß ja, die Anarchos meiner Heimat neigten dazu, «Viva la Muerte!» zu brüllen, mir hingegen ist immer nur danach, nicht etwa «Es lebe das Leben!» zu brüllen, man soll's ja nicht gleich übertreiben, aber doch «Tod dem Tod!» Dem Schweinehund, der die kleine Laura kaltgemacht hatte, dem sollte man den Geschmack am Brot verleiden und den Garaus machen.

Und zu alledem war es schon lange her, daß ich mich an der Wirklichkeit der Dinge gerieben hatte, lange her, daß ich mich geschlagen hatte. Sich schlagen, auch wenn einem dabei immer klar ist, daß die Sache damit noch längst nicht gewonnen ist.

Selbst wenn man ganz genau weiß, daß die Sache von vornherein verloren ist.

Unten im Garten habe ich mir dann einen mordsmäßigen Rausch angesoffen, mit Weißwein! Ich stand am Ende meiner kleinen Parzelle, gerade so, als stünde ich an der Klippe einer Landspitze oder am Bug eines Schiffs, im Angesicht einer ausnehmend grünen und braunen See, die sich wild wogend zu beiden Seiten meiner reglosen Füße teilte. Ich glitt unmerklich vorwärts, ich schwankte ohne die geringste Bewegung, ich schlingerte und blieb doch kerzengerade.

Ich drang ohne die leiseste Anstrengung in die Welt ein.

An diesem ungewissen, auf den Wein zurückzuführenden Zwischenstand der Dinge beschloß ich, daß ich diesen Kerl, Lauras Mörder, finden würde, und zwar aus einem einzigen Grund, einem schönen und guten Grund: Um mich nämlich wieder in aller Ruhe um meine Kartoffeln kümmern zu können, verdammte Scheiße.

Man muß einen klaren, kühlen Kopf haben, von heiterer Gelassenheit sein, wenn man einen Gemüsegarten hinkriegen will. Da darf man keineswegs alte Gedanken wiederkäuen. Oder trauern. Oder aber sich alles gefallen lassen.

Die schöne Laura gegen die Schöne von Fontenay.

2

AUFZUCHT

Die Strategie war denkbar einfach.

Ich brauchte nur noch in einen Rock zu schlüpfen, mir einen Schnurrbart wachsen zu lassen, und schon war ich eine richtige Agatha Christie.

Nein. *Nada.*

Mich in der Nähe der Penne, dieses Lycée Jules-Romains, in dem Laura die Abiturklasse besuchte, auf die Lauer legen. Und nach und nach so viele wie möglich befragen, die sie gekannt hatten, mit ihr in Kontakt gekommen waren, die sie liebten. Und schließlich versuchen, Dinge aufzuklären und Zusammenhänge herzustellen. Mal nachsehen, ob irgendwo was faul war. Ich konnte einfach nicht glauben, daß es sich tatsächlich um das Zufallsverbrechen eines Landstreichers, eine bei Nacht und Nebel erfolgte willkürliche Gewalttat handelte, ungeplante Verbrechen hinterlassen doch zu viele Spuren, und so was klären die Flics sehr rasch auf.

Paradoxerweise war mein Handicap auch mein Trumpf. Wenn einer so lange nicht hört, so lange nicht spricht, schärft er andere Sinne. Man nimmt mehr wahr, spürt in den Gesichtern der Leute noch die unmerklichsten Veränderungen der inneren Verfassung, der Stimmung auf, man erkennt weit besser die Anstrengung, die es jemanden kostet, zu lügen, etwas zu verbergen, man spürt Befangenheit, Zorn, Angst. Häufig riecht man all das sogar förmlich.

Ja, mit der Nase.

Gerüche des Unwohlseins, des Unbehagens – da gibt es etwa den charakteristischen Duft desjenigen, der sich lieber verdrücken möchte, derjenigen, die am liebsten woanders wäre, derjenigen, die nervös werden oder aber sich unglücklich, in die Enge getrieben fühlen.

Selbstverständlich ist es für jemanden wie mich ziemlich schwierig, rasch zu reagieren und, beispielsweise einem Lügenden gegenüber, den Betreffenden noch tiefer in seine Lüge zu verstricken. Taubstumme können ja keine spontanen Fragen stellen, schlagfertige Erwiderungen sind ihnen nicht möglich. Doch oftmals *wissen* sie eben. In meiner kleinen Anarchogruppe wurde stets ich damit betraut, den Typ aufzuspüren, der uns unterwanderte, den latenten Flic aus Überzeugung, den umgedrehten Aktivisten oder aber den Kumpel, der kurz vorm Zusammenbruch stand. Und das klappte jedesmal. Auf diese Weise hab ich, der arme Behinderte, unserer Gruppe sämtliche Provokationen erspart, die uns mit schöner Regelmäßigkeit an jedem sechsten im Monat in den Bau gebracht hätten. Ich habe mich nur einmal geirrt, nämlich 1974, ein einziges Mal, und es hat mir sechs Monate ohne Bewährung eingetragen. Doch da hat es sich um einen Katalanen gehandelt, einen wie mich, und in und an ihm hatte ich nur die Myrrhe und den Bergginster riechen wollen, den Duft meines Dorfes, dieser gelben Steine, die ich blutüberströmt und halbtot im Alter von achteinhalb Jahren hinter mir zurückgelassen hatte.

Und in der Nähe des Lycée, im Grunde genau gegenüber dem Schülerausgang, auf der anderen Seite der Avenue, liegt ein kleines Café, das ich gut kenne, eine dieser Banlieuepinten, die sich nur dann verändern, wenn deren Wirtsleute sterben, die ihren alten Fünfzigerjahre-Stil beibehalten, Bars eben, in denen man sich wohl fühlt, weil man dort seine Marken gesetzt hat, weil man dort anerkannt wird.

Und dennoch muß man gerade dort ordentlich Stehvermögen aufbringen, um zum Stammgast zu werden. Der Laden gehört nämlich zu den Spelunken, in denen wirklich alles dazu angetan ist, den gemeinen Durchschnittszecher abzuschrecken, derart heimgesucht von gymnasialer Fauna, wie er nun mal ist, und nicht etwa von einer x-beliebigen, sondern ausgerechnet von der der Außenseiter, Intellektuellen, Ewig-Langhaarigen, Nie-Gutrasierten. Von denjenigen, die Rimbaud unterm Arm tragen und nicht die Sportzeitung *L'Équipe.* Da konnte ich auch bisweilen noch zur toten Zeit auflaufen, stets fläzten sich irgendwelche total abgeklärten Typen auf der abgewetzten Kunstlederbank neben dem von Gardinen verhangenen Fenster.

Die *Mickey-Bar*, so heißt der Laden. Eher aber von Donalds und anderen Bekloppten bevölkert, wenn du mich fragst.

Mit der Zeit hatte ich so in etwa kapiert, daß dies der Treffpunkt der «Geisteswissenschaftler» war, während die «Naturwissenschaftler» das weiter unten in der Avenue gelegene *Stadium* vorzogen, eine größere, konventionellere Bar, in der allerdings drei Flipper und ein Tischfußball standen.

Lucien hatte mich das erste Mal hierher mitgenommen, die Kneipe war sein Hauptquartier. Lucien war wirklich ein armer Mann, im Sommer kam er zu uns in die Gärten, um für ein bißchen Gemüse, mit dem er seine dürftige Alltagskost aufbesserte, ein paar kleinere Arbeiten zu erledigen. Ehemaliger Fremdenlegionär und starker Alkoholiker – seine Leber dürfte einer Luftaufnahme Kuwaits ziemlich ähnlich gewesen sein, außerdem hatte man ihm eine Lunge rausgenommen –, winzig, mager und immer total bläulich rot. Seine vom billigen Rotwein ganz verquollene Haut schien rissig aufzuplatzen, und das Weiße in seinen Augen war kaum zu finden, was ihm einen merkwürdigen Blick, in etwa wie bei einem Albino, verlieh. Er lebte in einem Dreckloch am Hang von Itry, in der Nähe des «Fort», das ihm der Hausmeister der Übergangssiedlung überlassen hatte. Allerdings wußte er nicht, daß im besagten Fort Drückeberger untergebracht waren, solche eben, die ihren Wehrdienst zwar ableisten, dabei aber großes Theater veranstalten, weil sie nicht den Mumm haben, aus Gewissensgründen zu verweigern oder gar den Einberufungsbefehl schlichtweg nicht zu befolgen. Ich hatte also nicht mal die Möglichkeit, mich mit dieser halben Portion von Mann richtig zu fetzen. Daß ich taub und stumm war, gefiel ihm ganz gut, ersparte es ihm doch, in den Senkel gestellt zu werden, wenn er die wahren, ureigenen Schönheiten der Fremdenlegion, die Mama-Armee und der erhabene Anblick der Umrisse der Betressten vor dem blauen Gebirgszug des Djebel heraufbeschwor.

Lucien war ständig draußen, wanderte von einer Bar zur anderen, rang Glas um Glas im Wettstreit mit den Alten des Pflegeheims und kehrte schließlich im Mickey ein, um sich dort auszuruhen, mit einem einzigen Hintergedanken im Kopf, nämlich Thérèse flachzulegen, die Schwester der *Patronne*, die er bis hinunter in den Keller des Etablissements verfolgte und dabei angeblich brüllte: «Ich steck dir einen weg!» Schließlich hat man ihn eines Morgens, gegen sechs Uhr, erfroren vor dem geschlossenen Rolladen der Bar aufgefunden, wo er wahrscheinlich die Nacht verbracht hatte – zu voll, um sich zu rühren, und nicht voll genug, um der Kälte zu widerstehen.

Marie-Louise, die Patronne, eine mollige, allzeit frisch dauergewellte Person ungefähr in meinem Alter, die nach Erdbeeren, irgendeinem billigen Parfum, riecht, herrscht über dieses ganze feine Völkchen oder, besser gesagt, sie betreut und leitet es, nimmt sich der Gymnasiasten an und liebt diese wie die Kinder, die sie nicht hat, weil sie ihr das Leben zwar zur Hölle machen, gleichwohl aber zu einer aufs fröhlichste chaotischen, alles in allem sind es ja doch Gäste, auch wenn sie sich immer nur an ihren ewigen Kaffees und Limonaden festhalten. Und dann waren da noch, zur Vervollkommnung der Kemenate, die Mutter der Wirtin, eine tatterig sieche, ständig neben dem Ofen sitzende Alte; sowie besagte ältere Schwester Thérèse, eine lustige Person, ebenfalls mächtig herausgeputzt und ewig in Altrosa gehüllt, die der Patronne häufig unter die Arme greift und, sofern sie sich nicht gerade vor Luciens losem Händchen retten muß, ihre Zeit damit verbringt, selbst im Bistro zu bügeln.

So kam es bisweilen zu äußerst beschwerlichen frühen Morgenstunden, in denen man nach Kräften den pissigen Café crème neben gigantischen rosa und gelben Unterhosen zu trinken versuchte, welche direkt unter deiner Nase, auf dem Bügelbrett ausgebreitet, dalagen.

Der Ehemann der Patronne, Raymond, Lastwagenfahrer seines Zeichens, kam abends gegen 18 Uhr nach Hause, und im selben Augenblick schlug die Stimmung blitzartig um, endlich war ein Mann in der Bude, und die Jungchen mucksten sich nicht mehr. Dies waren die einzigen Momente der Ruhe und Normalität, die die Mickey-Bar kannte. War der Rest des Tages doch einer Art vergnüglichen Wahnwitzes vorbehalten, weshalb kein Stammgast dieser Pinte frohen Herzens den Rücken gekehrt hätte. Übrigens hatte man mir mehrfach zu verstehen gegeben, daß die Schüler untereinander sagten, sie würden «das Mickey schwänzen», um wenigstens ab und zu den Unterricht zu besuchen.

Unter diesen Säulen des Etablissements mochte ich drei oder vier ganz gern, recht gute Bekannte, mit denen ich ab und an diverse Briefwechsel auf allerhöchst komischem Niveau führte. Da gab es etwa Rosario, den Sohn eines Kalabresen, aus der vielköpfigen, in der Gegend überaus berühmten Familie der Pocardi; der junge Lockenkopf von sechzehn Jahren und mitten in der wüstesten Pubertät hatte seine diebische Freude daran, Marie-Louise psychologisch zu destrukturieren. Da konnte sie ihn noch so vergöttern, was man sofort am Glanz ihrer Augen und an ihrem verhaltenen Lächeln ablesen konnte, sobald Rosario auch nur den Schankraum betrat, so war dennoch ihr Verhältnis oftmals gespannt und von unablässigen Streitereien geprägt. Rosario trat meistens im Doppelpack mit seinem Kumpel Zaïr auf, ebenfalls einer von Marie-Louises Lieblingen, und wenn die beiden in Form waren, verwandelten sie die Mickey-Bar mit Leichtigkeit in den Warteraum einer Irrenanstalt. Irgendwann einmal hätten sie die hinterm Ofen vor sich hin parkinsonnierende Großmutter sogar fast angekokelt, und zwar im wortwörtlichen Sinne, als sie nämlich den Plastikmorgenmantel der reglosen Oma mit einem Feuerzeug angezündet hatten. Dem anschließenden Eimer Wasser zum Trotz hatte die ehrwürdige Ahnfrau überhaupt nichts mitbekommen. Es roch also ziemlich verkokelt, und Rosario bekam für eine Woche Lokalverbot im Mickey – eine Strafe, die zwanzig Jahre Guayana nahekam.

Da war auch noch François, ein pickeliger langer Lulatsch mit dem Beinamen *Le Démon,* der unentwegt ein Saxophon umhängen hatte und zumeist in die Kneipe kam, um auf seinen Tisch gesunken den von allen respektierten Schlaf des Gerechten zu schlafen; er spielte womöglich ganze Nächte hindurch in irgendwelchen Jazzclubs, sammelte dann im Lycée und im Café neue Kräfte und gab ständig einen aus.

Und vor allem gab es da Françoise Meyer, eine Aufseherin aus der Penne, eine wunderschöne junge Brünette mit hellen Augen und übersät mit Myriaden von Sommersprossen. Zaïr hat mich irgendwann in seiner ungelenken Schrift gefragt, ob sie meiner Meinung nach denn auch welche auf der Brust habe. Sicherlich, hatte ich ihm geantwortet, bis hin zu den Spitzen, um die kleinen rosa Nippel, und ich hatte Zaïr noch nie derart versonnen und in sich gekehrt gesehen wie an jenem Tag. Jedermann war total verliebt in sie, sämtliche Stammgäste wie auch alle vorbeikommenden Gymnasiasten, die dieses Niemandsland ausnutzten, um sich neben sie zu setzen und, entweder unter errötenden Verschämtheiten oder diversen Prahlereien, mit ihr zu reden. Bisweilen rannte das ganze Café wie der Wirbelwind vor die Tür, um zu beobachten, wie sie aus der Penne kam, das Gittertor durchschritt, in ein Peugeot 403 Kabrio kletterte und ihrem weiteren Geschick entgegenfuhr. Die Schüler stellten sie sich gern als verdeckte Spionin oder erpreßte Frau oder Chefin eines geheimen Masochistennetzes vor. Obwohl sie genau wußten, daß ihr Kerl, ihr offensichtlich regulärer, ein riesiger, von oben bis unten in schwarzes Leder gewandeter Typ war, ein Pauker für technisches Zeichnen an der Fachoberschule nebenan.

Sie nannten sie manchmal Columba.

Somit habe ich also beschlossen, meine Zelte in der Mickey-Bar aufzuschlagen, mich ausgiebigst dort aufzuhalten, die Dinge auf mich zukommen zu lassen, alles zu speichern.

An diesem Morgen, einem 9. April, ließ ich mich in der Nähe der Tür nieder, um mühelos nach draußen, auf die geteerte, von dem großen weißen Gebäude herabführende Rampe schauen und die herauskommenden Schüler orten zu können. Absolute Priorität galt hierbei Jérôme, genannt Zyklotrop, einem von Lauras «Verlobten». Als ich sie das letzte Mal in den Gärten gesehen habe, war sie noch mit ihm gegangen. Sie hatte ihn ein paarmal mitgebracht, irgendwann hatte er mir geholfen, die Erbsen an Stützen zu binden. Vielleicht konnte er mir irgend etwas erzählen. Doch so oder so, ich mußte ja bei jemandem anfangen.

Unterdessen veranstalteten Rosario und Zaïr einen merkwürdigen Flipperwettstreit. Ich glaubte zu kapieren, daß es ihnen darum ging, den Apparat mit kräftigen Fußtritten und erbitterten Hüftstößen nach draußen zu bugsieren... Und zwar ohne daß das Ding dabei «kippte». Sie hatten ein Verlängerungskabel mitgebracht, und Stückchen für Stückchen beförderten sie das Gerät tatsächlich in Richtung Tür. Unmittelbar hinter dieser befand sich, als Übergang zum Trottoir, eine Stufe aus Zement, und gerade darin mußte wohl die besondere Schwierigkeit liegen, die sie anspornte, den halben Morgen mit der Durchführung dieser Großtat zu vollbringen. Thérèse bügelte derweil blökend ihre Liebestöter, ich sah, wie ihr Mund sich öffnete und ihre Haut noch etwas mehr errötete, und Marie-Louise stürmte aus dem Keller hoch, um ebenfalls rumzubrüllen und mit dem Wischlappen nach den beiden verschworenen Galgenstricken zu schlagen, die sich überhaupt nicht darum scherten, ganz im Gegenteil, es steigerte die Herausforderung noch. Und während die Patronne sich dafür entschied, auf die Knie zu gehen und zu versuchen, den Stecker des Kastens herauszuziehen, kletterte Rosario flink wie eine Katze auf einen der Barhocker, schnappte sich von den Regalen aufs Geratewohl eine Flasche, genehmigte sich einen tüchtigen Schluck Fernet-Branca und stürzte dann, ganz lila im Gesicht, nach draußen, um das Zeug hustend wieder auf die Straße zu spucken. In dem Moment konnte Marie-Louise nicht mehr an sich halten und mußte einfach loslachen.

Jérôme kam kurz nach 11 Uhr 10, also nach der vorletzten Unterrichtsstunde vor der Mittagspause, aus der Penne. Ich habe ihn an seinem Gehabe eines großen, etwas gerupften, etwas düsteren Vogels erkannt, gab er sich doch bereits den

Anstrich eines Intellektuellen mitten in tiefster metaphysischer Betrachtung. Das kindliche Gesicht umrahmt von einer Frisur, die zur Hälfte auf dem Schädel zu Berge stand; enge Kleidung in Schwarz und Grau; eine hagere, hoch aufgeschossene Bohnenstange, die sich mitnichten dazu herabließ, eine Schulmappe zu tragen: ein Schmöker und ein Heft reichten völlig aus.

Ich habe ihn mir noch auf der Straße geschnappt und dabei sofort seine unendliche Traurigkeit bemerkt. Er wollte mir ausweichen, um mich herumgehen, ein Verdächtiger ist und bleibt halt ein Verdächtiger, doch ich habe ihm schnell einen Zettel in die Hand gedrückt. Er las ihn eilig mitten in Wind und Wetter, die Sache war ganz einfach, ich bat schlicht und ergreifend um Hilfe, da ich Lauras Mörder finden wollte, und baute auf ihn, mir bei den ersten Schritten meiner Ermittlungen zu helfen. Er hat mich irgendwie komisch angestarrt, mit hundertprozentiger Sicherheit hielt er es für vollkommen surreal, daß ein Taubstummer eine Ermittlung durchführt, ich wies mit einer Kopfbewegung auf die Mickey-Bar hin, er dachte lange nach und geruhte schließlich, mir zu folgen.

Über den zarten Dampf hinweg, der von unseren beiden Café crèmes aufstieg, maßen wir uns eine ganze Weile gegenseitig, bis ich ihm schließlich ein weiteres Blatt reichte, das ich im Gegensatz zum ersten Zettel mit größerer Geduld verfaßt und viele Male fotokopiert hatte.

Ein Blatt mit folgendem maschinengeschriebenem Text:

1. Verraten Sie mir etwas, das nur Sie allein über Laura wissen, oder aber irgendwas Merkwürdiges über sie.

2. Erzählen Sie mir, wie die Tragödie Ihrer Meinung nach abgelaufen ist.

All das wird geheim bleiben.

Es geht mir nur darum, wissen zu wollen, was passiert ist.

Und es zu verstehen.

Damit ein alter Freund von Laura wieder seinen Schlaf findet.

Schreiben Sie mir Ihre Antworten auf, Sie haben Zeit, ich auch, Sie können Sie mir hier in der Mickey-Bar geben, wann immer Sie es für richtig halten. Falls es Ihnen recht ist, machen Sie mich anschließend doch bitte mit jemandem bekannt, der ebenfalls auf diese Fragen antworten könnte.

Er hat mich eindringlich gemustert, nach Kräften bemüht, in seinem Blick den Erwachsenen herauszukehren, hat seinen Milchkaffee mit spitzen Lippen geschlürft und Thérèse nachdenklich zugeschaut, wie sie sich mit ihrem Bügelbrett abplagte, sie wollte das Teil nämlich gerade zusammenklappen, und es sah so aus, als würde sie mit einer Straßenkarte kämpfen, scheinbar mit Rosarios Unterstützung, der tatsächlich jedoch nur versuchte, ihr die Finger einzuklemmen. Und endlich stürzte sich Jérôme auf sein Heft und fing an, trotzig hinein zu kritzeln:

MIT DEN FLICS HABE ICH SCHON GENUG ZU TUN GEHABT.

AUSSERDEM DARF MAN SICH NICHT AN DIE STELLE DER JUSTIZ SETZEN, DAS HAT MAN MIR GERADE IM PHILOUNTERRICHT BEIGEBRACHT.

Natürlich. Die Jugendlichen sind ja intelligent. Jérôme war keineswegs der elementare Rächer. Er hatte bereits ein politisches Bewußtsein, moralische Apriori, ein richtiger kleiner Demokrat eben.

Ich nahm sein Heft an mich und fing ebenfalls an zu schreiben:

WAS ICH ERFAHREN WERDE, BEHALTE ICH FÜR MICH.

UND IHR ALLE WERDET ENTSCHEIDEN, WAS DANN ZU TUN IST.

Er las mit, noch immer nicht überzeugt.

Daher fügte ich hinzu:

DU WARST NICHT DER EINZIGE, DER LAURA GELIEBT HAT.

UND HÖRT ENDLICH AUF, EINEM DAUERND MIT DEN FLICS AUF DIE NÜSSE ZU GEHEN, SOBALD MAN EUCH DIE KNATTERKISTE KLAUT, RENNT IHR DOCH SOFORT ZU DENEN …

Und legte noch mit der großen Szene des zweiten Akts nach: Ich zerriß die Blätter, knüllte sie zusammen und stopfte sie in den Aschenbecher, um sie mit Jérômes eigenem Feuerzeug in Flammen aufgehen zu lassen. Ein bißchen Getue, das das Ganze mächtig geheimnisvoll machte, das so was wie einen Pakt besiegelte.

Er dachte noch eine Weile nach, bedeutete mir dann mit einem Kopfnicken, daß er einverstanden war, und ging schließlich.

Marie-Louise kam an den Tisch, um uns den Aschenbecher wegzunehmen, in dem das Papier gerade zu Ende verglomm. Sie sagte einige Wörter, sie dürfte mich ernsthaft angebrüllt haben, wie ich hier nur eine solche Sauerei veranstalten und sogar versuchen konnte, ihre Schenke in Brand zu stecken. Sie sah abgespannt aus, ihre rosa Hängebacken mußten als Augenringe herhalten, doch ich wußte genau, daß weder der wilde Flipperwettstreit noch meine kleine Pyromanenübung ihr derart zusetzte. Wir hatten Montag. Und jeden Sonntag verfrißt sie mit ihrem Haustyrann die Einnahmen der Woche in einem schicken Restaurant in Rungis. Ich deutete mehrere Male auf meinen Mund, und sie ging wie üblich in ihre Küche, um mir das Menü vom Vortag zu holen. Wieder zurück reichte sie mir eine blaue Pappkarte, auf der in gotischen Lettern all das geschrieben stand, was sie sich am Vortag reingehauen hatte – also ganz offensichtlich genug, um einem Mammut arge Leberbeschwerden zu verpassen.

Unversehens stürmte sie daraufhin zur Tür, weil sie ein

paar Neuankömmlinge, beinahe noch Bälger, unter die Lupe nehmen und nachprüfen mußte, ob sie auch die erforderlichen sechzehn Jahre alt waren, um diesen Hafen des Friedens überhaupt betreten zu dürfen.

Ich verließ die Bar. Vor der Tür, genauer gesagt etwas weiter auf dem Gehsteig, hockte José im Lotossitz am Boden, Rosarios großer Bruder, der älteste der Pocardi-Kinder: in sein weites schwarzes Cape gehüllt, die Hände fest um einen Stock mit Knauf geschlossen und offensichtlich in tiefster Meditation. Es ist ja nicht so, daß er wirklich zenmäßig drauf wäre, er macht das nur, um Marie-Louise Angst einzujagen, verkündet er doch lauthals, er wolle diesem Ort des Lasters und der Verdammnis alle bösen Geister austreiben. Marie-Louise, im Grunde ein schlichtes Gemüt, kann das Ganze nicht unbedingt einfach als Ulk auffassen, sie fragt sich vielmehr, ob nicht doch irgendeine Geschichte mit Verwünschungen und bösem Blick dahintersteckt, bei diesen Süditalienern weiß man ja nie, vor allem wenn es sich um einen Pocardi handelt, also stürmt sie in der Regel los, einen Eimer Wasser holen, und José springt lächelnd auf, küßt sie theatralisch auf die Wange, flüstert ihr etwas ins Ohr, Marie-Louise errötet leicht, und dann betritt er das Mickey, um sich eine Limonade zu genehmigen. Als José das erste Mal mit mir «gesprochen» hatte, hat er mir einen Zettel zugesteckt, auf dem geschrieben stand: «Ich werde der jüngste Goncourt-Preisträger aller Zeiten sein.» Und ich habe ihm geantwortet: «Na dann, viel Glück!» Unsere Korrespondenz hatte hiermit fürs erste ihr Bewenden gehabt. Allerdings hatte ich ihn dann beim Wort genommen, und so gab er mir ab und an ein paar Seiten, bedeckt mit einer feinen, etwas paranoischen Schrift, Geschichten, Novellen, Beschreibungen von realen oder frei erfundenen Menschen. Auf diese Weise lernte ich einige Personen aus Itry oder dem Lycée Jules-Romains, die er in seinem vorgeblichen Goncourt-Stil zu beschreiben sich abmühte, besser kennen.

Irgendwann habe ich ihm einen seiner Texte umgeschrieben, was ihn aber ganz und gar nicht überzeugt hat.

Jedenfalls gab ich ihm einen meiner Fragebögen, er zuckte nur mit den Schultern und betrat das Mickey. Wie üblich würde er dort versuchen, Rosario gegenüber das verantwortliche Familienoberhaupt zu spielen, wie üblich würde der ihn zum Teufel schicken, wie üblich würde das Ganze vendettamäßig ausarten und wie üblich mit einem guten alten Hausanschiß von einer ihren mythischen Wischlappen schwingenden Marie-Louise enden.

*

Den gesamten Vorabend über hatte ich mich wie ausgepumpt, ausgewrungen, ausgeschleudert gefühlt. Ich hatte ein bißchen ferngesehen und dabei zu begreifen versucht, was genau sich da auf dem Bildschirm wohl abspielte, meistens ist es ja nicht sonderlich schwer zu erraten, eine Beschäftigung wie andere eben. Der ich nun seit zehn Jahren fröne, seit dem Zeitpunkt nämlich, als ich mich dazu entschlossen hatte, mir einen Fernseher zu kaufen. Auf die Dauer ist es gar nicht so kompliziert. Das unter Minitel angebotene Hilfssystem will ich nicht, ich habe mich nie wirklich für einen Behinderten halten können, da ich meiner tiefsten Überzeugung nach eher ein Opfer bin. Das Verhältnis zur Modernität von uns SMlern, nicht den Sadomasochisten, nein, den *«Sourds-Muets»*, also den Taubstummen, ist schwierig, infolgedessen versuchen wir, es wie alle Welt zu halten, wie «*Les Zorros*», «*Les Oraux*» natürlich, die «Mündler» und «Sohren» eben … Na ja, zumindest halbwegs … So dürfen wir beispielsweise keinen Führerschein machen.

Ich hatte wie der sprichwörtliche Holzklotz geschlafen, der in den Zeichentrickfilmen immer zersägt wird.

Meine allmorgendliche Waffel sagte es mir klar und deutlich: «Morgen».

Also beschloß ich, an diesem Tag nicht in die Mickey-Bar zurückzukehren und mich vielmehr wieder meinem Garten zu widmen. Dort gab es Arbeit genug, und die Sachen schleifen zu lassen, kam überhaupt nicht in Frage, da ist fast alles auf die Minute genau zu erledigen, die Scholle wartet nicht, und damit sie dich liebt, darfst du sie nicht enttäuschen.

Die Luft war kühl, noch etwas feucht, auch wenn man den riesigen Schornstein des Wärmekraftwerks im Hintergrund bereits Tag für Tag besser sehen konnte, dieses glatte Totem, diesen auf die Wolken hindeutenden Wegweiser, der in den blaßgrauen Himmel Itrys sticht.

Ich hatte nicht einmal Zeit, die Hyazinthenrabatte zu jäten, da tanzte auch schon Kommissar Gaillet in Begleitung eines weiteren gräulichen Kerls an. Mal ein bißchen frische Luft zu tanken, würde dem überaus guttun. Aber Jogging am Morgen bringt Kummer und Sorgen.

Er marschierte mit kleinen gemessenen Schritten den Mittelgang hinunter, wirkte ziemlich gereizt und versuchte noch im Gehen, ein paar Worte auf einen Block zu schreiben, den er mir dann ohne Umschweife, ohne auch nur irgendeinen Gruß zu brummeln, hinhielt.

FRAG MICH JA NICHT, OB ICH EINEN DURCHSUCHUNGSBEFEHL HABE, UM MICH IN DEINER SCHEISSHÜTTE MAL UMZUSCHAUEN, SONST HAU ICH DIR WAS AUFS MAUL.

Ich senkte den Kopf zum Zeichen meiner Ergebenheit, ja, Massa, dies war ganz offenkundig nicht der richtige Zeitpunkt, Streit mit ihm zu suchen, er hatte sicher gerade

Hyänenfleisch gefressen. Sein Spießgeselle stapfte in meinen Gartenschuppen und trat erst mal kräftig in die Spaten und Rechen, um sich etwas Platz zu verschaffen.

Gaillet starrte mich derweil intensiv an, wie allein ein Polyp in gespannter Erwartung es zu tun versteht, und wer sich mit der Polente auch nur ein bißchen auskennt, weiß genau, daß die Burschen in dem Augenblick überhaupt nichts denken, das machen die nur, um einem Angst einzujagen, damit sich ihr Gegenüber noch etwas mehr verflüssigt bei dem Gedanken – das Gegenüber denkt nämlich – an all die verbotenen Dinge, die es womöglich je getan haben kann. Nach einer Weile kramte der Kommissar in seiner Tasche und reichte mir irgendein Dingsbums aus Wolle, das ich auf der Stelle wiedererkannte: eine alte Kapuzenmütze, ich hatte sie Toto vor langer Zeit mal gegeben.

DIE GEHÖRT MIR, schrieb ich auf den Block. DIE LAG IM SCHUPPEN NEBENAN, fügte ich noch hinzu und zeigte auf den Haufen Bretter und Bleche, den mein Nachbar feigerweise den Spinnen und Spitzmäusen überlassen hat. Nachdem er den Zettel gelesen hatte, maß er mich zunächst mit Blicken und ging sich die Sache dann von nahem angucken. Er öffnete die wurmstichige Türe, wagte sich allerdings kaum hinein, sehr wahrscheinlich abgeschreckt von dem Durcheinander und dem Staub, und kehrte schließlich zu seinem Schergen zurück, wobei er im Vorübergehen noch munter wachsende Queckensämlinge zertrampelte und sich mit den Füßen in Schneeballablegern verfing. Sie besprachen sich eine Weile über was weiß ich und blickten dabei so beklageswert drein wie Leute, denen was ins Kraut gegangen ist, wenn ich das an einem derartigen Ort so sagen darf.

Der Kommissar setzte sich nun auf die kleine Zementbank rechts von der Tür, ich spürte, wie er schnaufte, er blickte mich nochmals an und seufzte wieder. Dann schien er sich zu konzentrieren und fing erneut an zu schreiben. Ich war mir sicher, daß er in seinem ganzen Leben noch nie so viel geschrieben hatte und es ihn im Moment noch ziemlich ermüdete, daß er aber so ganz allmählich Geschmack daran fand. Wie ich. Ohne Gehör und mit einem Knoten in der Zunge fühlte ich mich letztlich recht wohl in all den kleinen Wörtern, in all den Liebesbriefchen, die ich mein Leben lang gekritzelt habe, um mich einfach nur verständlich zu machen, um eine Flasche Milch zu kaufen oder eine Rückerstattung bei der Sozialversicherung einzufordern und, tja, warum nicht, einen Typ von der Steuer auch mit Getue zu besänftigen. Und durch dieses viele Schreiben, durch die langjährigen Bemühungen, die genauste Formulierung zu finden, oder auch die ungenauste oder die ulkigste, habe ich mir einen stahlharten, hieb- und stichfesten Stil angeeignet. Und zack, bin ich von der Testrampe für Loks – die SNCF stellt ja nicht systematisch Behinderte ein, aber in dem Hangar, in dem ich zwölf Jahre gearbeitet habe, war man tatsächlich besser taub – zu *La Vie du Rail* gewechselt, wo ich all die Ergüsse in verständliche Sprache umschrieb, die unsere Großkopferten der *Direction*, geradewegs aus der *École Polytechnique* auf uns herabkatapultiert, über die komplexe Welt der Eisenbahner auszubrüten vermochten. Im allgemeinen brauchte ich bloß die Verben an die richtige Stelle zu setzen und ein paar Adjektive hinzuzufügen.

WARUM, MEINST DU, WILL MAN AUSGERECHNET DIR DEN HUT DA UNBEDINGT AUFSETZEN? hatte er feinsinnig auf dem Block notiert. Da! Jetzt macht er auf witzig, ein gutes Zeichen, das tut der ja nicht wirklich, um mir 'ne Freude zu machen, doch ich hatte recht, wenn man schreibt, kann man dem nicht widerstehen, da scheint man fast so was wie Narrenfreiheit zu genießen.

WEISS ICH NICHT. ICH MUSS WOHL EINEN VORZEIGBAREN MÖRDER ABGEBEN: ALT, ALLEINSTEHEND, IR-

GENDWIE AUSLÄNDER, DEN DIENSTEN DER POLIZEI BEKANNT.

Er zuckte mit den Schultern.

Wir haben noch ein bißchen weiter geplaudert, auf unsere Art, mittels moderner Lyrik. Und auf einmal legte auch er blockmäßig richtig los. Ich habe nicht gezögert, ihn nach Einzelheiten dieser Geschichte mit der Wollkappe zu fragen, und er hat mir geantwortet, sie hätten herausgefunden, wo die Kleine getötet worden sei, sie hätten zum Teil ermitteln können, «welchen Weg die Leiche genommen haben dürfte», und daß nicht sehr weit von hier ein Wagen geparkt habe, und genau dort hätte, ein klein wenig zu auffällig, besagte Kapuzenmütze am Boden gelegen. Er begann sogar zu lächeln, gab sich plötzlich entspannt, was aber nicht so ganz zu der Fresse paßte, die sein Stellvertreter zog, einer dieser Kerle, die immer so aussehen, als hätten sie gerade eine Gartenschere verschluckt.

«Was ist das da?» artikulierte er langsam und zeigte auf eine frisch in den Boden gearbeitete Furche, die beinahe zu unseren Füßen begann.

KARTOFFELN, antwortete ich.

Er nickte, als läge das auf der Hand. Und dann griff ich ihm vor:

SIE WOLLEN MICH ETWAS FRAGEN, WISSEN ABER, DASS ICH NICHT MIT DEN FLICS KOLLABORIERE.

Er wirkte schlagartig überaus müde, als er mir mit einem erneuten Kopfnicken beipflichtete.

SIE BRAUCHEN JA NUR EINEN AUF ERPRESSUNG ZU MACHEN, DANN SEHEN WIR WEITER.

Er riß mir den Block aus den Händen, las und kritzelte schließlich wie der Teufel los. Dieser Kerl war entweder vollkommen gelöst oder mit den Nerven am Ende.

DA GIBT'S NICHTS MEHR ZU SEHEN. DU MACHST UNS JETZT DEINE LISTE VON ALLEN LEUTEN, DIE LAURA UND DEINEN GARTEN KANNTEN. SONST WERDEN WIR

DAFÜR SORGEN, DASS IN UMLAUF KOMMT, DU WÄRST NICHT GANZ ASTREIN, UND DANN HAST DU SÄMTLICHE BÄRSERKERN IHRER FAMILIE AM BUCKELL.

So war die ganze Sache wenigstens klarer, ehrlicher. Ein Flic, der dir traut, ist ein schlechter Flic. Ich rettete ihm beinahe die Haut. Und außerdem verschaffte er mir Munition.

BERSERKER SCHREIBT SICH AUCH VOR DEM ERSTEN R MIT E UND BUCKEL NUR MIT EINEM L.

Er hat mir keine verpaßt, weil er genausogut wie ich wußte, wie unsinnig seine Fragestellung war, weil Laura mit einer ganzen Menge Leute über meinen Garten gesprochen haben konnte, ohne daß ich davon wissen oder auch nur einen dieser Leute kennen mußte. Er war ganz einfach nur deshalb zusammen mit seinem Schergen hier, weil er wußte, daß ich mir sicherlich dieselbe Sorte Fragen stellte, weil er sich fragte, was ich wohl mit all diesen Fragen machen konnte, weil er vielleicht insgeheim auf jede erdenkliche Hilfe baute, selbst die von seiten eines beschissenen Spaniers, der obendrein noch Anarchist war, verdammte Kacke.

Schließlich ging er, von seinem Helfershelfer im Delaveine-Anzug wie von seinem Schatten gefolgt, über den rechten Weg in den hinteren Teil der Gärten davon. Er blieb sogar noch vor dem Frühen Geißblatt, bei der Laube am Eingang von Charles' Parzelle stehen und konnte nicht anders, als diese zarte Köstlichkeit zu schnuppern. Flic sein hindert einen ja nicht, eine Nase zu haben.

Daraufhin beschloß ich, Totos Hütte aufzuräumen und dabei mal nachzuschauen, ob noch weitere persönliche Dinge etwa von Laura oder von sonst jemandem darin rumlagen, damit solche Sachen nicht noch einmal in andere Hände gerieten und das Ganze nicht wieder dank der Bullenboten auf mich zurückfiel. Der Killer hatte in diesem

Saustall vielleicht bereits herumgestöbert, ich konnte mich nämlich überhaupt nicht erinnern, ob Laura diese verrottete Kappe je getragen hatte, und mir nur schwer vorstellen, daß sie, so eitel wie sie war, dieses staubige Teil heimlich hatte mitgehen lassen, um es sich dann auf den Kopf zu setzen. Aber vielleicht hatte sie es auch nur eingesteckt, um ihre Latschen damit zu säubern. Wie dem auch war, ich würde meinem Kleingartennachbarn in jedem Fall einen Dienst erweisen, wenn ich sein Werkzeug aufräumte, seine Saat verlas, und im übrigen schreiben die Statuten ausdrücklich vor, die Schutzhütten in den Gärten «sauber, funktional und aufgeräumt» zu halten. Andererseits besagen die Vorschriften aber auch, daß diese Hütten auf keinen Fall zu Wohnzwecken, auch nicht vorübergehend, dienen dürfen, wo doch etliche Kumpel ihre heißen Nächte darin verbringen, sonntags ihre Freunde dort bewirten – solche, die ihr Bestes geben und sich vorstellen, sie wären hier mitten auf dem Land – und sich auf die Weise ein nettes kleines Wochenende im Grünen verschaffen. Solange sie keine Merguez grillen, geht das niemandem auf den Geist.

Letztlich fand ich nichts bis auf ein altes Taschenbuch, das Laura gehört haben dürfte, ich konnte mir Toto schlecht vorstellen, wie er die *Princesse de Clèves* las. Toto hatte in seiner Hütte einen Estrich gelegt, was ebenfalls verboten war. Na ja. Die Idee dürfte ihn an irgendeinem Sonntag gepackt haben. Gestampfter Lehmboden ist doch das reinste Mittelalter, dürfte er sich damals gedacht haben, laßt uns Neues schaffen.

Als ich am Abend die Umzäunung der Kleingärten hinter mir ließ, traf ich unversehens auf Jérôme. Zyklotrop hatte es nicht lange ausgehalten, er hatte den Lockungen der Literatur nicht widerstehen können und reichte mir nun einen sorgfältig zugeklebten Umschlag, den ich in meine Tasche steckte. Er schaute mich zögerlich an, als hätte er gerade das Gefühl, eine Dummheit zu machen, und stürmte dann zu seinem etwas weiter weg stehenden Moped, schwang sich in den Sattel und brauste wie auf der Flucht davon. In meinen Ohren und meinem Kopf bewirkte der Motor kleine Luftverdichtungen, kleine lautlose, doch sehr unangenehme Druckwellen.

Ich ging nach Hause, holte mir eine Scheibe kaltes, mit Petersilie angemachtes Rindfleisch aus dem Kühlschrank, nahm das Brot und die Flasche Madiran, machte es mir an meinem Eßtisch bequem und las Jérômes Text, einen Text, der nicht gerade von Satzzeichen erdrückt wurde, es sei denn, er hatte einen auf Poet machen wollen.

*

«Es schmerzt mich an Laura zu denken

ich gebe zu als sie gestorben ist habe ich sogar gedacht daß es ihr recht geschehen wäre, sie hatte mich kurz davor in die Wüste geschickt, wir hatten uns gefetzt als ich bemerkte daß sie gleichzeitig noch mit einem anderen Typ ging, ich weiß das ist ziemlich kleinbürgerlich aber so habe ich es eben empfunden.

Das habe ich den Flics nicht erzählt, ich habe denen nur gesagt ich würde nicht mehr mit ihr gehen, man hat schließlich seine Würde.

Ich war ungefähr seit einem Jahr mit ihr zusammen, Laura war ein klasse Mädchen, ziemlich intelligent auch wenn wir in letzter Zeit nicht mehr einer Meinung waren, vor allem in Sachen Politik, sie wollte daß ich die Kommunistische Jugend verlasse und meinte meine Eltern würden mich manipulieren. Das war typisch für sie, einfach nachzuplappern was die anderen Schwachköpfe von Trotzkisten erzählen.

Ich sah sie also nicht mehr und kann demnach auch nichts aus der letzten Zeit über sie erzählen, jedenfalls glaube ich nicht daß sie das, was man ‹schlechten Umgang› nennt, hatte. Die Clique in der sie war, und ich auch, ist die Ruhe selbst und sehr friedlich, wir ähneln uns ziemlich und kennen uns seit der Sekunda, da gibt's keine Dopegeschichten keiner von uns wird um Schutzgeld erpreßt, alle sind praktisch ‹gute Schüler›, na ja einer sprayt tatsächlich nachts in den umliegenden Bahnhöfen rum, aber der betrachtet sich als urbanen Künstler und gehört wirklich nicht zur Sorte rapzone. *Ich könnte Ihnen natürlich sämtliche Typen und Mädchen der Gruppe aufzählen aber das würde nichts Großartiges bringen, erstens haben die nicht allzu viel zu sagen die denken alle wie die Bekloppten ans Abi reden viel über Philo gehen oft ins Kino, und gehen reihum miteinander ist zwar kein bourgeoiser Partnertausch weil wir noch jung sind, aber.*

Zweites werden Sie denen sowieso in nächster Zeit über den Weg laufen wo sie doch jetzt Detektiv spielen. Ich frage mich übrigens was Ihnen so ein Zirkus à la maskierter Rächer eigentlich bringen soll

was ich noch über Laura sagen kann ist diese Mischung aus ihrem kindlichen Gesicht und ihrem sehr erwachsenen Privatleben, wenn man so sagen kann, sie hat mit 15 ohne Probleme angefangen. Was das angeht schäme ich mich überhaupt nicht einzugestehen daß sie mir alles beigebracht hat, für sie war Sex völlig entspannt unkompliziert normal und absolut unproblematisch, das kommt von ihrer Mutter her die ist Seelenklempnerin. Aber gerade diese erwachsene Seite an ihr gefiel mir eigentlich nicht so unbedingt und deswegen haben wir uns auch gefetzt ich habe es mehr mit dem Gefühl.

Irgend etwas Merkwürdiges?

Eben diese politischen Geschichten

mir ausgerechnet damit auf den Sack zu gehen, was sie bis dahin noch nie getan hatte sie hat sogar alten Kram von 68 rausgeholt um mir die Haltung der Kommunisten seinerzeit um die Ohren zu hauen, wo ich mit 68 doch überhaupt nichts am Hut habe, damit haben mich meine Alten schon genug genervt.

Allerdings, wenn man bedenkt was im Moment so abläuft, die Sozialisten sind doch inzwischen genauso ein rechter Haufen wie die, die wir vor 81 am Hals hatten, da ist es doch fast normal daß all die betroffenen Jugendlichen davon reden, aber bei ihr war das merkwürdig, das war überhaupt nicht ihre Art ich weiß nicht so genau wer ihr das in den Kopf gesetzt haben kann, wahrscheinlich ein Pauker,

Versuchen Sie mal Fabienne zu treffen, ihre Schwester, aber die kennen Sie ja oder auch ihren letzten Kerl, der andere Typ er heißt Maurice Lentec, der hat's nur mit Musik, Hardrock und so, ein Langhaariger, den können Sie gar nicht übersehen. Rosario kennt ihn gut, der wird Sie im Mickey zusammenbringen. Wenn ich Ihnen dessen Namen nenne dann geschieht das nicht etwa aus Rache, nur einfach so eben, er war halt ihr letzter Kerl, vielleicht hat er Ihnen ein paar Dinge zu sagen und so oder so wird irgend jemand Ihnen von ihm erzählen also mache ich es doch besser gleich selber, von wegen Verantwortung und so.

Ich weiß nicht ob Sie richtig liegen mit dem was Sie da tun. Wenn ich Ihnen schreibe dann geschieht das im Vertrauen ich bin in Ihrem Garten gewesen und da habe ich lauter schöne Erinnerungen an Laura

als Gegenleistung bitte ich Sie diesen Brief zu vernichten ich will nicht eines Tages der Denunziation bezichtigt werden zumal ich überhaupt nicht das Gefühl habe das zu tun während ich dies hier schreibe. Ich habe einfach nur großen Kummer, und wenn ich Gérard de Nerval wäre, könnte ich ungestraft sagen daß mein Herz blutet, doch ich traue mich nicht.»

Ohne Unterschrift.

Ich fragte mich tatsächlich einen Augenblick, ob ich diesen Brief, dieses Scheibchen Intimes nicht verbrennen sollte, doch ich wollte ja zuallererst ansammeln, somit mußte ich sämtliche Bekenntnisse, die ich erhalten würde, zunächst einmal aufbewahren.

Und zwar nicht bei mir zu Hause, man weiß ja nie, die Flics könnten tatsächlich eines Tages überall herumstöbern wollen, und dann bekämen die Bälger vielleicht Scherereien, außerdem würden sie mich dann des Verrats bezichtigen. Ich mußte die Sachen also an einem sicheren Ort verstecken, natürlich im Garten, aber nicht in der Hütte.

Den Brief wollte ich am nächsten Morgen in einen dikken schwarzen Plastiksack packen und diesen am Ende von Totos Stück verbuddeln, dort wo sein Salat fast einen Meter hoch geschossen und dann vom Frost verbrannt ist, ganz gelb und braun war der, die reinste Schande, so schöne Winterendivien.

Und dann entschied ich mich, dem Kommissar zu schreiben. Damit er sich nicht zu sehr aufregte. Ich habe mich dem Bullenvolk immer so weit als möglich widersetzt, doch mit der Zeit habe ich gelernt, daß auch die nur große Kinder sind, und wenn man lieb zu denen ist, wenn man sich ein klein bißchen Mühe abdrückt, wie einen kleinen Kacka eben, dann fühlen die sich beruhigt und sind davon überzeugt, sie hätten dir einen Heidenschiß eingejagt.

Lieber Kommissar,
Sie sind noch lange nicht aus dem Tal der Tränen. Selbstverständlich kann ich nicht wissen, mit wem Laura über meinen Garten gesprochen hat. Da ich der Ansicht bin, daß der in dieser verrotteten Welt ein richtiges kleines Eckchen Paradies ist, und da ich weiß, daß Laura dorthin kam, um ein wenig Ruhe, Sonne und Zurückgezogenheit

zu finden, sie hat diesen teuren Voltaire ja nicht umsonst studiert, könnte das ein ganzer Haufen Leute sein.

Darüber hinaus ermutigen Sie zur Denunziation, wenn Sie mich um eine solche Liste bitten. Und dazu bekräftigen Sie Ihre Bitte mit einer mich betreffenden Drohung, die mir nun wirklich an die Nieren geht. Sie wissen genau, ich habe mit der ganzen Sache überhaupt nichts zu tun, und Sie stellen mich trotzdem an die vorderste Front.

Gestehen Sie ein (entschuldigen Sie den Begriff), daß das Grund genug ist, mich aufzuregen.

Davon aber abgesehen, weiß ich, daß Sie diejenigen, die ich hätte auflisten können, bereits mit jener Höflichkeit, jenem Bürgersinn, ja gar mit jener Eleganz, die Ihnen eigen sind, befragt haben. Lauras Verlobten, Jérôme, ihre Schwester, Fabienne, ihre beste Freundin, Anne, dazu noch zwei oder drei andere jugendliche Schreihälse aus ihrer Klasse, und ein oder zwei Studienräte… Leute, die Ihnen gesagt haben dürften, ich sei ein ruhiger, stiller (nun ja, ist eben so) Mensch, und es sei undenkbar, daß ich. Kurzum. Die einzige Enthüllung, die ich Ihnen machen kann, ist, daß Laura vor allem gerne allein herkam, um es sich mit Kopfhörern auf den Ohren nebenan auf dem Stück gemütlich zu machen, sie las den ganzen Tag und aß dabei grüne Äpfel.

Ich hätte sie beinahe krachen hören können.

Suchen Sie keinen Streit mehr mit mir, lieber Kommissar, sonst sorge ich dafür, daß Sie von der Föderation der Anarchisten des Val-de-Marne was zwischen die Zähne kriegen. Die sind zu viert, und Sie zweitausend. Also Vorsicht!

E. Jovillar

Und dann habe ich mir einen schönen starken Kaffee gemacht, in den ich ganz schnell, sonst weichen die nämlich auf, meine geliebten Waffeln getunkt habe. Die erste besagte: «Denk an mich».

*

Anderntags ging ich erneut ins Mickey, lange vor 8 Uhr 10, also vor dem Klingeln.

Die große, erst unlängst in makellosem Weiß getünchte Mauer vor der Penne zierte ein herrliches Graffito: PLACE DE MA MOB, Platz meines Mopeds, mit einem nach unten weisenden Pfeil. Darüber mußte ich ordentlich lachen.

Rosario war bereits, wenn auch noch ziemlich verschlafen, auf seinen Barhocker geschraubt, schlürfte seinen Kaffee und versuchte unwillkürlich, ein Gespräch mit der schönen Aufseherin mit den grünen Augen und den Sommersprossen anzubahnen, die etwas tiefer, auf der Kunstlederbank, saß und sich, tüchtigen Appetits und gierig mit weißen Zähnen in ein knuspriges Croissant beißend, nach Kräften stärkte.

Ich weckte seine Aufmerksamkeit mittels eines Briefchens, in dem ich ihn bat, mich mit Maurice Lentec bekannt zu machen.

WILLST DU 'NE ROCKBAND AUF DIE BEINE STELLEN? entgegnete er mir auf demselben Zettel.

Und dann verließ er die Bar, wobei er sich im Vorbeigehen noch schnell mit Marie-Louise fetzte, wahrscheinlich dürfte sie ihn gefragt haben, ob er denn die Absicht habe, sie zu bezahlen, er dürfte ihr jedoch irgendeine Unflätigkeit geantwortet haben, worauf sie sich ihren Wischlumpen geschnappt hat, und ich schließlich einschritt, um der Patronne zu bedeuten, der Kaffee gehe auf mich.

Françoise hatte den ganzen Zirkus lachenden Auges beobachtet, auch ich war etwas verwirrt, sie war ein bißchen kurzsichtig und hatte einen dieser ungewissen und nachdenklichen Blicke, wenn sie einen fixierte... Und diese ganzen Sommersprossen drum herum. Sand, der beinahe türkisblaues Wasser umschloß.

Das stand mir verdammt gut zu Gesicht, jetzt einen auf Lyrik zu machen. Mich in Emblemen über die Schönheit von Damen zu ergehen. Meine Behinderung hat mir stets versagt, länger mit einer Frau zu leben, mein vollkommenes Schweigen ist mit der Zeit zu schwer zu ertragen, und mein eventuelles Gegrunze ebenfalls. Also liebe ich sie aus der Ferne, auch wenn ich ihnen bisweilen, für die Dauer eines dröhnenden Moments, nahekam.

Letzten Endes mußte auch Françoise Laura gekannt haben, sicher auf eine eher berufliche Art und Weise, doch jede Stellungnahme war willkommen. Mit einem Wink bat ich sie um die Erlaubnis, mich an sie zu wenden, ich reichte ihr meinen Fragebogen, sie las ihn durch, lächelte mich an und stopfte ihn in ihre Tasche.

«Einverstanden», las ich von ihren Lippen ab.

Als ich aus dem Café trat, mußte ich mich durch einen schon recht bedeutenden Auflauf fröhlicher, mit einemmal wie entfesselt wirkender Schüler kämpfen. Transparente an Stangen, Buttons auf den Brüsten, Schilder, etwas linkisches Auftreten. Der Beginn einer Demo. So was kannte ich in- und auswendig. Die Ansätze der von dieser kleinen Menge gemurmelten Parolen konnte ich zwar nicht hören, aber das allgegenwärtige Brummen und Rauschen tat mir gut, bereitete mir so etwas wie ein lange vergessenes Vergnügen. Junge Leute, die sich ins Getümmel stürzen, auch wenn sie nicht so recht wissen, was sie verteidigen sollen, und sympathische Köpfe haben, Gesichter, in denen Hoffnung steht, die sind stets gefährlich, das sind immer kühne und entschlossene Kämpfernaturen. Ich finde all jene zum Totlachen, welche mit Sicherheit finden werden, die wären doch total orientierungslos verglichen mit..., die wären doch bloß Kleinbürger verglichen mit... und so begütert und versorgt gegenüber denen, die ... Ich jedenfalls hoffe stets, daß sie, zumindest potentiell, ein höllisches Chaos veranstalten können. Was mich a priori entzückt.

In dem Haufen befand sich auch Jérôme, der meinem Blick sichtlich auszuweichen versuchte, und etwas weiter Fabienne. Die kleine Schwester. So brünett, wie die andere blond gewesen war. Ähnelte einem Vögelchen, ein Gesicht in etwa wie ein Star. Sie kam mir erregt entgegen und steckte mir einen Zettel zu, den ich sofort überflog.

LASSEN SIE LAURA IN RUHE. FALLS SIE MIT IHRER DRECKSARBEIT WEITERMACHEN, WIRD MEINE FAMILIE ANZEIGE ERSTATTEN.

Wenn das kein ordentlicher Packen Schiß war, dann wollte ich meine Augen ohne Zögern der Wissenschaft spenden.

Ich holte rasch mein Notizheft hervor und kritzelte, während ich neben ihr, am Rand ihrer kleinen Gruppe, hermarschierte, auf die Schnelle folgende Worte:

KOMMEN SIE MICH IN MEINEM GARTEN BESUCHEN, WANN IMMER SIE WOLLEN. ICH BIN JEDEN NACHMITTAG DORT.

Sie zerriß die Nachricht ostentativ, ohne sie zu lesen, warf sie zu Boden und redete dann mit einer gewissen Vehemenz auf ihre in nächster Nähe befindlichen Kumpel ein. Daraufhin umzingelten diese mich halbkreisförmig, als wollten sie mir die Visage polieren. Sie hatte ihnen gesagt, ich müsse wohl ein Fascho oder irgendwas in der Art sein, denn ich spürte deutlich, daß ich es hier gar nicht erst mit Dialog versuchen durfte.

Also zog ich mich fluchtartig ins Mickey zurück.

Das Cape über der Schulter und den Knaufstock in der Hand trat José Pocardi gerade majestätisch aus dem Bistro und reichte mir, theatralisch den Eingang versperrend, ein Blatt Papier, geschwärzt von seiner eigenartigen Schrift, einer gleichmäßigen, für einen Schmierenkomödianten seiner Sorte überaus zarten Kalligraphie, die als Schrift gelten sollte.

Ich dankte ihm mit dem besten stummen Lächeln, das ich auf Lager hatte. Er ging davon, um sich den Reihen der Demonstranten anzuschließen, und fuchtelte dabei derart eindrucksvoll mit den Armen, als ob er die muntere Truppe anführte.

Ich trank einen Espresso. Der Geschmack der Verzweiflung. Das fing ja gut an. Jérôme, der Verlobte, hatte wohl mächtig Gewissensbisse bekommen, «kollaboriert» zu haben, und dürfte mir bei Fabienne und Konsorten schwer was ans Zeugs geflickt haben. Schon war ich verbrannt, weil ich blindlings drauflosgeprescht war und mich nicht an die richtigen Leute gewandt hatte. Ich hätte gewissermaßen am Rand beginnen sollen, bei denen, die Laura fernstanden, um dann nach und nach zum Mittelpunkt des Kreises vorzudringen, wie der Krümel, der auf der Oberfläche meines Kaffees wirbelte.

Ich vertiefte mich nun in Josés Brief, obwohl ich genau wußte, daß ich davon nichts Großartiges zu erwarten hatte, daß das abermals ein Brocken Prosa der besonderen Sorte sein würde: Na, spürst du ihn, meinen großartigen Stil?

Lieber Poirot,
ich werde Ihnen von keinerlei Nutzen sein. In Anbetracht dessen, daß ich deutlich vorgerückteren Alters bin als meine Kameraden, bin ich, in schulischer Hinsicht, ein wenig in Rückstand geraten, wie man es bei intellektuell aufgewühlten Geistern nur allzu gut kennt, gehen diese doch nie konform mit den Ansprüchen, die das Erziehungswesen an den Durchschnitt stellt, ich gehöre keiner Clique, keinem Zusammenschluß und keiner anderen der so symptomatischen, wie episodischen Seilschaften an, denen Laura ihre Gunst gewährte. Ich weiß fast gar

nichts über sie, und außerdem richte ich es so ein, daß ich nichts über die einzelnen Elemente der wesentlichen Völkerschaft des Jules-Romains weiß. Ich habe eine Mission, ich glaube, Sie wissen welche.

Schriftsteller sein heißt, sich aus der Welt zurückzuziehen zu wissen und gleichzeitig so zu tun, als nähme man an ihr teil. Eine gewisse Weißheit wie bei Blanchot, könnte ich sagen (falls Sie den kennen…)

Das dahingestellt, könnte ich Ihnen eine gewisse Anekdote preisgeben, die zweifelsohne die einzige vertiefende Information über Laura birgt, die ich besitze. Von diesem jungen Mädchen habe ich ein besonderes Bild in Erinnerung, nämlich das ihrer weißen Brüste. Nun ja, so ist das.

Vor zwei Jahren also schienen die zwei oder drei armen Schüler, sie sind inzwischen nicht mehr da, die sich um die Vorführungen des Filmklubs kümmerten, eine vorgeblich ontologische Langeweile (die jedoch lediglich ein Zeichen ihrer Oberflächlichkeit gewesen war) überwinden zu wollen, indem sie hinter der Leinwand des Filmsaals, auf der kleinen Holzbühne, die von Zeit zu Zeit sowohl dem Gymnasium als auch dem Jugendwerk als Theater dient, einen Wurfpfeilwettbewerb veranstalteten. Irgendwann einmal habe auch ich über Mittag daran teilgenommen, weil ich herausfinden wollte, was jemand wie James Joyces empfinden konnte, wenn er in einem verrufenen Dubliner Pub eine Partie «Darts» spielte. Der Große Ire dürfte mir an jenem Tag zur Seite gestanden haben, denn ich habe gewonnen. Der Siegespreis bestand in einem jungen Mädchen aus der Sekunda, in diesem Fall in Laura, die errötend ihr mit Jean-Jacques Goldmans Siegel bedrucktes T-Shirt hochschob und mir zwei kleine weiße, bereits schön runde Titten mit steilen zartrosa Knospen zeigte, eine jugendliche, noch nicht von der Roheit des Erwachsenen zerknetete Brust. Das hat mich relativ aufgewühlt. Bis dahin hatte ich noch nie mit ihr gesprochen. Ich zog es vor, das Ganze dabei zu belassen, mir von ihr allein dieses leicht milchige Bild zu bewahren.

So, mein guter Poirot, dies war mein Scherflein zu Ihrer Suche.

Mit herzlichem Gruß

José Pocardi

Zumindest hatte er Humor. Das beruhigte mich ein wenig, meine Nerven lagen nicht mehr blank wie kurz zuvor noch, als ich mich an diesen Tresen gelehnt hatte.

Im hinteren Teil des Cafés stand Zaïr, ich sah seine Mähne über der Theke hervorlugen, und schien von einem Schauspiel in Bann gezogen, das ihn mächtig verblüffte. Ich erhob mich. Zwei stämmige Kerle, einer davon in grauem Pullunder, spielten Karten. Als ich nähertrat, um sie mir genauer anzuschauen, bemerkte ich sehr schnell, daß sie «Schwarzer Peter» spielten, also Paare bilden und den Pikbuben loswerden. Es erschien mir vollkommen irrwitzig, diese zwei stämmigen LKW-Fahrer, wahrscheinlich Kumpel vom Ehemann der Patronne, einen derart kindischen Mist spielen zu sehen. Doch dann bemerkte ich schnell die Unterschiede. Der gerade verloren hatte, seufzte ausgiebig und legte seine Pranke flach auf den Tisch. Der andere sammelte die Karten ein, mischte sie, zog sie dann eine nach dem anderen vom Stapel und knallte sie jeweils mit viel Aufhebens auf den Tisch: Bei einem Kreuz kniff er erbarmungslos in die Haut des Handrückens des Verlierers und zwirbelte sie dazu noch zwischen den Fingern, bei Pik kratzte er, die eigene Hand zum Haken geformt, über die bereits ziemlich rote Pfote seines Gegenübers, bei Karo hieb er brutal mit geschlossener Faust darauf und zermalmte die schon malvenfarben angelaufenen Finger etwas mehr, doch bei Herz war Ruhe: ein Streicheln. Dem Gemarterten standen die Tränen in den Augen, doch sein

Mund blieb zu, und seine Augen waren fest auf die Karten geheftet. Seine Hand war mittlerweile etwas angeschwollen und nahm eine hübsche violette Färbung an. Und dann kam der Pikbube, und die Bestrafung hatte ein Ende. Der Gewinner bezahlte eine Runde, dann spielten sie weiter.

Zaïr schrieb mit dem Filzstift in eine Ecke des Tischs: MASSAKER-PETER. MACHEN WIR EINE PARTIE?

Ich schüttelte heftig den Kopf und schubste ihn, meinen Block zückend, zu einem anderen Tisch.

Er zog eine ziemliche Fresse, Rechtschreibung ist so gar nicht seine Tasse Minzetee. Doch es gelang uns trotzdem, uns ein wenig zu unterhalten. Ich wollte von ihm wissen, ob es im Verlauf des Morgens eine Pause gebe und was die Pauker während dieser Zeit machten. Es gebe eine Unterbrechung von zehn Minuten, in der die Pauker einen Kaffee im Lehrerzimmer trinken würden, schrieb er mir zurück. Ich bat ihn, mich am nächsten Tag dorthin zu bringen. Er war einverstanden, für ein Bier. Ich versprach ihm einen ganzen Kasten, wenn er mir bis dahin die vollständige Lehrerliste von Lauras Klasse besorgen würde.

Er hat den Block und den Kugelschreiber wieder an sich genommen und geschrieben: LEISCHT.

Dann stand er auf und ging zu einem neben der Tür zusammengeballten Haufen Schüler, die sich dem Ende der Demo anschließen wollten. Er sprach mit ihnen, die Leute blickten ihn zunächst ganz komisch an, ich sah, wie er sich Notizen machte, und schließlich kehrte er zurück, um mir die Liste zu geben.

Ich schrieb auf den Block: KRONENBOURG ODER HEINEKEN?

«Tuborg», las ich von seinen Lippen ab.

Ich lenkte Marie-Louises Aufmerksamkeit auf mich und gab ihr zu verstehen, Zaïr die ganze Woche lang getränkemäßig zu versorgen, und daß die Rechnung auf mich ginge. Sie sah mich nicht etwa wie einen potentiellen Verderber der Jugend an, sondern eher mitleidig wie den armen Typ, der sich von dem anderen Knallkopf über den Tisch ziehen ließ.

Draußen hatte sich der Protestzug der Schüler Richtung Bahnhof in Bewegung gesetzt. Ich beobachtete, wie sie losmarschierten, und dachte beiläufig an all die schlechte und boshaft wiederkehrende Prosa der Presse über die Jugend, wonach diese nichts im Kopf und die Welt sich weiß Gott verändert hätte, weil besagte Jugend nunmehr Kohle und Schulaufseher forderte, den ganzen Mist halt, und da sagte ich mir, daß diejenigen, die solchen Stuß reden, natürlich die reinsten Neider sind und nur der Zeit nachtrauern, in der auch sie sich erlauben konnten, Demos zu veranstalten, die letzten Idioten eben, die einfach nicht kapieren, daß diese Jugendlichen mit ihren herrlich ausgreifenden Schritten und ihren nervösen, angespannten Gesichtern auf ihrem Weg wohl etwas finden werden, um diese Welt, die sie nicht mögen, hochgehen zu lassen.

Am späten Nachmittag, nach unserer traditionellen Belote im Thermomètre, Germanaz war in Hochform gewesen und hatte um die Wette «Hunderter» hervorgeholt, kehrte ich in meinen Garten zurück.

Das Wetter war schön. Die Knospen am Flieder waren mittlerweile schon ziemlich prall. Die Blätter sprossen hervor. Zwei Parzellen weiter grub Marcelle ihr Stück um, ich sah ihr Acrylfaserkleid mit den riesigen Blumen. Die reinste Naturgewalt. Mit einem grünen Daumen gesegnet, wie ich es noch nie erlebte habe. Wenn die irgendwo auf den Boden spuckt, kannst du sicher sein, daß dort schnurstracks ein Speichelbaum wächst. Offiziell hat ihr Mann den Garten gepachtet, doch den sieht man nie, sie waltet hier ihres Amtes und läßt ihn getrost im Bistro hocken, wo seine auf den Tresen gestützten Ellbogen doch das einzige sind, was der irgendwohin pflanzt.

Ich holte einen Klappstuhl heraus und setzte mich mit ausgestreckten Beinen in die Sonne. Fast unmittelbar vor mir, etwas zu meiner Linken, unter der Dachrinne von Totos Schuppen, stand das Faß, in dem Laura eine Nacht lang im Wasser gelegen hatte.

Mein Herz schnürte sich zusammen, meine Beine taten mir plötzlich weh.

Marcelle kam herüber, um mir ein paar Spinatsämlinge, Sorte *Matador*, zu bringen. Da dieses Gemüse mithin dazu neigt, den Boden auszulaugen, habe ich beschlossen, die Dinger ganz am Ende meines Stücks, fast am Rand zu pikieren, wo ich in drei Monaten Winterendivie, und zwar *Riesen,* ziehen werde, um welche für diesen Winter zu haben. Mich wieder mit meinem Gemüse zu befassen, hat mich auf andere Gedanken gebracht, wenigstens waren das Gedanken, die eine Zukunft hatten, das war eine Arbeit, die Ergebnisse bringen konnte. Doch als ich mir das Bild dieser dicken Salatköpfe und ihrer herrlichen grün-goldgelben Herzen wachrief, die im Dezember wachsen würden, mußte ich erneut an Laura denken.

Wie sich die Sonne neigte, ließ auch ich den Mut sinken.

Gegen Abend stand es so schlecht um mich wie mit den Photonen in der Luft. Ich war sogar soweit, daß ich hoffte, die Flics sollten den Mörder nur rasch aufspüren, um meinen Kopf und meine Nerven von dieser Last zu befreien, obwohl ich mich noch nie darüber habe freuen können, daß ein Typ im Knast endete, diesem kleinen, amtlich geregelten Sterben, den Tag um Tag neu aufgelegten Schweinereien, diesem Fegefeuer von der Qualität einer Hölle, dieser Selbstmordsackgasse. Und ich, ich wußte nicht mehr so genau, was ich überhaupt in dem ganzen Mist machte, warum ich derart herumzappelte und was mich wohl dazu treiben mochte, den Banlieue-Knallkopf, den Supermarkt-Sherlock zu geben. Der Taubstumme verbringt seine Zeit mit Reden, mit lautlosen Dialogen, und diese inneren Diatriben sind keineswegs Monologe, sondern vielmehr all die Streitgespräche, die man mit den anderen, den wahren *Zorros* nie wird führen können.

Und während ich mich also mit demjenigen unterhielt, mit dem ich am liebsten spreche und der mich bestens hört, nämlich mit mir selbst, bin ich auf etwas ganz Absurdes gekommen, eine Sache, die mir ad hoc auffiel, als ich spontan wieder an das Buch denken mußte, das Laura mir mindestens sechs Monate zuvor geliehen hatte, ein polnischer Schmöker, Fredi irgendwas, bei dem ein ganzer Abschnitt aus einem einzigen langen und blödsinnigen Schrei der Liebe für eine Person bestand, die nur die junge moderne Gymnasiastin genannt wurde. *Ferdydurke*, genau, so hieß das Ding. Der Mord an Laura sollte mich etwas angehen, sollte auf mich verweisen, sollte mich in meiner eigenen Geschichte, vielleicht in meiner Kindheit, meiner Denkart treffen, in all dem, was ich nie erreicht habe, was mir nie gelungen ist, oder aber, ich weiß nicht recht, was mir eben nur zu gut gelang. Dieser Mord konnte keineswegs der schwachsinnige Überfall eines Vergewaltigers niederster Provenienz sein, der irgendein zufällig angetroffenes junges Mädchen bis aufs Mark auslutscht, es war auch nicht die Missetat eines Kumpels, die jungen Leute lieben sich untereinander zu sehr, wehren sich Seite an Seite, vor allem zur Zeit, eliminieren ihre Kräfte nicht einfach so und foltern nicht noch zu alledem.

Man hatte Laura in meine Tonne gesteckt. Man wollte mir, wenn auch nur unbewußt, irgend etwas sagen.

*

Als ich am folgenden Morgen noch völlig tumb, die Ellbogen auf das Resopal meines Küchentischs geschraubt, meinen Kaffee trank, konnte ich in der Morgenzeitung lesen, daß die Demo vom Vortag ein weiteres Beispiel für das

Erwachen an den Lycées gewesen sei, obgleich sie, wie immer durch die Umtriebe «gewisser, wie immer unkontrollierter Gruppen», gegen Ende ausgeartet wäre. Die Polizei habe ihre Arbeit getan, und zwar auf die einzige Art und Weise, auf die sie sich versteht und die sie halt mag, es habe Verletzte gegeben, die Gegenmaßnahmen waren wohl ein ganz klein wenig brutal ausgefallen, und daher hatten die Gymnasien an diesem Morgen prompt zum Streik aufgerufen. Normal.

Ich schloß die Augen und zog eine Waffel aus der großen Weißblechdose. «Es wird schon», prognostizierte sie. Ach ja?

In der Mickey-Bar sprang mich Marie-Louise sofort an, zeigte auf Zaïr und fragte mich, ob ich ihn denn tatsächlich auch an diesem Tag freihalten wolle. Ich antwortete ihr mit einem bestätigenden Kopfnicken und hörte dann natürlich nicht, wie Zaïr irgend etwas bei der Patronne bestellte, worauf die Gute völlig von den Socken war. Nach kurzer Wartezeit sah ich, daß der junge Gymnasiast mit einer Tasse Kräutertee, Eisenkraut-Lindenblüte, bedacht wurde. Schnaufend beobachtete Marie-Louise ihn nun aufmerksam, während er gemächlich sein Gebräu trank, fürchtete sie doch offensichtlich, er könne sich dessen bedienen, um seine Beißerchen zu putzen oder seine Mähne damit zu pomadisieren.

Und dann hat Zaïr mich ins Lycée begleitet. Alles stand sperrangelweit offen, wegen des Streiks, und nur ein kleiner Posten Schüler kontrollierte lediglich den Eingang, um unerwartete Besuche zu verhindern. Zaïr redete mit ihnen, und sie ließen uns durch. Wir gingen das Gebäude A und den Fahrrad- und Mopedschuppen entlang. Stiegen danach eine große graue Treppe hoch, die Wände waren mit Graffiti und den Spuren ehemaliger Malereien bedeckt, bis wir in so etwas wie eine düstere Halle gelangten, die schwarz von Menschen war. Ein Megaphon in der Hand stand ein Gymnasiast auf einem Tisch und hielt eine aufpeitschende Ansprache an seine Brüder und Schwestern. Ich hörte nichts, spürte jedoch einen enormen Druck auf meinem Kopf, ein Zeichen dafür, daß hier, vom akustischen her, eine Bombenstimmung herrschen mußte, daß gewaltig geschrien, angebellt, herumgebrüllt wurde. In diesem lautlosen Brummen und Dröhnen nahm ich außerdem eine ganze Bandbreite von Freude, eine ganze Bandbreite von Anspannung und Erregtheit wahr. Und dann mußte sich der Volksredner regelrecht von seiner Kanzel schmeißen lassen, zwei weitere Gymnasiasten wurden beinahe handgreiflich beim Versuch, sich das Megaphon, absoluter Zankapfel aktivistischer Begehrlichkeit, zu entreißen. Eine richtig gute Stimmung, die mich an die großen Hauptversammlungen des «Syndikats» erinnerte, an denen ich so gerne teilnahm, um aus den Gesichtszügen, den Reaktionen aller anderen, die aufmerksam zuhörten oder dazwischengrölten, wie auch aus den Bewegungen der Masse den jeweiligen ideologischen Tenor des Redners herauszulesen. Da ich Anarcho-Syndikalist war und die gleichgesinnten Genossen gut kannte, fiel mir das nicht schwer, denn alle andere waren zwangsläufig kleine Chefs, Kapos, Sozialverräter, Wachhunde des Kapitals.

Als Zaïr schließlich auf etwas mechanische Art mit den Schultern zuckte, hatte er wohl genug, ich gab ihm ein Zeichen, und er brachte mich zum Lehrerzimmer. Ich bemühte mich, mir die örtlichen Gegebenheiten genau zu merken, sie in meinem Gedächtnis zu ordnen, gewissermaßen einen informellen Lageplan zu zeichnen. In den langen Fluren mit den orangefarbenen und grauen Wänden hockten etliche Bälger, die jüngsten schienen ein wenig außer Fassung, vielleicht weil es ihr erster Sitzstreik war, wobei sie den ganzen Aufruhr um sich herum mit großen Augen beobachteten und gleichzeitig in offen am Boden liegenden

Schulbüchern ihre Lektionen wiederholten. Außerdem etliche Paare; die allgemeine Freude und Erregung, ausgelöst durch diese partielle Freiheit, steigerten ihre Gefühle noch, verliehen ihnen die Kraft und den Mut, sich hemmungslos zu küssen und sich das Recht dazu herauszunehmen, an einem Tag wie diesem könnte ihnen wohl kaum einer verbieten, sich vor aller Augen zu umarmen. Viele Erwachsene sah ich nicht, sie gingen völlig unter in diesem Haufen Schüler, den fünf- oder sechshundert im ersten Stock dieser Penne zusammengedrängten Schreihälsen.

Wir kamen an einer kleinen Halle im Erdgeschoß des anderen Eingangsbereichs vorbei – das Lycée war ja in Hanglage errichtet –, der auf einen Grünstreifen mit ein paar Blumen und einer befremdlichen Metallskulptur ging, und endlich zeigte Zaïr mir die angelehnte Tür des Paukerzimmers.

Ich nahm mein Herz in beide Hände und trat ein. Eine Menge Leute, es roch nach Zigaretten, aber auch nach dem Alkohol, der bei Hektographien verwendet wird, es roch nach heißen Fotokopiergeräten, und es roch nach Schweiß, die Studienräte standen in Gruppen beisammen, manche saßen sogar auf Tischen, und hielten ebenfalls eine Minihauptversammlung ab.

Sie bemerkten mich kaum, ich grüßte einige, es waren viel mehr Frauen als Männer zugegen, insistierte aber nicht allzu sehr, sondern wandte mich geradewegs den Fächerkästen aus Holz zu – manche standen offen und schienen Berge von Büchern und aufgetürmten Klassenarbeiten zu erbrechen –, die in einer Reihe an der rechten Wand, direkt neben einer Kaffeemaschine standen, vor der sich eine Gruppe Erwachsener zusammengeballt hatte. In jedes der Fächer mit den Namen von Lauras Paukern drauf steckte ich einen Fragebogen.

Und dann hat mir jemand auf die Schulter geklopft. Ein Typ, kraushaarig, freundlich lächelnd. Den ich kannte, er war das Jahr davor, so etwa Anfang Sommer, mit Laura in die Kleingärten gekommen. Ihr Englischlehrer, glaube ich, ein netter, wenn auch etwas hochmütiger Typ. Ich reichte ihm einen Fragebogen, er las ihn eilig durch, nickte ernst und zog mich dann in den hinteren Teil des Raums.

Dort nahm er ein Blatt von einem Tisch, auf dem von Kippen überquellende Aschenbecher standen und haufenweise Flugblätter der Gewerkschaft der Gymnasiallehrer, SNES, herumlagen, bat mich, Platz zu nehmen, und fing dann an zu schreiben.

SEIEN SIE VORSICHTIG, SIE DÜRFEN SICH HIER GAR NICHT AUFHALTEN.

ICH DACHTE, DIE KNASTGYMNASIEN WÄREN PASSÉ, erwiderte ich auf demselben Blatt.

DIE AUSSENWELT IST NOCH ZU PROBLEMATISCH, UM DIE TÜREN GANZ AUFZUSTOSSEN. AUSSERDEM IST HEUTE STREIK, KEIN TAG DER OFFENEN TÜR.

Er ließ mich zunächst lesen, was er geschrieben hatte, und fügte dann noch hinzu:

WARUM TUN SIE DAS? IST DOCH IDIOTISCH, ALLE WERDEN SICH IN ACHT NEHMEN. UND ZWAR ZU RECHT.

MOCHTEN SIE LAURA? entgegnete ich einfach nur.

Er betrachtete mich mit einem komischen Gesichtsausdruck, zuckte mit den Schultern.

DIE LEUTE STEHEN ALLE NOCH IMMER UNTER SCHOCK WEGEN IHRES TODES, SIE REITEN SICH DA VOLL IN DIE SCHEISSE. HIER KENNT SIE DOCH FAST NIEMAND.

Ich hielt ihn mit einem Wink zurück und schrieb in aller Eile hinter seine letzten Worte: SIE ABER.

Er blickte mich seufzend an.

ICH WERDE ANTWORTEN. ABER BLEIBEN SIE NICHT HIER.

Er begleitete mich, vielmehr schubste mich, eine Hand an meinem Ellbogen, in den Flur. Im Vorübergehen schloß er noch sein Fach ab, dabei konnte ich seinen Namen auf dem Holztürchen lesen: VUELLE. Genau, in dem Moment fiel es mir auch wieder ein, er hatte mich im zurückliegenden Juni sogar um die Erlaubnis gebeten, Fotos in den Gärten zu machen, ein Freund vom ihm suchte nämlich derartige Landschaftsbilder für einen Bucheinband. Laura dürfte mir sogar gesagt haben, er sei auch Journalist, wenn mich mein Gedächtnis nicht trügt.

Vuelle führte mich also aus dem Zimmer. Ich merkte zwar, daß zwei oder drei Pauker uns mit etwas größerer Neugierde anschauten, stellte mich ihrem Argwohn jedoch nicht.

Draußen habe ich mich von ihm freigemacht und mich mit breitem Lächeln verabschiedet. Zaïr hatte nicht auf mich gewartet. Dem Pauker zugewandt, zeigte ich auf das Ende des Gangs, von wo ich gekommen war, und gab ihm zu verstehen, daß ich dort auch wieder lang wollte. Er ließ mich widerwillig ziehen, und ich spürte seinen Blick in meinem Rücken, während ich abermals in die kleine Schülerschar vordrang, die die Halle, in der die Generalversammlung stattfand, immer mehr verstopfte.

Ich bahnte mir einen Weg an den großen Holztafeln entlang, auf denen eigentlich Jules Romains Leben den nachkommenden Generationen veranschaulicht wurde, zur Zeit jedoch große Papierbögen mit der stets gleichen Überschrift «Kommission» festgezweckt waren. Da gab es etwa die Kommission Sicherheit, die Kommission Wahlen zum Departementsausschuß, die Programmkommission, die Kommunikationskommission usw. Wie in den guten alten Tagen.

Der flammende Volksredner hatte mittlerweile gewechselt, nun war ein junger Schüler mit Brille, Typ Verantwortungsträger, an der Reihe, und was er von sich gab, schien den Massen nicht zu gefallen, diverses Gedränge, genauer gesagt ein ziemliches Wogen sollte ihn offenkundig von seiner Kanzel herunterbewegen. Im Hintergrund des Saals trieben sich ein paar ausgelassene Schüler herum, die sich mächtig zynisch und überlegen gaben und ein behelfsmäßiges Spruchband hochhielten, auf dem, mit dikkem Filzstift, geschrieben stand: DAS GANZE IST DOCH VON DER SUBSTANZ LAUDATIVER KONNOTATION.

Nicht sehr weit von ihnen entfernt ballte sich vor einer offenen Tür ein schier tobsüchtig scheinendes Konglomerat wild gestikulierender Leiber zusammen. Aus dieser Richtung spürte ich noch mehr Schreie, noch mehr Gebrüll. Mein Schädel dröhnte wie hohl. Ich ging auf sie zu, doch tatsächlich wurden dort nur Brötchen verkauft. Ihr Geld in der Hand, krabbelten die Bälger regelrecht übereinander und versuchten erbittert, von einem aufgekratzten und munter johlenden Langhaarigen ihr Teil an schokoladenhaltigem Manna zu empfangen. Hinter letzterem konnte man einen kleinen Raum erkennen, mit einer Art Metallgestell, auf dem ein 16-mm-Filmprojektor thronte, ein *Bell Howell,* bei *La Vie du Rail* hatten wir den gleichen, um unsere Werksfilme vorab anzusehen. Ein Lycée mit Kinosaal. Einen Moment lang dachte ich, die Gören von heute sind doch wirklich Glückspilze ... Ich für meinen Teil habe alles nur durch Bücher gelernt, und über die Illustrationen.

Natürlich blieb mir ja auch gar nichts anderes übrig.

Plötzlich tippte mir jemand auf die Schulter, ich erkannte Françoise Meyer, die mich mit ernster Miene ein wenig beiseite zog und mir ebenfalls zu verstehen geben wollte, daß ich hier nichts zu suchen hätte. Sie führte mich zu einem nicht sehr weit entfernten Büro, an der Tür stand «PÄDAGOGISCHER BERATER», sie bedeutete mir, einen Augenblick zu warten, ging hinein, kam dann wieder heraus und reichte mir einen Umschlag. Ich lächelte sie an und suchte schließlich den Ausgang auf. Dabei kam ich an einer orangefarbenen zweiflügeligen Tür vorbei, die in einen großen dunklen Saal führte, aus dem ich ein leises Raunen verspürte. Der Filmsaal, ein zweiter Eingang. Ebenfalls orangefarbene Sitze, voller Bälger, «Kleine» mit ihren riesigen Ranzen und Sporttaschen in den Händen sahen sie ganz so aus, als würden sie jeden Moment schreiend, im plötzlichen Licht blinzelnd, herausgerannt kommen. Ich ging hinein und setzte mich ganz hinten hin. Aus einem Loch über mir flimmerte ein Lichtkegel. Das Ende eines Films über die Gasgewinnung in dem Bergdorf Lacq, der Abspann dankte lang und breit den Französischen E- und Gaswerken EDF-GDF sowie der Region Midi-Pyrénées. Der Saal war voller Schüler, die sich demnach gerade einen Dokumentarfilm reingezogen hatten, bei dem sie nicht allzu viel kapiert haben dürften. Die Lichter im Saal blieben ausgeschaltet, während der Vorführer eine neue Spule einlegte. Einige verließen den Raum, andere kamen herein, all das in einer Atmosphäre gutmütigen Schiebens und Drängens. Die Leinwand begann erneut zu flimmern, und diesmal kam «Charlie Chaplin in Kur». Ich blieb, weil ich den Blick einfach nicht von der Leinwand wenden konnte, natürlich ist das mein liebstes Kintopp, das Taubstummenkino nämlich, das noch nie gesprochener Worte bedurfte. Unschuldig zu lachen hat mir gut getan, Chaplins erste Filme sind mir seit je die liebsten gewesen, in denen ist er derart böse, daß er schon beinahe zum Anarcho wird. In diesem hier spielte er die Rolle eines von morgens bis abends sturzbetrunkenen Gecks, der sich nach Kräften bemüht, Wasser der thermalen Art zu trinken. Natürlich gelingt es ihm peu à peu, das gesamte Heilbad besoffen zu machen. Ich spürte, daß die Schüler ebenfalls wacker lachten, die Kleinen amüsierten sich, während ihre älteren Mitschüler streikten und eine Welt neu zu erschaffen versuchten, die sie vielleicht ebenso burlesk wie die von Chaplin, doch sicher weniger komisch fanden. Deren Welt war ernst, dramatisch. Eine Welt, in der es für sie nicht viel Hoffnung gab. Eine Welt, in der auch junge Mädchen getötet wurden.

Ich ging vor Ende des Films, schritt dann den noch immer genauso überfüllten Flur ab, kam erneut durch die große Halle, die Hauptversammlung war nach wie vor gewaltig bewegt, ich nahm jedoch ein gewisses Schwanken wahr, als hätten viele Schüler allmählich die Schnauze voll. Jérôme zelebrierte gerade, das Megaphon in der Hand: Zyklotrop peitschte seine Truppen aus Zyklomännern auf. Niemand wollte ihm das Gerät aus den Händen reißen, und an unbedeutenden Kleinigkeiten, etwa an den mechanischen Gesten seiner freien Hand, den kämpferischen Blikken oder dem offensichtlichen Bemühen, langsam zu sprechen, konnte man erkennen, daß er derartige Übungen gewohnt war. Am Rande der kleinen Menge standen ein paar Erwachsene, wahrscheinlich Pauker, schließlich bemerkte ich einen Typ, der sich ganz lässig, ein Lächeln auf den Lippen, etwas abseits hielt und lauschte, und mit einemmal erkannte ich in ihm einen der Flics von Gaillet, einen von denen, die an jenem Tag, als ich mich im Kommissariat gedulden mußte, an jenem Tag, als ich ein Verdächtiger, ein potentieller Dreckskerl eben, gewesen war, auf mich aufgepaßt hatten.

Dort, mitten in der gymnasialen Welt, ein Flic! Beim Spitzeln. Um mal ein bißchen nachzuschauen, was diese kleinen Arschlöcher so aushecken. Die Agitatoren ausmachen. Bravo, die guten Manieren gingen nie verloren.

Plötzlich spürte ich die besonderen Ausdünstungen der Feindseligkeit, der Anspannung. Fabienne stand unversehens vor mir, sie hatte mich offenbar erkannt und versperrte mir, von mehreren Gymnasiasten umringt, den Weg. Ich blickte sie an und las von ihren Lippen ab.

«Hauen Sie ab!»

Ich gab ihnen mit einem Zeichen zu verstehen, sich einen Augenblick zu gedulden, zog meinen Kugelschreiber heraus und schrieb auf einen Umschlag: WARTET, BEVOR IHR MICH RAUSSCHMEISST. IHR HABT NOCH WAS ZU ER-

LEDIGEN, DA DRÜBEN STEHT EIN FLIC. DER RUMSPITZELT. Diesmal hat sie mein kleines Liebesbriefchen gelesen, und die anderen Jungs ebenfalls, über ihre Schulter hinweg, sie haben sich umgeblickt, ich winkte ihnen, mir zu folgen, näherte mich dem Bullen von hinten, zeigte ihnen den Kerl und verschwand dann über die Treppe.

Ich nahm noch wahr, wie es hinter mir mächtig unruhig wurde.

*

In der Mickey-Bar ließ ich mich anschließend vor einem Suze-Cassis nieder, für einen wie mich ist der durch Zeichen noch relativ leicht zu bestellen, und öffnete dann den Brief der schönen Aufseherin:

Werter Herr,
ich willige nur deshalb ein, Ihren «Fragebogen» zu beantworten, weil ich Sie ein wenig kenne. Nicht durch Laura, das arme Mädchen, sondern durch einen Lehrer, der mir von Ihnen erzählt hat, nachdem er in Ihrem Garten gewesen war, nämlich ihr Französischlehrer, Michel Fray. Über Laura habe ich Ihnen nicht allzu viel zu berichten. Ich bin die Karteikarte sorgfältig durchgegangen, die wir über sie im Büro der Pädagogischen Beraterin führten (zu Ihrer Zeit, wie auch noch zu meiner, nannten wir sie die Oberschließerin), in dem ich manchmal arbeite. Eine ruhige Schülerin, nicht sonderlich undiszipliniert, fehlt nicht oft, kommt fast nie zu spät, außer in der Tat zweimal zum Morgenunterricht in ihrer letzten Woche, was bei ihr ein wenig ungewöhnlich war (sie wohnte in der Cité Bonmousseau, nicht sehr weit von der Penne entfernt, sie dürfte also verschlafen haben), ziemlich gute Schülerin, noch nie sitzengeblieben, die Lehrer mochten sie, bei den zusätzlichen Beurteilungen auf dem

Zeugnis ist die am häufigsten wiederkehrende Bemerkung das sehr konventionelle «sehr reif für ihr Alter».

Vergangenes Jahr hatte ich manchmal mit ihr zu tun, sie war nämlich zur Klassensprecherin gewählt worden, aber da gab es nie irgendwelche Geschichten. Bis auf eine Sache, zu Beginn des Jahres, da hat sie sich mit Mohand Bellaïche etwas «hart» geprügelt, einem Schüler aus der Tertia, der in ihrer Siedlung wohnt, doch dann haben die beiden vor uns, im Büro, Frieden geschlossen, es ging um irgendeine Beleidigung, Sie wissen ja, die Jugendlichen gebrauchen leichthin Wörter, deren emotionalen Gehalt sie nicht immer verstehen. Mohand hatte sie «schlecht gemacht», sie hatte heftig reagiert, so was kommt hier alle Tage vor.

Merkwürdiges über sie wüßte ich also nicht: höchstens eine Geschichte. Eine etwas alberne, zugegeben, aber ich will sie trotzdem nicht verschweigen.

Vor drei Monaten ungefähr ist der «Animateur» und Leiter des «Foyer», der sämtliche Freizeitveranstaltungen organisiert, in mein Büro geplatzt, weil er nach einer Sitzung des Filmclubs im Projektionsraum ein Päckchen gefunden hatte, das weder einen Namen noch irgendwelche Kennzeichen trug.

In Plastikfolie eingepackt lag darin ein Maroilles *von einem Kilo. Wir fanden das sonderbar, daß ein Schüler einen derart großen Laib Käse ins Lycée mitbringen konnte, der noch dazu so furchtbar stank, daß wir ihn sorgfältig wieder eingepackt und im Büro auf einem Schrank deponiert haben.*

Dort lag er dann den ganzen Tag lang und schwängerte kräftig die Luft im Raum. Gerade als wir uns dann endlich von ihm trennen wollten (die Oberschließerin stand kurz vor einer Ohnmacht) ist Laura hereingekommen und hat errötend gefragt, ob wir nicht ihren «Vier-Uhr-Imbiß» gefunden hätten, den sie im Filmclub liegen-

gelassen haben dürfte. Ziemlich amüsiert haben wir ihr das Ding gegeben, ohne eine Erklärung zu verlangen.

Ich finde es halt merkwürdig, daß sie nicht einfach nach ihrem Käse gefragt und sich statt dessen diese Geschichte mit dem Vier-Uhr-Imbiß ausgedacht hat, das ist alles…

Eine blöde Auskunft, aber, nun gut.

Ich habe mir erlaubt, Ihren Fragebogen zu fotokopieren, um ihn unmittelbar an Michel Fray weiterzuleiten. Sobald ich seine Antwort habe, werde ich sie Ihnen im Mickey aushändigen, ich bin ja dreimal die Woche dort, oder aber ich hinterlege sie bei Marie-Louise.

Ich rate Ihnen, sich mal mit Anne Gadot, Lauras bester Freundin, in Verbindung zu setzen. Die beiden steckten ständig zusammen und schienen mir viele Geheimnisse miteinander zu teilen. Wie alle jungen Mädchen mochte Laura noch so «reif» sein, wie es überall heißt, sie war doch erst siebzehn, und ich weiß noch so ungefähr, was das heißt.

Nur Mut, lassen Sie sich nicht unterkriegen.

Ein schöner Brief, und gut geschrieben. Es freute mich, diese junge Frau sah meinen Schritt unvoreingenommen, natürlich erzählte sie mir nichts, was mich wirklich weiterbringen könnte, doch sie hatte sich dazu durchgerungen, mir zu helfen. Ich konnte also davon ausgehen, gewissermaßen eine Verbündete vor Ort zu haben.

Daraufhin ist der Flic, den ich dort oben im Lycée aufgespürt hatte, etwas blaß in die Bar gekommen, er erkannte mich sofort, stutzte kurz, ging dann in den hinteren Bereich der Kneipe, um zu telefonieren, wahrscheinlich um seinen Chef davon in Kenntnis zu setzen, daß er von Schülern, die ihn merkwürdigerweise erkannt hätten, aus der Penne geworfen worden sei. Sicher würde er Gaillet bei der Gelegenheit auch stecken, daß ich hier rumsaß, daß ich vielleicht die Schulausgänge abklapperte und vermutlich auf ein weiteres Püppchen lauerte, das ich in den kommenden Tagen abmurksen könnte.

Derweil kam Rosario, ein herrliches T-Shirt mit den Insignien der «Vache qui rit» auf dem Leib, aus dem Nebenraum, fast auf dem Fuße gefolgt von einer zerzausten Marie-Louise, er dürfte ihr bis in die Küche nachgestellt haben, um ihr auf den Senkel zu gehen. Er entdeckte mich, ließ sich mir gegenüber nieder, bat mich um einen Bleistift und schrieb linkisch, Maurice Lentec, den Rocker, habe man nun schon seit drei Tagen nicht mehr gesehen, das sei aber normal, weil er mit seinen Kumpeln im *Lycée technique*, der Fachoberschule nebenan, in der Nähe des Bahnhofs, ein Konzert geben wolle, und zwar nächsten Samstag, anläßlich deren Schulfestes. Deshalb müsse er wie ein Tier proben.

Ich habe ihm auf demselben Stück Papier gedankt und ihn davon unterrichtet, daß der Typ, der hinten telefoniere, ein Flic sei.

Rosario stand behäbig auf, schaute, wie wenn nichts wäre, zunächst in alle Richtungen, dann zur Telefonkabine hinüber, und ging schließlich zu Marie-Louise, um mit ihr zu reden. Clowns seines Schlages kommen nicht gerade um vor Angst gegenüber den Typen mit Käppi, seine vielköpfige, seit langem hier ansässige Einwandererfamilie hatte ihm zwangsläufig eine gesunde Aversion gegen das Bullengesocks mitgegeben, zu der noch verschärfend eine durch tägliche Praxis geübte Furchtlosigkeit hinzukam. Jedenfalls hat Rosario die Patronne eingewickelt, die ihn insgeheim wie einen möglichen Filius lieben dürfte, denn sie läßt ihm alles durchgehen und erlaubt ihm sogar bisweilen, die Gäste zu bedienen sowie Bestellungen aufzunehmen. Mir nichts, dir nichts geht Rosario also erst zu dem Bullen, um ihn zu fragen, was er zu trinken gedenke, und dann hinter die Theke, zapft dort ein Halbes, stellt es auf ein Tablett und nähert sich dann, ein wenig taumelnd, wieder dem Tisch, an dem der andere etwas verklemmt, den Blick starr auf das veraltete Plakat eines hiesigen Fußballspiels geheftet, auf seine Bestellung wartet. Rosario stolpert plötzlich über einen Ranzen, schießt nach vorn und knallt der Länge nach auf den Tisch des Flics. Das Bier spritzt überall hin, Glasscherben fliegen herum, bis auf die Bank aus fragwürdigem Skai, der Polizist springt triefend hoch und brüllt Rosario an, der mit hängendem Kopf Abbitte leistet. Marie-Louise taucht mit dem Lappen in der Hand aus ihrer Küche auf, schlägt nach Rosario, der mir dabei zuzwinkert, und versucht den angerichteten Schaden wiedergutzumachen, der Bulle meint offenbar, aber nein, aber nein doch, ist ja nicht so schlimm. Marie-Louise scheint ihm zu sagen, das Getränk gehe auf sie, und daß sie ihm ein anderes bringen werde, doch der Kerl winkt ab, nein, nein, und verschwindet, vernichtende Blicke auf ein paar Gymnasiasten schießend, die einfach nicht anders können, als sich insgeheim schief zu lachen.

In der Mickey-Bar wird nun ordentlich rumkrakeelt, das spüre ich. Marie-Louise schimpft auf Rosario ein, der aber verteidigt sich und scheint ihr sogar zu drohen. Doch plötzlich platzt Raymond herein, der Ehemann der Patronne, er ist etwas früh dran, oder aber sein Laster ist am Morgen nicht angesprungen, jedenfalls packt er Rosario am Kragen seines T-Shirts, die «lachende Kuh» zieht eine komische Fresse, und wirft ihn mit einem kräftigen Fußtritt vor die Tür.

Ich sehe, wie Marie-Louise mit einemmal etwas traurig dreinblickt und hinter den zerfransten Gardinen nach draußen lugt, ob der arme Bub auch nicht zu viel Aua hat. Und ich spüre deutlich, daß im Bistro eine geradezu olympische Stille entstanden ist.

Aufs äußerste pomadig geplättet und von einer Wolke Lavendel umgeben, setzt sich Raymond an einen Tisch nahe der Tür zur Küche. Schwester Thérèse läßt auf der Stelle von ihren Unterhosen ab und eilt hinzu, um eine karierte Tischdecke auf- und den Serviettenring bereitzulegen, sowie ein Glas und eine Flasche Roten aufzupflanzen, da läßt nichts lange auf sich warten. Vorsicht, heiß und fettig, Marie-Louise eilt bereits aus der Küche mit einem herrlichen Teller *tripes*, die man noch aus zehn Meter Entfernung riecht. Raymond hat bislang kein einziges Wort gesagt, er scheint sich nun zu entspannen, nimmt ein Stück Brot zur Hand und tunkt es in die Soße. In dem Moment halte ich es nicht mehr aus, mein Magen vollführt einen Looping, Marie-Louise merkt es, wahrscheinlich sehen meine hervortretenden Augen wie Raymonds Kutteln nach Caener Art aus, sie deutet auf den Teller ihres Herzallerliebsten und fragt mich, ob ich auch welche will, ich antworte ja, ja, man holt mich an den Tisch vom Boß, der duftende Teller *tripes* kommt ebenso fix hinzu, und noch im selben Augenblick wird es um uns herum leer. Die Gymnasiasten flüchten sich mit ihren Sandwiches in den hintersten Bereich des Schankraums, die jungen Leute werden wohl niemals Kutteln, ja nicht mal die Vorstellung von Kutteln mögen.

Das gehört zu den Dingen, die mit dem Alter kommen.

Wenn man eine solche Köstlichkeit ißt, kann man einfach nicht denken. Die Zeit dehnt sich im Rhythmus des gemächlichen Kauens der Salzkartoffeln, ich erkenne den goldgelben Geschmack der kleinen *Ratte de Touquet*, gedämpft ist die ausgezeichnet. Kaum habe ich meinen Teller leer gegessen, selbst eine Katze hätte ihn nicht besser geputzt, da saust auch schon Kommissar Gaillet wie der Blitz ins Mickey, dicht gefolgt von seinem Untergebenen, der draußen artig auf ihn gewartet hat, der Arme, dann zeigt er Marie-Louise, die ihn zweifellos bestens kennt, aber das krasse Gegenteil vortäuscht, unauffällig seinen Ausweis. Gaillet redet lange auf sie ein und blickt dabei mehrere Male scheel zu mir herüber. Aha, jetzt erkundigt er sich über mich. Ob ich ein Stammgast sei? Wie ich mich so verhalte? Ob ich nach den kleinen Mädchen schiele? Etc.

Dann kommt er zu mir, erteilt mir den stummen Befehl, mich in den hinteren Bereich des Schankraums zu verfrachten, läßt mich auf einer wie der Teufel durchgegurkten Bank Platz nehmen – dessen angestammtes Territorium dies hier ja ist – und zieht einen Notizblock hervor.

Unsere Korrespondenz des Tages hat ungefähr folgendes ergeben:

WAS TREIBEN SIE HIER?

DAS IST MEINE KNEIPE.

ICH DACHTE, DAS WÄRE DAS THERMOMÈTRE IN DER RUE GAMBETTA.

INS THERMO GEHE ICH WEGEN DER BELOTE. UND INS MICKEY, UM MIT DER JUGEND AUF TUCHFÜHLUNG ZU BLEIBEN.

LAURA KAM HIERHER.

Darauf habe ich nichts geantwortet. Er hat den Block wieder an sich genommen:

JOVILLAR, ICH WEISS WEDER WARUM, NOCH WIE SIE IN DEN MORD AN DIESEM JUNGEN MÄDCHEN VERWIKKELT SIND, ABER ICH WERDE ES HERAUSFINDEN.

Er machte wirklich einen aufgeregten Eindruck. Ich saß in der Klemme. Entweder ich reizte ihn noch etwas mehr, und dann würde er mich vor aller Augen einbuchten, und in dem Fall gäbe es dann zwei Möglichkeiten: Entweder würde ich für die örtliche Bevölkerung zum positiven Helden werden oder aber zum Gegenstand des Argwohns, und dann wäre Schluß mit meinen kleinen Ermittlungen, ich wäre verbrannt, der reinste Bratspieß. Oder ich gäbe nun klein bei und täte so, als kollaborierte ich, und dann wäre ich vollkommen erledigt, die Neuigkeit würde in der kleinen Welt des Lycée sehr rasch die Runde machen, und die Buschtrommel bis auf den Grund meiner Ohren dröhnen. Folglich mußte ich ein Risiko eingehen.

Ich verlangte nach dem Block. Schrieb einen richtigen Roman.

LASSEN SIE MICH IN RUHE. SIE WÜRDEN BESSER DARAN TUN, LAURAS MÖRDER ZU FINDEN, STATT EINEM BEHINDERTEN AUF DEN SACK ZU GEHEN, DER DIE GESELLSCHAFT JUNGER HERANWACHSENDER STETS DER VON EISENBESCHLAGENEN KNOBELBECHERN VORZIEHEN WIRD, UND STATT IHRE SCHERGEN LOSZUSCHICKEN, UM GYMNASIASTEN AUSZUSPIONIEREN, DIE FÜR IHRE ZUKUNFT UND FÜR DIE FRANKREICHS STREIKEN.

Er schlug auf den Tisch, erteilte seinem gedungenen Henkersknecht einen Befehl, und prompt führten sie mich ab. Ich bezahlte Marie-Louise noch schnell im Vorbeigehen, indem ich ihr eine Handvoll Münzen hinwarf, das machte was her, ganz große Klasse diese Geste, so in einem Schwung, Zaïr würde es zu schätzen wissen. Ich ahnte, daß die Bar noch immer totenstill war, und lediglich Rosario, der sich vor der Tür gerade anschickte, einen weiteren Auftritt zu wagen, stellte dem bereits sattsam über 180 rotierenden Kommissar die falsche Frage und fing sich stracks eine Schelle ein.

Sie haben mich nicht wieder ins Polente Center gebracht, sondern wahrhaftig zu mir nach Hause und die Treppen hochgeschafft, in meine Dreizimmerwohnung geschubst, in den Sessel im Wohnzimmer geworfen und mir stumm befohlen, mich auch nicht um Haaresbreite mehr zu rühren. Dann begannen sie auch gleich, alles zu durchstöbern, wozu sie natürlich kein Recht hatten, doch ich mußte mich in Geduld fassen, durfte ihnen nicht weiter auf die Nerven gehen. Sie versuchten nicht mal mehr, mit mir zu reden, mir was auch immer zu schreiben. Sie haben hinter der Badewanne und in allen möglichen Verstecken nachgeschaut. Die Wände abgeklopft, auf dem Fußboden herumgehämmert, alles abgehorcht und erkundet. Eine Hausdurchsuchung in aller Form. Ohne Rückerstattung. Diese unterhaltsame Kammerspielaufführung hat gut eine Stunde gedauert. Sie haben meine ganze Bücherwand ausgeräumt, wahrscheinlich suchten sie nach Fotos oder irgend solchen Sachen, vielleicht glaubten sie, ich würde mit den Jugendlichen Pornos machen, das hätte sie wahrscheinlich beruhigt.

Während sie also mein schriftliches Gedächtnis verwüsteten, stießen sie auf ein Dutzend Exemplare eines dünnen Bändchens mit Gedichten, die ich mal geschrieben hatte; wider Erwarten und zu meiner großen Freude waren sie fünfzehn Jahre zuvor von einem kleinen Verlagshaus veröffentlicht worden, und ich hatte alles in allem 41 Stück davon verkauft. Kommissar Gaillet schaute mich verwundert an und steckte eins davon in seine Tasche. Er würde bedient sein, es waren eher komische Gedichte, die Schilderung einer Lokomotive auf ihrem Prüfstand. Unlesbar heutzutage.

Gaillet klaubte sich einen dicken Filzstift von einem Bord und schrieb direkt auf die Tapete: DU BLEIBST IN DER GEGEND. ICH WILL DICH STENDIG GREIFBAR HABEN.

STÄNDIG mit E. Einen Rechtschreibfehler an der Wand meines Wohnzimmers zu haben, hat mir dann doch gestunken.

Schließlich sind sie abgezogen, ohne mich auch nur anzusehen, als ob ich tatsächlich der Haufen Scheiße wäre, für den sie mich sicher hielten.

Eine ganze Weile ließ ich meine Nerven wieder zur Ruhe kommen, bis sich das lautlose Dröhnen in mir wieder gelegt hatte, danach machte ich ein bißchen Ordnung und Hausputz, sammelte die Gitaneskippen ein, die sie so ziemlich überall in der Wohnung ausgedrückt hatten.

Es war Mittwoch. Der Nachmittag war also schulfrei.

Ich beschloß, dies auszunutzen und einen kleinen Streifzug durch die Siedlung zu machen, in der Laura wohnte.

Während ich die Treppen hinunterstieg, verspürte ich so allmählich ein eigenartiges Gefühl, das vielleicht der Leidenschaft des Jägers ähnelte, eine merkwürdige Sache, ganz egal, was man tun wird, das wichtigste ist, es zu wagen. Ich verabscheue die Jagd, vor allem wegen der Gewehre und der Fallschirmjägersperenzchen, dieses Drillichzeugs und der Knobelbecher, ich hasse die Literatur über Ansitz und Warterei, über die Anspannung, ja die Bangigkeit des Jägersmannes, der dem Aufflattern einer Ente oder dem Schnalzen des Rebhuhns harrt, was kümmert's schon, wenn man nichts erlegt, in jedem Fall wird man einen schönen Spaziergang gemacht haben, im Einklang mit der Natur, ganz allein mit seinem großen nassen Hund und all dieser Schwachsinn, und trotzdem war ich ein wenig in derselben Situation. Ich jagte, ich versuchte, einen Killer aufzuscheuchen, den großen Unbekannten auffliegen zu lassen. Bloß würde ich dem anschließend keinen Gewehrschuß in die Schnauze verpassen. Ja was würde ich eigentlich mit ihm anstellen? Sollte ich warten, bis die Gesellschaftsordnung es ihm heimzahlt? Scheiße noch mal, nein. Ihn denunzieren? Niemals. Ihm die Fresse einschlagen? Wozu, dieser Typ konnte doch nur krank sein. Ihn dem Irrenhaus verpfeifen? Ich redete mir ein, meine Suche würde sowieso erfolglos bleiben und die wichtigere Jagd würde womöglich die Jagd auf Jovillar sein, der Kampf gegen meine eigene Trägheit, mich erneut den wahren Gründen meines Unglücks zu stellen. Und diese noch immer nicht ganz verlorene Sehnsucht meiner Kindheit wiederzufinden, als ich in den Bergen, oberhalb von Saharis, herumlief und auf Nachrichten von meinen Eltern wartete, die in Barcelona umgelegt worden waren, standrechtlich niedergemacht in einem Krieg, den ich nicht verstand, dessen Ausdünstungen ich jedoch so ziemlich überall auf den besorgten Gesichtern der Alten, im sonderbaren Schweigen des so geschwätzigen wie pfäffigen Onkels, in den entsetzten Augen meiner Schwester Emma spüren konnte.

In der Hauptgeschäftsstraße kaufte ich einen kleinen Recorder, Batterien und eine Kassette. Um eine andere Möglichkeit auszuprobieren. Fürs Schreiben hat ja schließlich nicht jeder Zeit. Viele reden lieber. Da mußte ich halt zusehen, wie ich zu Rande kam.

Die Cité Bonmousseau war keine dieser Zusammenballungen von Sozialwohnungsblöcken, die die Moral und die Gesundheit der gesamten Pariser Banlieue verderben.

Bonmousseau hätte ebenfalls seit langem eine regelrechte Deponie wie die anderen werden können, doch sie war seit eh und je allein von Kadern und so reinen wie harten Aktivisten der PARTEI, der Kommunistischen, bewohnt, die hier in der Gemeinde nun schon mehr als fünfzig Jahre an der Macht war. Die Siedlung war zwar alt, überholt und mit den architektonischen Stigmata jener Zeit gezeichnet, gleichwohl aber gut unterhalten, ein paar Gärtchen hielten sich noch wacker trotz aller Kinderspiele, die Karren waren ordentlich geparkt und hatten noch sämtliche Räder und Radkappen, die Treppenhäuser blieben weiterhin vorzeigbar. Die Funktionäre schienen bestens auf der Hut, ja sogar ihre eigene Polizei zu organisieren. Vor ein paar Jahren war der Kern Itrys saniert worden, im ultramodernen Stil, von einem damals schwer gerühmten Architekten, und dort hatte man dann alle aus der Bonmousseau einquartieren wollen. Aber bring du mal den berühmten normannischen Bauernschrank in dreieckigen Räumen unter, stell du mal die alte Ehekiste mitten in ein ovales Schlafzimmer mit Glaswänden drum herum... So waren die Kader halt in der Cité Bonmousseau geblieben, und

Lauras Familie ebenfalls. Ich hatte zu verstehen geglaubt, ihr Vater sei der Verantwortliche des Kulturzentrums oder irgendwas in der Art. Obwohl die Siedlung doch ziemlich weit vom Lycée entfernt lag, war Laura sicher schon seit der Sexta dort, es gab da einen Dreh, um dem für das Viertel zuständigen, aber einigermaßen als randbezirksmäßig verschrienen CES, dem Progymnasium, zu entrinnen – und für ein Mitglied der PARTEI lag dies geradezu auf der Hand –, nämlich Russisch als erste Fremdsprache zu wählen, und diese Möglichkeit bot ja nur das Lycée Jules-Romains an. Deswegen glich das Gymnasium auch ein wenig dieser Siedlung, Linksradikale dürften hier nicht allzu gerne gesehen sein, und Anarchos noch weniger.

Ich klapperte die Treppenhäuser ab und suchte nach Briefkästen unter dem Familiennamen Bellaïche.

Ich fand sie schließlich im Gebäude F.

Vor der Tür stand eine kleine Bande Jugendlicher, darunter auch einige *beurs*, aus Nordafrika stammende Franzosen, um herrliche funkelnagelneue Mountainbikes herum. Die Kerle unterhielten sich mit kurzen ausdrucksvollen und markigen Gesten, da die meisten einen Walkman auf den Ohren hatten ...

Sie «gebärdeten», wie man in meiner Zunft so sagt.

Ich ging zu ihnen und gab ihnen einen Zettel zum Lesen, auf dem ich notiert hatte, daß ich taubstumm sei und Mohand Bellaïche suchte. Sie schauten mich mit einem Argwohn an, zu dem ich niemanden für fähig gehalten hätte. Der war einfach überall, im Blick, im Verhalten, in der Art, sich abzuwenden, leise zu lachen. Sie haben sich wild durcheinander beratschlagt, ich bemühte mich, ein wenig von ihren Lippen zu lesen, verstand aber nichts, wahrscheinlich sprachen sie *verlan* oder irgendeinen anderen Jugendslang, und dann spürte ich plötzlich etwas Eigenartiges, sie erstarrten beinahe zugleich, wie von der Choreographie eines Balletts geleitet, und blickten mich unverwandt an, dermaßen unverwandt, daß dadurch mit einemmal klar wurde, daß sie es absichtlich taten, wahrscheinlich um nicht anderswohin schauen zu müssen.

Ich spürte einen Hauch hinter mir, eine Luftbewegung, einen Packen Schwingungen, und kapierte gleich, daß einer ihrer Kumpel just im Begriff war, den Tauben da zu testen, indem er irgendwelche Drohungen oder Beleidigungen oder sonst was ausstieß, worauf sich jeder Hörende augenblicklich umgedreht hätte. Ich habe mich nicht vom Fleck gerührt, sie lediglich mit einer Kopfbewegung gefragt, ob sie sich entschieden hätten, mir zu helfen.

Sie entspannten sich, der Typ hinter mir, ein großer magerer Rothaariger in einer Anzugjacke mit Hahnentrittmuster, er stach ziemlich ab von den anderen, mischte sich, mir zulächelnd, wieder unter die Gruppe.

Daraufhin fanden sie es furchtbar lustig, mir mimisch, doch recht linkisch, zu verstehen zu geben, daß Mohand sich in ihrer Mitte aufhalte und ich ihn selbst ausfindig machen müsse. Ein Test. Leicht und schwierig zugleich. Ich konnte auf das Alter bauen, so um die sechzehn, ein offenes Gesicht ... Mohand war in der Sekunda oder Prima, ein Balg aus der Siedlung, das die Hürde der Mittelstufe überwindet, trifft man ja nicht so furchtbar häufig an ... Jemand, der mit Laura befreundet sein konnte ... Vielleicht auch auf irgendwelche Besonderheiten an der Kleidung, ein Funkeln im Blick. Doch vor allem müßten die paradoxen, mit meiner Behinderung verbundenen Begabungen mir denjenigen verraten, der sein Gesicht ausreichend zu tarnen vermochte, um eben nicht erkannt zu werden, der mich hinters Licht zu führen suchte und es dabei aber tatsächlich ein ganz klein wenig übertrieb.

Ich machte ihn ziemlich rasch aus, ein kleiner Kabyle in blauem T-Shirt, mit rundem Gesicht und lockigem Haar, einem etwas spöttischen Blick, vielleicht etwas schüchterner als seine Kumpel und daher aggressiver.

Als ich mit dem Finger auf ihn zeigte, zog er eine Fresse, als hätte der Große Rapper von Hoch Droben ihn gerade auserkoren.

Er folgte mir, von dem Rotschopf im Frack begleitet, und wir ließen uns etwas abseits auf einer schäbigen Bank mit einem riesigen Graffito *Nique Ta Mère 94* – Fick Deine Mutter – nieder.

«Was wollen Sie von mir?» las ich auf seinen Lippen.

Ich holte meinen Fragebogen sowie den Kassettenrecorder aus der Tasche.

«Sind Sie ein Flic?» fragte Mohand, nachdem er meinen kurzen Text gelesen hatte.

Und ich schrieb auf meinen Zettel: HAST DU SCHON MAL EINEN TAUBSTUMMEN POLYP GESEHEN? WIE SOLLTE DER ETWA SEINE KUNDEN VERHÖREN?

Mohand mußte lachen.

Ich drückte die Aufnahmetaste des Tonbandgeräts und reichte es ihm, Mohand nahm es argwöhnisch in die Hand und stand auf, weiterhin von seinem Kumpel gefolgt, als ob ich nicht hören sollte, was sie sich zu sagen hatten.

Mohand begann gleichzeitig zu sprechen und zu kichern, sein Freund krümmte sich vor Lachen.

Die anderen wollten sich den beiden offenbar anschließen, wurden aber derb zum Teufel gejagt und insistierten dann nicht weiter. Für den Augenblick hatte ich gewonnen, Mohand willigte ein, sich auszusprechen. Das dahingestellt, vielleicht ließ er nur einen Haufen Beschimpfungen und Sauereien vom Stapel. Würde ich ja sehen.

Von meiner Bank aus betrachtete ich die Gegend, die Hochhäuser, die kläglichen Rasenflächen, warum legen die Leute keine Gärten mehr an oder wenigstens Blumenbeete?... Warum glauben die nur, daß man sie ihnen zertrampeln wird? Vielleicht haben sie ja recht, und man verwüstet ihnen wirklich alles, letzten Endes ist unsere Gartenanlage ja auch von Zäunen und notdürftig mit Vorhängeschlössern gesicherten Holztüren umgeben. Jugendliche brauchen eben Sportplätze, keine Gemüsegärten. Sollten sie aber irgendwann mal mit dem Molotowcocktail in der Hand ein paar Stücke Land einfordern, um darauf Salat zu ziehen, dann haben sich die Dinge tatsächlich verändert. Der ganze Kram ... Alles abreißen, klar ... Die Architekten zwingen, selbst darin zu leben, so hieß es damals ... Die Stadt aufs Land verfrachten, wie dieser andere Kerl schrieb, ich glaube, es war Alphonse Allais ... Und teilen, natürlich. Alles, absolut alles ...

Mohand und sein Kumpel hatten noch immer ihren Spaß, sprachen aber trotzdem von Zeit zu Zeit sehr ernsthaft ins Mikro, damit mir auch nur ja kein Krümelchen entgehen mochte, Mann, deren Aussage würde verdammt haarig sein. Das müßte ich berücksichtigen. Ich schaute auf meine Armbanduhr, sie artikulierten sich nun bereits eine gute Viertelstunde lang.

Endlich erhob sich Mohand, drückte sehr konzentriert, quasi theatralisch auf die Stopptaste, er hatte sich offenbar ausgetobt und gab mir den Recorder zurück. Dann wies er mich mit einem raschen Blick auf eine Freifläche zwischen zwei Wohnhäusern hin, wo einige Bäume standen und es, so wußte ich, etwas weiter weg ein Café gab. Nichts für umsonst eben. Ich zeigte auf den Rest der Bande. Sie standen allesamt mit einem Ruck auf, wie von Schraubenfedern angetrieben, und schließlich stürmten wir, als Gruppe, eine ganz merkwürdige Ferienkolonie, zu deren aberwitzigem Betreuer ich somit wurde, in Richtung *Jean-Bart*, einer Kneipe mit Flipper und Musikbox an der Ecke der Avenue, die zum Fort d'Itry hinaufführt. Wir überquerten die Fahrbahn, die Bälger hielten *manu militari* den Strom der Fahrzeuge auf, immerhin handelte es sich um die Route Nationale 20, glaube ich, und hockten sich schließlich an die Tische, mit einem stolzen Blick für den Patron, der sich seinerseits zu fragen schien, ob er sich des Ochsenziemers oder seines Tabletts bemächtigen sollte. Die Jugendlichen zeigten dem Schnurrbärtigen gegenüber ostentativ auf mich und bestellten munter. In Anbetracht ihrer ausgelassenen Birnen würde die Rechnung sicher genauso gesalzen sein wie die Linsen des Tagesgerichts. Tatsächlich lief es jedoch in erster Linie auf Sandwiches und Cola hinaus. Der Patron reichte mir den Kassenzettel im selben Schwung, nur so, falls ich mich eines andern hätte besinnen wollen. Alle wirkten ziemlich erleichtert, daß es nicht zur offenen Feldschlacht gekommen war und niemand das Verlangen verspürt hatte, den Angriff aufs Apachenfort nachzuspielen.

Die Jungs durften sich nun mit Fug und Recht eine ganze Weile an den Flippern vergnügen.

So gab ich mimisch zu verstehen, daß ich aufbrechen wollte. Mohand kapierte es und begleitete mich mit seinem Kumpel, dem Rothaarigen im Frack, noch hinaus. Dort drückte er mir die Hand, auf einmal ziemlich feierlich und ernst, so nach dem Motto «mit seinem Ehrenwort darf man nicht spaßen», und versetzte seinem Kumpel einen Stoß mit dem Ellbogen, worauf dieser den rechten Schoß seines Jacketts ein wenig aufhielt, so daß ich den Knauf einer Knarre sehen konnte. Die Botschaft war rübergekommen, ich sollte keinen Scheiß bauen. Wieder brach eine neue Realität ohne jede Vorwarnung über mich herein: Die Jugend war bewaffnet. Vielleicht war es ja nur eine Pistole mit Vogelschrot, und dennoch reichte so was, um ihnen die Taschen genauso aufzuplustern wie die Moral.

Na ja, schließlich sind die auf der anderen Seite, wer immer sie auch sein mochten, ob Flics oder furchtsame Anrainer, ja ebenfalls bewaffnet.

Im Anschluß ging ich noch mal in der Mickey-Bar vorbei, um Rosario und Zaïr zu einem Treffen in den Kleingärten am kommenden Tag zu bewegen. Ich lud sie zum Picknick ein, die Sache drängte, ich durfte keinesfalls mehr auf irgendwelchen Holzwegen herumirren. Rosario schrieb mit Filzstift auf den Tresen: «Wenn's statt zum Picknicken was zum Quickficken gibt, bin ich dabei.» Marie-Louise fing an zu zetern und das schöne, auf ihrem Arbeitsinstrument aufgetauchte Graffito wegzuwienern. In ihrer beflissenen Eile griff sie jedoch daneben und bemächtigte sich, anstelle des Wischlappens, einer der noch nicht gebügelten Unterhosen aus dem Vorrat ihrer unweit wirkenden Schwester Thérèse. Rosario brach in Gelächter aus und hätte beinahe was auf die Schnauze bekommen. Offenbar steigerte sich die Anbrüllerei in Gehalt und Ton um einiges, denn er setzte nun zu einem strategischen Rückzug an, bugsierte mich aber gleichzeitig in den hinteren Bereich der Kneipe, in Richtung Telefonkabine, wo ein junges blondes Mädchen mit gelöstem Haarknoten – durchscheinende Strähnen bedeckten sein Gesicht wie jene Vorhänge, die man im Sommer vor den Türen im Midi sieht –, in Minirock und schwarzer, abgewetzter, mit Metallbuttons übersäter Lederjacke vor einer Cola saß. Das Gesicht sagte mir etwas.

«Anne Gadot», las ich von Rosarios Lippen.

Lauras Freundin. Die beste Freundin. Unter Umständen die Mitwisserin von Geheimnissen, die Laura nicht mal ihrer Schwester anvertraut hätte.

Auch sie war bereits in die Gärten gekommen, es fiel mir gerade wieder ein, nämlich an einem Nachmittag im Juni, weiße Büstenhalter auf gelbem Gras, über zarten und flachen Bäuchen hochgekrempelte T-Shirts.

Anne Gadot. Da hieß es aufpassen. Wenn mir tatsächlich jemand weiterhelfen konnte, so war selbstverständlich sie das. Zuallererst sie. Ich durfte sie weder hart anpacken, noch ihr zu lange Bedenkzeit lassen. Also schrieb ich zunächst mal auf eine mit ein paar Fettflecken beschmutzte Papiertischdecke, die zusammengefaltet auf der Thekenkante gelegen hatte:

DANKE, DASS SIE GEKOMMEN SIND.

Sie griff nach meinem Filzschreiber und fügte drunter und quer darüber, sie hatte die Decke nicht umgedreht, hinzu:

WENN FABIENNE MICH HIER SEHEN WÜRDE, DANN WÜRDE SIE MIR DEN KOPF ABREISSEN.

Ich sah ihr in die Augen und dachte dabei ganz intensiv, und warum sind Sie trotzdem hier?

Und sie erwiderte mir: WEIL ROSARIO MICH DARUM GEBETEN HAT. ICH BIN MIT IHM GEGANGEN, TROTZ SEINES GROSSEN GETUES UND SEINES SAUBLÖDEN HOLZKOPFS IST ER EIN KLASSE KERL.

Ich blickte Rosario an, er war rot wie eine Tomate. Als großer romantischer Antimacho angesehen zu werden …

Ich holte einen meiner Fragebögen aus der Tasche und hielt ihn dem jungen Mädchen hin. Anne las ihn durch, nach wie vor sehr konzentriert, ja nachdenklich, dann nahm ich das Blatt wieder an mich und strich «etwas» durch, um «alles» darüber zu schreiben.

Mit einem Nicken erklärte Anne sich dazu bereit. Ich stieß ein Uff!, ein tief inwendiges der Erleichterung, aus. Sie verstaute den Fragebogen in ihrer kleinen Schultasche aus Leder, einem zumindest genauso abgetragenen Leder wie das ihres Blousons. Ihre ganzen Bewegungen und Gesten wirkten, wie soll ich sagen, traurig. Ich empfand sie als eine Zehntelsekunde zu langsam, wie wenn sie alles, was sie tat, erst abwägen müsse, wie wenn sie mit den Gedanken woanders wäre, so als müsse alles mit größter Vorsicht angegangen werden.

Ich zerriß die Tischdecke in kleine Fetzen und gab das Ganze an Marie-Louise mit der Bestimmung Mülleimer weiter.

Plötzlich schlug sich die Patronne auf die Stirn, ihr war gerade etwas eingefallen! Wie eine Wurst in Kleidern zokkelte sie ab in den Hinterraum und kehrte mit zwei Umschlägen in der Hand zurück, die ich augenblicklich aufriß.

Der erste Brief stammte von einer Schülerin, einer weiteren Freundin Lauras namens Leila, zumindest ging dies aus der Unterschrift hervor. Aus dem Brief selbst ging indes nichts sonderlich Interessantes hervor, doch sie dankte mir beinahe, in aller Treuherzigkeit, dafür, daß ich diese Ermittlung anstellte, mal ganz was Neues, dieser Mord dürfe nämlich nicht ungesühnt bleiben, die Schweinehunde müßten in der Versenkung verschwinden, allerdings wunderte es sie doch, daß man sich an einem anständigen Mädchen wie Laura vergriffen habe, das nie in gefährlichen Ecken herumgehangen habe, und daß die Schweine folglich ihrer Meinung nach überall wären, besonders die Männer.

Das Ganze brachte mich nicht um ein Jota weiter, und trotzdem freute ich mich, sicherlich zu Unrecht, über dieses Lob von der Basis …

Dafür war der zweite Brief ganz anderen Kalibers. Es handelte sich um die Antwort von Lauras Französischpauker, Michel Fray, von dem mir Françoise Meyer, die göttliche Aufseherin, bereits erzählt hatte.

Ich drückte Anne Gadot die Hand und ließ sie einem Rosario gegenüber zurück, der mir ganz danach aussah, als wolle er die amourösen Feindseligkeiten mit seiner Ehemaligen schlankweg wieder aufnehmen.

Ich setzte mich etwas abseits, hinter den Flipper, den Zaïr seit mindestens einer halben Stunde herumschubste, der Platz war immer frei, sicher wegen des Lärms dieses Spielautomaten, der ideale Platz für mich, der Platz des Tauben, gewissermaßen.

Es war die erste «echte» Antwort, die ich erhielt. Selbstverständlich begann das Ganze mit der inzwischen gewohnten Moralpredigt, doch da waren wirkliche Informationen drin, böse, vage und präzise zugleich, und vor allem war da jemand, der sich anbot, mir zu helfen.

Werter Herr,
es versteht sich von selbst, daß man sich Gewalt antun muß, um Ihren «Fragebogen» zu beantworten. Denn all das kann ja schließlich ein versteckter Aufruf zur Denunziation sein. Ich habe sogar einen Moment gedacht, so will ich Ihnen gestehen, daß es für Sie, sofern Sie der Mörder wären, keine bessere Möglichkeit gäbe herauszufinden, wer was über was weiß, und in welchem Maße Sie in Gefahr sein könnten oder nicht. Sie «rettet» jedoch folgendes: Erstens kenne ich Sie, zweitens glaube ich nicht an das zufällige Verbrechen eines Landstreichers, und drittens sieht das Ganze zu sehr nach irgendeiner Erwachsenensache aus. Meiner Ansicht nach sind Sie kein Erwachsener mehr, sondern schon ein Alter, verzeihen Sie bitte, aber ältere Menschen töten nicht mehr, denn die leben schon zu sehr im Angesicht des Todes, um ihn über andere bringen zu wollen.

Viertens: Das meiste von dem, was ich Ihnen anvertrauen werde, habe ich bereits den beiden Ermittlern der Polizei erzählt, die rasch erkannt haben, was die «Besonderheit» des Opfers ausmachte, solche Sachen machen ja schnell die Runde. Das meiste, denn ich hüte mich vor dem Gerede der Leute, kurzum vor den anderen, der Hölle eben. Wenn ich Ihnen also das Wesentliche mitteile, so will ich mir damit auch Rückendeckung verschaffen. Dies wird also ein Beweisstück sein, das ich Sie ausdrücklich bitten muß, verborgen zu halten und zu gegebener Zeit zu vernichten, will heißen, wenn Lauras abscheulicher Mörder hinter Schloß und Riegel sitzt. Auch das vertraue ich Ihnen an, denn ich denke, Sie sind die geeignete Person dafür und werden versuchen, es zu verstehen, obwohl ich am Erfolg ihres Unternehmens zweifele. Sie stehen außerhalb dieser kleinen, doch sehr komplexen Welt des Lycées, dieser Familie, die im Grunde doch keine ist, somit können Sie, mit ein bißchen Glück und einiger Unterstützung, eine Art rationelle Entomologie von ihr erstellen, und gleichzeitig stehen Sie doch zu weit außerhalb und werden daher sicherlich den kleinen Riß übersehen, der Sie auf den richtigen Weg bringen könnte. Obendrein sind Sie geduldig, Sie haben Zeit. Was bei den Polizisten nicht der Fall ist. Mein Entschluß, Ihnen zu antworten, wurde mir auch diktiert von einem gewissen Haß auf das Milieu, in dem ich arbeite. Nicht auf die Schüler, eine letzten Endes unproblematische Masse, die sich, im Schnitt betrachtet, den gerade gängigen Launen und Tendenzen entsprechend bewegt. Starke Persönlichkeiten, auf Individualität bedachte, manchmal störende, oftmals fesselnde, von denen gibt es natürlich immer welche. Gören, die man bevorzugt, denen man sich mit größerer Aufmerksamkeit widmet, die man bisweilen wirklich mag oder aber verabscheut, je nachdem, äußerst brillante Bälger, die bereits Bewunderung erzwingen, oder aber fallengelassene, oft gefährliche Kinder, die das Milieu ausstößt, obwohl ihnen der sichere Einsatz von Lehrern oder Erwachsenen gilt, welche in ihnen Opfer, Sozialfälle, Sternnebel sehen.

Nein, den erbittertsten Haß hege ich gegen meine Kollegen, dieses merkwürdige Amalgam, das der Lehrkörper bildet, eine pathogene Truppe, in der die Hälfte der Mannschaft der Demenz, der völligen Erschlaffung nahe ist, in der man andauernd die Arme sinken läßt, und wenn man sie doch zu heben vermag, dann häufig mit dem unstillbaren Verlangen, jemanden zu schlagen. Leute, die im Namen was weiß ich welcher Ideologie eine alte Kollegin bezichtigen, falsch gehandelt zu haben, «irgendwie», als sie den Stiefvater eines kleinen Mädchens von elf Jahren anzeigte, der es jeden Donnerstag zu einer festen Stunde sodomisierte, die Paukerin hatte dies bemerkt, weil die Kleine sich jeden Freitagmorgen nicht setzen konnte, und das Ganze war ja so kompliziert, weil der Stiefvater Afri-

kaner war, und blablabla... Leute, die sich größtenteils ihren militanten Linksradikalismus in jungen Jahren zugute halten, während sie sich doch allesamt wie notorische Reaktionäre verhalten, aber das macht ja nichts, der Haß des Exmaoisten ist noch immer virulent gegenüber der Gehässigkeit des Extrotzkisten, doch einig sind sich dann beide angesichts der Gereiztheit der Exstalinisten. Derlei Betrachtungen halten die ständig von jeder Zusammenarbeit ab, ob nun ganz allgemein für das Wohl der Schüler oder im besonderen für ihr eigenes. Leute, die das Engagement ihrer Jugend fast völlig vergessen haben. Das bringt mir die Scheiße im Arsch zum Kochen, Entschuldigung, aber diese schriftliche Unflätigkeit tut wirklich gut, wenn ich daran denke, daß wir unser internes Videoüberwachungssystem im Lycée einzig und allein dem abgekarteten Spiel der Extrotzkis mit den Exstalins verdanken, da die letzteren gegen die Exmaos gestimmt haben, die ihrerseits weit mehr für zusätzliche Gymnastikausrüstung waren. Leute, Männer und Frauen, die die Augen verschließen, wenn ein junges Mädchen in den Scheißhäusern niederkommt, das ist letztes Jahr in unserer Penne passiert, und die dann allen Ernstes tönen, es wäre doch besser gewesen, das Kind sei tot geboren, weil das Leben dieses Mädchens nun futsch sei, während kein einziger unter ihnen auch nur den kleinen Finger gerührt hat, um der Kleinen zu helfen, die junge Mutter hat das Gymnasium verlassen, und niemand sorgt sich mehr um sie, wo davor doch noch alle so einhellig gemeint haben, sie wäre eine ausgeglichene Schülerin, ohne Probleme usw.

Die Ihnen einhellig sagen werden, die Laura, oh, was für ein gutes junges Mädchen, reif, erwachsen, verantwortungsbewußt, ausgeglichen, ja genau. Ich wäre nämlich eher versucht, Ihnen gegenüber das Gegenteil zu behaupten, ein junges Mädchen, das dermaßen die Gesell-

schaft von Erwachsenen sucht, ist so verantwortungsbewußt noch nicht. Und ich kann ein Lied davon singen, ich war nämlich Lauras Liebhaber. Ja. Ich sage es Ihnen einfach so, ohne Schamgefühl. Wie viele andere bin ich meinen Schülern nahe, oftmals ein guter Freund, doch ich sperre mich niemals dagegen, auch weiterzugehen, ich bin da kein Heuchler, was glauben Sie denn, ich weiß, daß meine männlichen Kollegen wegen der Schönheit ihrer jungen Schülerinnen häufig beinahe den Kopf verlieren, und den Frauen geht es übrigens nicht anders, das Russier-Syndrom spukt noch bei manchen herum, doch nur wenige tun den entscheidenden Schritt, und so werden sie dann verbittert, weil sie ihn nicht tun, und sind nur noch zu schlechten Gedanken fähig. Ich aber, ich pfeif drauf, und wenn ich spüre, daß es möglich ist, zumal ich mich nicht als Schwein betrachte, dann leiste ich, was man von mir erwartet.

Laura, schön wie ein Herz, lustig wie sonst was und intelligent, wie können Sie da widerstehen? Ich bin jedoch nicht erlegen, ich habe es mit ihr entschieden. Ganz behutsam, ganz einfach. Letztes Jahr. Unser Verhältnis hat drei Monate gedauert. Ein schönes Verhältnis, das Laura beendet hat, als sie es wollte, der traurigere und bitterere von uns beiden war sicher ich damals. Ich kann Ihnen nur sagen, daß Laura wieder was angefangen haben dürfte und weiter zwischen ihren jugendlichen Liebeleien (so ganz im Privaten ging sie nicht sehr zart mit ihren «Verlobten» um, die fand sie auf die Dauer doch etwas leichtgewichtig) und den Betörungsattacken auf Erwachsene hin und her pendelte, die ihr ganz andere Erlebnisse verschafften. Ich rede hier nicht von Sex, ich rede vom Leben.

Ich weiß auch, daß sie eine Art intimes Tagebuch führte, ein ganz intimes, zusammen mit ihrer Freundin Anne Gadot, ein zu zweit geschriebenes Tagebuch der

Respektlosigkeiten, in dem alles und nichts stand, Ungesagtes und Geheimes. Ich habe einige Auszüge davon gesehen, ziemlich vertrackt, es gab da sogar eine Aufstellung mit den «Vorlieben» der Jungs, die sie kannten, wenn Sie verstehen, was ich meine. Übrigens würde ich gerne mal wissen, was aus diesem Heftchen geworden ist, das gehört nicht zu den Sachen, die man jedem in die Finger geben sollte, weil da sicher auch einiges ins Reich der Phantasie gehört … Davon abgesehen war Laura nur in einer einzigen Sache wirklich verantwortungsbewußt, nämlich was ihren Schutz anging. Niemals ein Wort zuviel, niemals eine Andeutung, die Vorsicht selbst. Und ich erzähle Ihnen das jetzt nur, damit Sie es als einziger, mit Ausnahme von Anne und dem Kommissar, wissen.

Weitere Namen werde ich nicht nennen.

Außer dem von Casimir, dem Freizeitpädagogen und Animateur der kulturellen Veranstaltungen. Und nicht aus denselben Gründen. Der weiß nämlich alles über das geheime, untergründige Leben des Lycées. Der hält als heimliche Sozialarbeiterin her, jahrein, jahraus marschiert alles, was hier zum Rand gehört, in seinem kleinen Saal auf. Ein ziemlicher Rumblödler, aber eine Vertrauensperson. Außerdem hat er, wie ich, heiliges Mißtrauen gegen alles, was zur Lehrerschaft gehört, die Wissensträger, wie er sagt, die soviel davon tragen, daß sie kurz davor stehen, alles fallen zu lassen …

Ich stehe Ihnen weiter zur Verfügung, doch nicht etwa, um Ihnen Namen zu nennen oder gerüchtemäßig kräftig zuzulangen, sondern um Ihnen, sofern ich dies kann, ein paar dunkle Punkte zu erhellen.

M. Fray

Nachdenklich bin ich mit kleinen Schritten abgezockelt.

Hatte irgendwie das Gefühl, nicht richtig Luft zu bekommen, wie schon vergessenes Asthma, das sich pfeifend wieder bemerkbar macht.

Das ergab also drei Liebhaber, und dazu vielleicht noch andere ebenso «vorzeigbare» Pauker, wenn ich dem gerade Gelesenen glauben sollte. Laura – eine gymnasiale Hetäre? Das war mir etwas viel. Der konnte noch so gegen Pauker losziehen, sein Brief, seine Beichte, kam einem wie ein klassischer Aufsatz vor, ausgewogen, beinahe dreigliedrig, jedenfalls ohne Seele geschrieben, da war ich mir sicher. Obwohl er echte Informationen beinhaltete und mir offenbar die Richtung andeutete, in der ich suchen müßte, wußte ich intuitiv, das ich auf der Hut sein mußte. Dies alles zu gestehen, erschien mir nicht normal, das gehörte zu der altbekannten Technik, ich gestehe, ein Auto gestohlen zu haben, um nicht zugeben zu müssen, daß ich die Bank ausgeraubt habe. Nichtsdestotrotz war ich jetzt sicher, daß allein Anne Gadot mich voranbringen konnte, daher war ich nun mächtig gespannt auf deren Hausarbeit. Und dazu noch diese Geschichte mit dem Tagebuch… Es war zu schön. Falls Anne das Ding überhaupt hatte, und ich kapierte wirklich nicht, wieso sie es den Flics nicht gegeben haben sollte, selbst wenn sie damit alle Betroffenen in den Schlamassel geritten hätte. Anne dürfte doch trotz allem danach sein, ihre beste Freundin zu rächen.

Es war fast dunkel, als ich die Mickey-Bar verließ, Marie-Louise schickte sich gerade zu ihren Herkulesarbeiten an, um die letzten Schüler rauszuschmeißen.

Anderntags mußte ich unbedingt in die Gärten, um die Tomatensämlinge zu verziehen und die Scheibe etwas zu lüften, unter der sie schön im Warmen gediehen. Auch sie brauchten von Zeit zu Zeit mal eine Luftveränderung. In kaum drei Wochen würden sie sich mitten im Freiland ausgesetzt wiederfinden, dort eben, wo sie, an einer Stütze hochrankend, in aller Ruhe daran denken könnten, mir schöne rote Paradiesäpfel hervorzubringen.

Und außerdem kamen am Abend ja die beiden Clowns zum Essen.

*

Am übernächsten Morgen nahm ich die Métro, um zur Redaktion von *La Vie du Rail* zu fahren. Ich schaute häufig dort vorbei, um die ehemaligen Kollegen wiederzusehen, um wenigstens in der guten alten Atmosphäre zu baden, wenn man so will, und mir eine wenig Jugend zu gönnen.

Mein Schädel brummte etwas, die Gartenfiesta mit Rosario und Zaïr hatte doch etwas länger als vorgesehen gedauert. Die beiden hatten dem roten Anjou, mit Brot, Sardinen und Schafskäse, wirklich gern zugesprochen. Sie hatten volle Kanne herumgeblödelt, ich hörte sie zwar nicht, aber es tat mir verdammt gut, den beiden zuzusehen, wie sie sich, ein wenig angesäuselt, kranklachten. Bevor sie dann vollkommen hinübergewesen waren, hatte ich sie auf die Kassette sprechen lassen, und leichten Herzens hatten sie auf mehrere kleine sinnfällige Fragen geantwortet, die ich auf Zettelchen notiert hatte. Wie es im Lycée Jules-Romains denn nun tatsächlich um solche Sachen wie Erpressungen, Drogen, interne Kriminalität stehe?... Was sie über Racheakte wüßten, über die örtlichen kleinen Bandenführer oder rassistische Geschichten, all so was eben. Gewissermaßen das Allgemeinbefinden der Penne. Ich wollte keine Namen, sondern einfach nur wissen, ob Laura in eine dieser überaus gewöhnlichen Erscheinungen des Lebens in der Banlieue verwickelt gewesen sein könnte.

Ziemlich unerschöpflich, die beiden Kerle. Sie hatten das Band auf der Mohand-Seite und sogar noch die gesamte zweite Seite vollgequatscht. Jetzt hatte ich neunzig Minuten Spitzenklassegefasel. Vielleicht. Aus diesem Grund unternahm ich auch die große Wallfahrt zur Zeitung, um Marion zu besuchen, die an ihrem Bildschirm der internen Textverarbeitung klebte wie eine Seepocke an ihrem Fels, eine der nettesten Frauen, die ich je kennengelernt habe, die ideale Sekretärin, die schneller tippt als ihr Schatten, und genau so flott, wie die Stimme ihres Bürochefs aus dem Diktaphon tönt. Marion, die meine Geliebte gewesen war, bis ihr das Ganze zu kompliziert wurde, mit ihrem Ehemann, dem großen Sohn und all dem Kram, und die sich, um die Sache zu beenden, verpflichtet fühlte, auf Humor zu machen, und gemeint hatte: sie habe sich, als sexgieriges Tier, geschworen, mir im Eifer des Gefechts wieder zur Sprache zu verhelfen und mich dazu zu bringen, so was wie «Ich sehe Sterne!» zu schreien, und wolle daher nun jede Beziehung zu mir abbrechen, weil ihr dies nicht gelungen sei ... Und die auf diese Erklärung augenblicklich zu weinen begonnen hatte. Marion, die mich auch fünfzehn Jahre danach noch immer auf die Lippen küßte, sobald sie mich sah.

Fahrten in der Métro mag ich nicht besonders. Da spazieren ständig Bälger herum mit ungeschickten, auf Papierfetzen geschriebenen Mitteilungen, wonach sie Hunger hätten, und manchmal treffe ich auf Taubstumme mitten in heftigstem Gestikulieren, und dann schäme ich mich, habe ich doch jedesmal das Gefühl, irgendwie Verrat an meiner behinderten Bruderschaft zu begehen, da ich dieses Alphabet nie gelernt habe. Außerdem höre ich ja nicht, was ein Klingelzeichen sein dürfte und das Schließen der Türen ankündigt. Ich sehe nur, wie die Reisenden auf einmal, anscheinend von jäher Raserei gepackt, aus dem Stand in den Waggon springen und dabei alles und jeden anrempeln. Und was die Musikanten angeht ... selbst die Erinnerung an den Klang der Gitarre ist mir abhanden gekommen.

In der Rue de Milan, unmittelbar vor dem Zeitungshaus,

habe ich für Marion noch schnell einen Topf weiße Begonien gekauft.

Sie war gerade beim Tippen, wie immer. Ihre kleinen, pummeligen, mit Ringelingchen aus Dublee überladenen Finger eilten mit erstaunlicher Geschwindigkeit über die Tastatur des Computers. Sie hatte Kopfhörer auf, die ihre lockige Mähne teilten und ihr eine Rokokofrisur, in der Vorderpartie wie eine Sauerkrautplatte aufgebauscht, verpaßten. Sie war noch immer sehr hübsch in ihrem kurzärmeligen blauen Kleid. Neben der Tastatur die unvermeidliche Flasche Evian. Sie mußte wahrscheinlich so fünf, sechs Jahre vor der Rente stehen und, bei der unglaublichen Geschwindigkeit, mit der sie tippte, noch einige Milliarden Wörter von der Chaiselongue entfernt sein.

Sie küßte mich auf den Mund, als sei ich erst am Vorabend hier gewesen, errötete etwas angesichts der Begonien, musterte mich vom Scheitel bis zur Sohle, lächelte und streckte mir schließlich die Hand entgegen, damit ich ihr die Kassette gab.

«Laß mir zwei Tage Zeit», artikulierte sie langsam.

Und dann hat sie mich vor die Tür gesetzt, wegen liegengebliebener Arbeit.

Auf dem Bildschirm hatte ich einen Titel gesehen, bei dem es um Spurweitenunterschiede an der Schwelle zu einem vereinten Europa ging.

Draußen auf dem Bürgersteig empfand ich, was Fixer auf Entzug von Zeit zu Zeit empfinden dürften. Doch es hat nicht lange angehalten. Schließlich bin ich Waise, dazu noch taub und stumm. Das langt also. Mir reicht es vollauf. Ich hab schon gegeben.

Ich hatte meine CNT-Mitgliedskarte bei mir. Die begleitet mich immer, für den Fall einer Personenkontrolle, die gebe ich nämlich zuerst ab, auf die Weise sage ich gleich Farbe an. Und anschließend reiche ich dann ein Kärtchen rüber, auf dem steht: «Hinterlassen Sie den Staat doch bitte im Scheißhaus, so wie Sie ihn beim Betreten vorgefunden haben.» Und trotzdem bin ich nicht der Fundamentalanarcho nach der Devise, weder Gott noch Herr und der ganze Mist, die alten Anarchos gehen mir auf den Geist, die schwarze Fahne macht mir angst, letzten Endes könnte es ein großes Hemd sein, und erst diese ganzen schneeweißen Intellektuellen, die sich Anarchisten schimpfen, tatsächlich aber nur aus Feigheit, um zwischen all den Cliquen, die sie «irgendwie ansprechen», nicht Partei ergreifen zu müssen. Jedoch mag ich die Jungen, die sich libertär nennen, denn bei genauer Überlegung gibt es keine andere Lösung.

Ich beschloß also, die *Fédération Anarchiste* aufzusuchen. Das ist zwar nicht der Ort, wo sich Anarcho-Syndikalisten unbedingt am wohlsten fühlen, aber ich kenne einige Typen in dem Stall, da werden sie mich zumindest nicht für einen Agenten des polizeilichen Überwachungsdienstes *RG* halten und mir sicher sagen, ob es im Lycée Jules-Romains von Itry einen militanten Anarchisten gibt. Einen schwarzen Wurm an Ort und Stelle. Jemanden, der mir vielleicht helfen könnte.

*

Freitag morgen steckte in meinem Briefkasten eine Nachricht von Rosario, wonach ich mich für denselben Abend freimachen müsse, wegen einer Vorführung des Filmclubs im Lycée, er habe den Animateur informiert, vielleicht könne ich mich mit dem ja ein bißchen unterhalten. Außerdem wollte er sich um die Mittagszeit mit mir im Mickey treffen. Ich hatte also den ganzen Vormittag für mich, und meine allmorgendliche Waffel, «Schön wie der Tag», gab mir wirklich nichts Bestimmtes auf.

Ich machte mir dies zunutze, um mal ganz um das Lycée herumzuschlendern, was ein ordentliches Stück Weg bedeutet. Das unmittelbar neben der Lehranstalt gelegene

Stadion klammert sich an den Hügel, auf dem das Fort d'Itry thront, mitsamt seinen zu Gärten umgewandelten Wassergräben, seinen hohen grauen Steinmauern aus einer anderen Zeit, mit all diesen Erinnerungen an die *Commune*, an den Krieg, den Großen und Ersten, den der Soldatenaufstände. Das muß man also erst umrunden, und dahinter gelangt man zu den großen etwas öden Erdaufschüttungen, auf denen die Kinder aus der benachbarten Siedlung kikken, halbwegs klägliche Spielplätze, eine Miniaturausgabe des Bois de Vincennes im Maßstab 1:1 000 000. Und dann trifft man erneut auf den offiziellen Eingang des Lycée, den ausschließlich die Lehrer und das Verwaltungspersonal benutzen, mit dem Parkplatz für die Karren, mit dem echten, richtig schließenden Gittertor und dem nie allzu weit entfernten Bulldoggenwächter. Ansonsten muß man wieder den ganzen Hang hinunter, abermals am Stadion vorbeimarschieren und bis zur Kreuzung vorstoßen, an der sich das Mickey versteckt.

Auf der Aschenbahn lief ein ganzer Haufen Schüler herum, so ziemlich kreuz und quer in beide Richtungen, zumeist junge Mädchen, die Jungs spielten lieber Ball in der Mitte des riesigen Felds. Ich war nicht der einzige, der am Stadion entlangwanderte, ich sah nicht wenige alte Männchen, die nach der hübschen Jugend schielten, keine «Exhibis», nein, auch nicht unbedingt richtige Spanner, sondern ein wenig nachdenkliche Opis, die mit der Einkaufstasche in der Hand, oder aber einen ausgehungerten Pudel hinter sich herschleifend, unentwegt all diesen etwas höher herumwetzenden Hachsen in zartem Rosa zuschauten, einem durch die morgendliche Kühle leicht marmorierten Rosa, einem Rosa, das ihnen das Mausgrau ihres Alltagslebens wärmte.

In der Mickey-Bar klebte Rosario bereits auf seiner Bank wie eine Strandschnecke. Er bat mich, am selben Abend um 17 Uhr 30 an der Bar zu stehen, er würde mich dann in den Filmclub reinschmuggeln, und erklärte mir, an diesem Tag solle ein alter tschechischer Film von Miloš Forman, *Der schwarze Peter,* laufen. Und daß ich ein Mordsschwein hätte, weil es sich nämlich um eine untertitelte Fassung handele. Außerdem übergab er mir einen Brief, den ich auf der Stelle öffnete, eine kurze Nachricht von Jérôme, Zyklotrop wies mich auf ein paar Kleinigkeiten hin, die er vergessen hatte, und die mir vielleicht nützlich sein könnten: Ich könne mich ja auch außerhalb des Lycée umschauen, und eine von Lauras dicksten Freundinnen sei eine gewisse Martine gewesen, Friseurin in einem Salon gegenüber dem Bahnhof von Itry, ein Mädchen, mit dem Laura manchmal an den Samstagabenden ausgegangen sei, also die Discos abgeklappert habe.

Dieser Kerl da, mit seinem großen Ich-sag-lieber-garnichts-alles-nur-Flics-Getue, der redete doch ziemlich viel, so dachte ich. Das roch nach kleinem Racheakt, dem lag was schwer auf dem Gemüt, ein richtiger Laster, der ihm die Neuronen zerdrückte, weil er sich von einem Nebenbuhler hat ausstechen lassen, oder aber er liebte seine Laura wirklich, liebte sie so sehr, daß er deswegen fast bekloppt wurde, daß er gar nicht darüber hinwegkam und so ganz allmählich seine sämtlichen Grundsätze über Bord warf. Und ich, ich war auf dieses zeitweilige Sichgehenlassen angewiesen, das war die Sorte von Brüchen und Verwerfungen, durch die ich unter Umständen einen hypothetischen Mörder aufspüren würde.

Da ich nun also den ganzen Nachtmittag Zeit hatte, sagte ich mir, ein kleiner Haarschnitt käme gerade recht.

Zu früh gefreut.

Martine war eine etwas überspannte Person mit wildem Haar und von diesen modernen Ticks geschüttelt, die alle jungen Mädchen heutzutage haben, diese Unart eben, unablässig mit überdrüssiger und doch präziser Bewegung die mächtige Mähne, die ihnen in die Augen fällt, nach hinten zu werfen; sie machte keinerlei Schwierigkeiten, mir in das Café neben dem kleinen Coiffeursalon – ausschließlich für Damen – zu folgen.

Und ihre Chefin ebenfalls nicht, zumal zu dem Zeitpunkt sowieso keine Kundin im Laden war und ich, um Martine eine Viertelstunde lang entführen zu dürfen, den Preis für einmal Waschen, Schneiden und Fönen bezahlte. Als ich sie fragte, ob sie wohl schriftlich auf einige meiner Fragen antworten wolle, wedelte sie mit den Fingern und rief offenbar «Auweia!» oder so was in der Art.

Über die Rechtschreibfehler sehe ich mal hinweg. Doch das Lesen der Sätze, die sie mit kleiner ziselierter Schrift, wie überall von Blümchen umrankt, buchstäblich eine Sylvie-Vartan-Unterschrift, in meinem Notizheft hinterließ, reichte an Entziffern, ja an regelrechtes Dechiffrieren heran. Sie war drollig wie sonst was, lebhaft, ihre Augen sprühten, wenn auch von diesem Wölkchen Bitternis, Lebensmüdigkeit und immanentem Schiß umflort, das man bei jungen Leuten findet, wenn sie zu früh hart arbeiten müssen.

In der Tat sei sie häufig mit Laura «ausgegangen», um im Metropolis in Rungis abzutanzen, drei Etagen volle Beschallung und Laserlicht, tausend Personen, gigantisch, genial, geil, die totale Abdrehe, na ja, häufig… zweimal im Monat, so übern Daumen. Zwei Tage vor ihrem Tod habe Laura einen Großteil der Nacht auf einer *House-Music*-Fete verbracht, zusammen mit Martine und zwei weiteren Mädchen aus der Gegend, eher Freundinnen der letzteren. Aus diesem Anlaß hätten sie sich mordsmäßig in Schale geworfen, und Laura habe ihr durchsichtiges Mieder herausgeholt, und Martine ihren Body aus Lycra. Eigentlich sei Laura ja etwas verschämt gewesen und habe den ganzen Abend mit ihrer Jacke auf dem Leib tanzen müssen. Martine wollte mir erst gar nicht erzählen, «wie die geschwitzt hat» ...

Nein, zum Anbaggern sei sie da nicht gewesen, sie hätte alles, was sie wollte, zu Hause gehabt. Ja, einmal habe sie einen Erwachsenen mitgenommen, ja, tatsächlich einen Pauker, die Beschreibung kam Vuelle recht nahe, doch das war das Jahr davor gewesen. Nein, sie habe sich dort nur mit Tanzen und lauter Musik zugedröhnt. Nein, Ärger mit Jugendlichen aus der Banlieue habe es da nie gegeben. Ja, Laura habe ihr auch mal ein paar Geheimnisse anvertraut, obwohl deren beste Freundin anscheinend Anne Gadot war, die Martine ebenfalls kannte, schon seit der Grundschule. Nein, absonderliche Dinge seien da nie drunter gewesen.

Ja sicher habe sie schon einmal von mir gehört. *Pépé Salade*, Salat-Opa, wie Laura mich ab und an nannte.

Während sie mir ihre Antworten äußerst mühselig aufschrieb, sah ich sie mir aufmerksam an und verspürte einen leichten Stich ins Herz. Diese kleine Gans war wie all ihre Freundinnen, hatte ungefähr dieselbe Geisteshaltung, dieselbe Energie, dieselbe Leidenschaft, redete im großen und ganzen dieselbe Sprache, und doch war sie bereits auf Maloche, sicherlich volle Pomade von der kleinen Patronne eines Kleingewerbes ausgebeutet, wogegen ihre ehemaligen Schulfreundinnen schon zu den Privilegierten gehörten. Vielleicht eine Sache der Familie und des Milieus. Ich hatte nicht den Mut, sie danach zu fragen. Vielleicht auch schlicht und ergreifend eine Sache der Rechtschreibung.

Der einzige Unterschied bestand darin, daß Martine keine moralischen Probleme wälzte, sich nicht fragte, ob all ihre Äußerungen nun gut und richtig waren oder nicht, in meinem Notizheft hatte sie hinter einer Antwort sogar hinzugefügt: ICH HOFFE, DAS MANN DEN SCHWEINEHUND SCHNAPEN WIRD, DER DASS GETAN HAT, UND DAS MANN IHM DIE BILLYS ABHOHBELT.

*

Die Mainacht beginnt ganz allmählich herabzusinken. In dem Vorführraum in leicht pissigem Gelb ist es noch nicht dunkel, da fällt noch Licht von draußen herein, durch die großen, nicht sehr oft geputzten Scheiben sowie das der Xenonlampe, das seitlich aus dem 16-mm-Projektor austritt, der inzwischen seit einer guten Stunde läuft.

Darunter schreibt Casimir, der Animateur der kulturellen Veranstaltungen, mit Filzstift auf umgedrehten großen Plakaten der Lehrergewerkschaft SNES herum, die er nach und nach von der bereits völlig zugepinnten Rückwand reißt, einem Wust aus Fotos (bei denen Maruschka Detmers eindeutig das Zepter schwingt), Zeichnungen, Texten, Postern, einer Wandzeitung zur freien Meinungsäußerung und der Willkür der Schüler ausgeliefert (die offensichtlich nach nichts anderem verlangen). Beim Hereinkommen war mir sofort die Zweckentfremdung eines Plakats, zwei die Brust vorstreckende Puppen, aufgefallen, das eigentlich eine Büstenhaltermarke anpries, und dessen mit schwarzem Filzstift geschriebener Text (SNES festigt das Wesentliche, die SGEN beseitigt alles Überflüssige) ein anderes großes Poster ausstach, eins mit einem Hirten drauf, der seine riesige Schafherde hütete, und folgenden darunter gemalten Worten: Gewerkschaftliche Einheit. In meinem Innersten hatte ich gestutzt, hatte gespürt, daß all das eher von dem Pädagogen kam statt von den Schülern, einem dieser Kerle, die es sich schuldig sind, sich stets tausendprozentig in alles Mögliche reinzuhängen, aus purer Effekthascherei für die Galerie. Da gab es jede Menge Graffiti, Texte um einen gewissen Nouvier, «wenn ich groß bin, werde ich Nouvier», «Nouvier, das offene Tor für alle Nouvierismen», «Nouvier nach Bagdad!» usw.

Erst nach einer knappenViertelstunde ist endlich relative Ruhe eingekehrt, der Film hat schließlich doch die Aufmerksamkeit aller gefesselt, die im Dunstkreis solcher Aktivitäten herumturnen. Die Magie des Kintopps.

Als Rosario mich durch die den Leuten des Serails vorbehaltene Tür in den kleinen Vorführraum gelotst hatte, war bewußter Casimir, fuchtig, zerzaust und angezogen wie Pik-As, gerade dabei, zwei Schüler anzubrüllen, die mit einer Filmrolle in der Hand verlegen dastanden. Später erfuhr ich dann, daß sich die beiden Hornochsen in ihrer Eigenschaft als Vorführer einen kleinen Archivfilm zusammengebastelt hatten, indem sie aus den Rollen sämtliche etwas «härteren» Szenen, die sie aufspüren konnten, herausgeschnitten hatten, die Brüste von Miss Dingsbums, den Arsch von Madame Soundso, eine Duschszene, eine mit Beinchen in der Luft usw. Casimir war ihr schlechter Geschmack und ihr primitiv pickeliger Voyeurismus eigentlich scheißegal, er wetterte nur herum, weil dem Amt für moderne Lehrmethoden *Ofrateme* oder der *Fédération des Ciné-Clubs* die Schnitte und der Zustand der Kopien wohl eines Tages auffallen mußten und er es dann auf die Birne bekommen dürfte. Kurzum, ein richtiger Hausanschiß.

Das Verhalten der Schüler im Umgang mit Casimir umfaßte die gesamte Palette aller möglichen Reaktionen einem großen Bruder gegenüber. Manche schienen ihn offenbar zu fürchten, andere wiederum überhaupt nicht. Manche gingen ihm zur Hand, ließen die Schüler rein und kassierten, überprüften die Mitgliedsausweise, all so was eben, während andere im hinteren Bereich des großen Vorführraums Karten kloppten und sich direkt daneben ein Langhaariger von der überspannten Sorte auf der Anschlagtafel artikulierte… Unterdessen lief Casimir vom Vorführgerät zu seinem Schrank, aus dem er Tennisschläger hervorholte, um sie ein paar noch ehrerbietigen Kleinen zu geben, stürzte sich dann auf einen am Haupte Geschorenen, der dies ausgenutzt hatte, um in seinen Sachen herumzustöbern, scheuchte daraufhin zwei auf seinem Schreibtisch hockende Mädchen fort, um dort weitere Filmclubausweise ausstellen zu können, und diskutierte anschließend noch mit ein paar vorbeikommenden Paukern, die ihm ständig ins Wort fielen. Ich hörte zwar nichts, doch meine Ohren waren von einem recht anhaltenden, recht rhythmischen Rauschen erfüllt, das mich erahnen ließ, daß der Lärmpegel in dem kleinen Saal allererste Sahne sein mußte. Casimir jedoch hielt sich wacker, er flatterte ohne erkennbare Anstrengung umher, er hatte mir die Hand gedrückt, mir herzlich zugelächelt, den Blick von mir abgewandt, um nach einem Pauker zu schielen, einem kleinen Alten, der ihn um etwas zum Schreiben bat, woraufhin Casimir einfach ein Plakat mit einem Römer in Rüstung und der Bildunterschrift «Jules» – von wegen «Romain» und so – von der Wand abgerissen und der alte Lehrer dieses direkt an die Tür des Saales gezweckt hatte, um folgendes darauf zu schreiben: «Unsere Kritik: Dieser Film birgt die ganze Zähflüssigkeit des Ödipus.» Rosario hatte gerade Zeit genug, mir zu erklären, daß der betreffende Pauker für die Programmgestaltung des Filmclubs zuständig sei und die Gewohnheit habe, auf diese Weise zu proklamieren, was er von dem jeweiligen Film des Tages halte, und daß dies zwar nie verständlich sei, daß aber alle gespannt auf dessen wöchentliche Spinnerei warteten, ehe sie dann in den dunklen und leise raunenden Saal stürmten, in dem der Film bereits lief.

Im Anschluß wurde es ein bißchen ruhiger, die Kleinen kamen wieder, um feierlich ihre am Holzrahmen ziemlich ramponierten Tennisschläger zurückzugeben, ein Pauker ließ sich an einem der Tische nieder, um mit einigen Schülern Tarot zu spielen, weitere nervöse Zappler kreuzten auf und liehen sich ein Schachspiel, Zeitschriften oder Tageszeitungen aus, doch nach und nach schienen die Bilder aus der Tschechoslowakei, der des alten Frühlings, all diejenigen zu fesseln, die sich entschieden hatten, hier zu sein.

Casimir lief noch mehrere Male hin und her, um die Schärfe einzustellen, den Bildrahmen anzupassen und Ruhe zu gebieten, beförderte abschließend, ihn kräftig am Kragen packend, einen gestikulierenden jungen Beur aus dem dunklen Saal, schubste ihn zu einem Stuhl und knallte ihm ein Go-Spiel unter die Nase, danach konnte sich der Freizeitpädagoge endlich vor mich hinsetzen, und wir begannen zu «dialogisieren».

Er bemühte sich redlich, meine Fragen zu beantworten. Dieser Typ schreibt für sein Leben gern, ich weiß nicht, womit er auftankt, aber er war in einem derartigen Zustand größter Nervosität und Anspannung, daß er mit seinem dikken schwarzen Filzstift in aller Eile und in großen Buchstaben auf seine großen Blätter kritzelte. Er hat mir gleich zu Anfang eine Art Roman hingeballert, wonach wir es diesmal mit dem Forman etwas ruhiger haben würden, letzte Woche hätten sie nämlich *Family Life* gezeigt, und da wären die Bälger der Reihe nach, mit den Nerven völlig am Ende, aus dem Kinosaal gerannt und hätten wie die Schloßhunde geheult, und die Woche davor wäre *Strafpark* gelaufen, und da wären sie alle fünf Minuten zu ihm gekommen, die Visage vor Angst verzerrt, die Augen vor Ratlosigkeit geweitet, und hätten wissen wollen, ob das wirklich wahr sei, was sie da auf der Leinwand sehen würden, ob das ein Dokumentarfilm sei oder nur 'ne doofe zusammengesponnene Geschichte.

«Wer ist Nouvier?» schrieb ich und zeigte auf die Tafel an der Rückwand.

Casimir mußte lachen und antwortete mir, das sei der Berufsberater, ein richtig klasse Kerl, nur habe der hier in der Penne eben die unmöglichste Aufgabe, nämlich die Schüler davon zu überzeugen, daß nach dem Lycée die Welt der Arbeit weit und gastlich sei. Dafür organisiere er

«Orientierungsforen», bei denen man ebensogut Militärs (Verpflichten Sie sich freiwillig, dienen Sie freiwillig länger!) wie Filmproduzenten (Sie werden Sportwagen fahren mit Höllenbräuten drin!) begegnen könne. Casimir fügte noch hinzu, mit ihm verhalte es sich in etwa genauso, und von wegen Freizeitpädagoge, am Arsch, er mache hier als Nebenberuf doch eher die Sozialarbeiterin, dem Direktor sei es nämlich immer noch lieber, die Schüler fielen über seinen Raum hier her statt über das Café auf der anderen Seite. Und trotzdem wisse auch der Studienpräfekt genau, daß hier, in seinem Raum, sich dieselben Schüler, die Außenseiter und Randexistenzen des Schuljahres, ein bißchen die Synapsen freiputzten und auch auf die Gefahr hin, nicht alles lernen zu wollen, was da so auf dem Lehrplan stand, ein anderes Manna erlangen würden.

Daraufhin schoß er hoch wie eine Rakete, erklomm sein Podest und wechselte die Filmrolle, so daß wir annähernd zwanzig weitere Minuten ungestört sein sollten. Zwei oder drei Schüler, darunter auch Rosario, kamen herein, um schnell eine Zigarette zu rauchen, und sausten wie bekloppt wieder davon, sobald der Apparat erneut in Gang war. Die Abenteuer junger tschechischer Heranwachsender schienen sie wirklich in Atem zu halten.

Und dann kam ein Pauker heraus, ein langer Typ im Blouson, der ein wenig angeberisch wirkte und ein wenig scheel dreinblickte. Offenbar sagte er Casimir zunächst etwas zu dem Film, wahrscheinlich daß der beschissen sei, und setzte sich dem kleinen Schüler gegenüber hin, um eine Partie Go zu spielen.

«Laura?» schrieb ich auf eins von Casimirs Plakaten.

Er warf mir einen traurigen Blick zu und begann erneut zu schreiben. Die reinste Rakete eben. Dieser Typ machte ganz den Eindruck, als würde er eine Beichte ablegen.

Laura sei demnach liebenswürdig gewesen. Im wahrsten Sinne des Wortes, und für einen Erwachsenen war es schwer, da zu widerstehen. Selbstverständlich hatten etliche Leute um ihre Romanzen gewußt, außerdem waren die Pauker sicher keinesfalls die letzten, die sich mit so was brüsteten, wenn auch durch die Blume. Am meisten erstaunte ihn, daß Laura das Ganze mit links gemanagt hat, ihre Schülerfreunde, die Liebhaber in ihrem Alter und die Pauker, ihre erwachsenen Liebhaber. Und daß sie keinem der Beteiligten irgend etwas davon zu verhehlen schien. Bis auf Zyklotrop hat das wohl jeder mehr oder minder gut geschluckt, und Lentec, ihr momentaner «offizieller», hat es sogar echt *No Future* gefunden. Und er, Casimir, der Freizeitpädagoge und Animateur, der manchmal *Animal-Voyeur* genannt werde, versteht das gut und wirft auf niemanden einen Stein. Und all diese jungen Mädchen, überall, die seien doch wirklich wunderbar, und man müsse stets die Gesellschaft der Heranwachsenden suchen wegen ihrer verborgenen Sanftheit.

«Waren Sie verliebt in Laura?» schrieb ich.

«Nein. Ich nicht», antwortete er. «Ich bin in eine andere Schülerin verliebt. Selber Typ... Woran man sieht... Aber ich wage es nicht, so weit zu gehen... Wie soll ich sagen... Wir haben uns geküßt, das ist alles. Ich habe zu großen Bammel, nicht managen zu können, was sich daraus ergeben würde. Es geht dabei um eines der intelligentesten jungen Mädchen des ganzen Lycée. So was macht Angst, zwangsläufig. Also gebe ich hier den Zampano, den etwas distanzierten Typ, den erleuchteten Erwachsenen, falls Sie verstehen, welche Sorte ich meine... Wenigstens bin ich mir somit sicher, welches Bild sie von mir behalten wird...»

Während er mir diese Antwort aufschrieb, wurde er etwas nachdenklicher, ein wenig langsamer, zögerlicher. Und als ich zu Ende gelesen hatte, beeilte er sich, das riesige Blatt zu zerreißen und die Fetzen in den Papierkorb zu werfen.

Der große angeberische Pauker hinten im Raum stand wutschnaubend auf und schlich beschämt wieder in den Saal zurück. Der kleine Beur schaute höchst vergnügt auf sein Go. Casimir lachte sich einen weg.

«Saïd ist eine Nervensäge erster Klasse. Obwohl er erst in der Quinta ist. Aber es ist noch niemandem im Lycée bisher gelungen, ihn im Schach oder im Go zu schlagen. Man nennt ihn hier Ben Fisher.»

Als besagter Saïd las, was sein Bewunderer soeben über ihn geschrieben hatte, tat er so, als mache ihn das wütend. Doch seine Augen leuchteten, während er seinen vollkommen zerfledderten Ranzen packte und aus dem Raum ging.

«Irgend etwas Merkwürdiges über Laura?» schrieb ich.

Er seufzte, überlegte angestrengt, lief auf und ab. Entweder er kramte in seinem Gedächtnis, oder er wußte was und fragte sich, ob er es mir sagen sollte.

Die Filmspule gelangte an ihr Ende, und das Ballett ging wieder von vorne los, der Rollenwechsel, das Einlegen eines weiteren Abschnitts von zwanzig Minuten, des letzten, Schüler kamen herausgerannt, die einen, um zur Toilette zu gehen, andere, um im hinteren Bereich des Vorführraums schnell eine zu paffen.

Als wir dann ein drittes Mal wieder allein waren, blickte er mich lange an.

«Sagen Sie mal, 68, was wären Sie da gewesen?» kritzelte er rasch hin.

«Ich gehöre seit vierzig Jahren der CNT und der AIT an», antwortete ich.

Er lächelte mir zu, anscheinend erleichtert, und begann wie ein Irrer zu schreiben.

*

Nach der Vorführung war es fast 19 Uhr 30 und das Lycée verwaist. Die leeren und blankgescheuerten Flure wirkten leicht bedrohlich unter den schwach flackernden Leuchtstoffröhren an den Decken, als der kleine Trupp der Zuschauer sie lärmend in Richtung Ausgang durcheilte. Casimir hatte alle hurtig hinausgeworfen, als befürchtete er, die Schüler hätten noch bleiben können, um mit ihm den Film durchzuquatschen.

Dabei bekam ich Fabienne kurz zu Gesicht. Blickte immer noch genauso abweisend, als wollte sie mich roh fressen.

Schließlich brach ich zusammen mit Casimir auf. Seite an Seite, schweigend. Auf dem Bürgersteig gegenüber dem Haupteingang der Penne verabschiedete er sich von mir und schloß sein Moped auf, das in Ketten lag wie weiland die heilige Blandine, bevor sie den Löwen vorgeworfen ward.

Ich spazierte nun unterhalb des Fort d'Itry entlang. Es war niemand oder fast niemand mehr auf der Straße. Bald würde es vollkommen dunkel sein, die Leute saßen schon allesamt vor ihrem Fernseher. Ich überdachte noch einmal, was Casimir unmittelbar vor dem Ende des Films endlich gelungen war, mir, wenn auch zögerlich, zu beichten: Nach wie vor wollte es ihm einfach nicht normal vorkommen, daß sämtliche Erwachsenen, die Laura geliebt hätten, diese Pauker eben, denen sie ihre Gunst geschenkt habe, ausnahmslos ehemalige Maos seien, ehemalige Mitglieder der «proletarischen Linken» GP, Fray sei sogar ein Kader der «bewaffneten proletarischen Zellen» Nap gewesen, dieses Arschloch brüste sich dessen sogar, und Vuelle sei von Anfang an unter anderem Namen bei der *Libération*, er habe sogar schon bei *La Cause du Peuple* gearbeitet, und da habe es auch noch einen gewissen Le Du gegeben, Geschichtsstudienrat, Absolvent der Elitehochschule *École Normale Supérieure*, Mitglied der «Union der kommunistischen marxistisch-leninistischen Jugend» UJCML, und der ganze Mist, nur war Casimir sich nicht sicher, ob das bei dem mit Laura bis zum äußersten gekommen sei. Laura – gleichzeitig verliebt in einen Schüler der Kommunistischen Jugend JC und einen Pauker und ehemaligen Mao, das sei doch schon komisch, dachte Casimir.

Zyklotrop hatte mir in seinem Brief ja bereits davon erzählt, von Lauras Faible für 68 und die Linksradikalen... Nur war sie zum Zeitpunkt ihres Todes von all dem ziemlich weit entfernt gewesen, da sie mit Lentec doch bestimmt nicht dieselben Interessen geteilt haben dürfte. Es sei denn, sie wäre der Ansicht gewesen, der hiesige Bezirksrocker mache linksradikale Musik.

In jedem Fall hatte Fray die Wahrheit gesagt. Nun ja... Eine Wahrheit.

Plötzlich blieb ich stehen, nicht sehr weit von mir entfernt sonderten irgendwelche haßerfüllten Leute diese ganz eigenen, etwas scharfen Ausdünstungen ab, diesen Geruch des Hasses und der Bosheit. Im Schutz einer Akazie lauerte Fabienne auf mich, sie saß auf der Motorhaube eines darunter parkenden Wagens, flankiert von einer langen Bohnenstange mit leicht beschränktem Gesicht, die mir den Weg versperren wollte.

Sie reichte mir ein Stück Papier, auf dem von rascher Hand geschrieben stand: DA SIE MIT IHREN SCHWEINEREIEN NICHT AUFHÖREN WOLLEN, WERDE ICH SIE ANZEIGEN, SIE HABEN VERSUCHT, MICH ZU VERGEWALLTIGEN, DAFÜR HABE ICH EINEN ZEUGEN.

Mehrere Dinge gingen mir in aller Eile durch den Kopf. Erstens, armes, verlorenes kleines Mädchen, zweitens, ein einziger Rechtschreibfehler bei einem in derartiger Erregung geschriebenen Briefchen, das grenzte an ein Wunder, drittens, die sind doch so was von naiv.

Ich blickte Fabienne ernst an, faltete den Zettel sorgfältig zusammen und steckte ihn in meine Tasche. Die beiden haben sofort begriffen, welchen Fehler sie gerade begangen hatten. Der junge Bursche stürzte sich auf mich. Ich bin zwar schon sechzig, oder beinahe, habe aber mein ganzes Leben damit zugebracht, mich zu schlagen, und zwar häufig auf übelste Weise. Und ein Typ, selbst ein junger, der einen Alten vertrimmen will, verdient ein bißchen von diesem «übelst».

Ich wich also blitzschnell zur Seite, wie bei der Corrida, und versetzte ihm einen harten Stoß mit dem Ellbogen, in den Rücken, unters Schlüsselbein. Er schwankte vor Schmerz, zwei Sekunden zu viel. Mein gekrümmter Finger traf ihn hinterm Ohr. Er richtete sich wieder auf und schlug in die andere Richtung, als wollte er die unter uns liegende Stadt boxen. Und dann versagten ihm seine Beine plötzlich den Dienst. Ich wußte, daß er für zwei oder drei Minuten nicht mehr wissen würde, wo er eigentlich war.

Ein alter Baske hatte uns das beigebracht, vor langer Zeit. Ein Hitzkopf, mit Sack und Pack während einer nicht unbedingt offiziellen Reise in Uruguay verschwunden. Er hatte den brasilianischen Revolutionär Carlos Marighela an die Brust drücken wollen.

Fabienne fixierte mit geweiteten Pupillen ihren Helfershelfer, ohne sich auch nur um Haaresbreite zu rühren. Ich pflanzte mich vor ihr auf und bohrte nun ebenfalls meinen Blick in ihre Augen, unverhohlen, höchst konzentriert, um ihr stumm zu sagen, du kleine dumme Gans, du vertust dich im Gegner, du weißt ja nicht mal, in was für eine Erwachsenensauerei sich deine Schwester hineingeritten hat, und du würdest besser dran tun, es herausfinden zu wollen...

Als sie die Augen schließlich senkte, ging ich davon, ohne mich umzudrehen, trotz allem ziemlich stolz... Ich war ein bißchen gewalttätig geworden, hatte mich derselben Gewalt bedient, die Faschistoide manchmal anwenden, doch ich mochte halt die Vorstellung nicht, daß Jugendliche auf die Polizei bauen, um wem auch immer angst zu machen.

*

Die Samstagmorgenwaffel war eine der obskuren Sorte: «Bis zur Neige». Unter Umständen war dies also der Tag, an dem ich gehörig was durchzumachen hatte. Obwohl mein Programm doch ganz einfach war: zum Fest der Fachoberschule gehen, dem Rockkonzert beiwohnen und versuchen, mir Maurice Lentec zu schnappen. In meiner Eigenschaft als Stocktauber hatte ich von den Dezibeln der hardrockenden Dilettanten nichts zu befürchten. Die Widrigkeiten würden also von anderswo kommen, falls ich meinem knusprigen I-Ging mit Vanillegeschmack weiter glauben sollte.

Das Lycée Jean-Mathé, in der Nähe der Bahngleise, lag nicht sehr weit vom Jules-Romains entfernt, gerade mal auf der anderen Seite des städtischen Fußballplatzes von Itry. Etwas grauere Gebäude, auf dem Schulhof ein paar Reihen etwas rachitischerer Bäume und an den Wänden etwas unordentlichere, dafür aber auch etwas bösere Graffiti.

Der große Pausenhof war schwarz von Menschen. Anläßlich des Schulfestes hatten die Schüler jede Menge Stände aufgestellt, da wurden diverse Fressalien verkauft, Zeitungen, heimische Produkte, wie bei jedem Rummel eben, der etwas auf sich hält. Die Schüler betrieben Tauschhandel, boten Schleuderwaren, Trödel und Altkleider feil. Da ging schon mal mühelos ein Blouson für einen Motorradhelm weg. Es gab auch politischere Tische und Gestelle, die gymnasialen Organisationen legten sich schwer ins Zeug, um den Kunden anzulocken.

Ein «Großes Basketballspiel» zwischen Paukern und Schülern war gerade zu Ende gegangen, puterrote Erwachsene saßen auf dem Boden und versuchten, wieder zu Atem zu kommen, und ich spürte, daß da auch Lärm war, überall Musik. Einige Eltern trieben sich ebenfalls herum, aber nicht viele. Pauker natürlich, die auf alles ein Auge hatten, jede Menge Plakate, um 15 Uhr sollten die Videofilme gezeigt werden, die der *Caméra Club* des Jean-Mathé gedreht hatte, einer davon hieß *Dünnschicksal*, doch das Gros der Belegschaft ballte sich ganz am Ende zusammen, an einer vor grauen, wie von Schießscharten durchbrochenen Mauern errichteten Bühne, auf der riesige Verstärker und schwarze Lautsprecher, die ein wenig bedrohlich wirkten, aufgetürmt waren. Auch hier wiederum Plakate, das Konzert der Gruppe Artefact, nebst einem Foto der Musiker, Rocker mit Kapuzenmasken, unter denen Haarlocken hervorlugten.

Ich schlenderte nonchalant durch die kleine Menge, die sich zusehends fiebriger um die Bühne zusammendrängte, manche hockten bereits am Boden, mit verschlossenen, gewollt bösen Mienen und der Bierflasche in der Hand, obwohl hier eigentlich gar kein Bier verkauft wurde, andere, langhaarige, standen mit giftigem Lächeln da, die Hände tief in den Seitentaschen ihrer schweren Lederjacken vergraben. Ich sah Rosarios Bruder, wie eh und je in sein schwarzes Cape gehüllt, genau in der Mitte des Schulhofs im Schneidersitz niedergelassen und gegen jeden Blick, gegen jeden Spott unempfänglich. Und auch zappeligere, auffälliger gekleidete Jugendliche, Kappen und Sportschuhe in Leuchtfarben, junge Beurs, und auch Schwarze, in einer anderen Bande. Sie schauten einander herausfordernd an, um den Mund ein Lächeln Marke Wart-nur-du-kriegst-auch-noch-dein-Fett-ab … Gruppen, denen es mächtig Spaß machte, als unbeugsame Feinde zu erscheinen, doch allesamt traut vereint für die Messe, die *zikmu*, wie sie auf Verlan sagen; für die Finsteren in Leder ist es der Rock und für die Fahrigen in Sportschuhen der Rap.

Ich erkannte einige Schüler vom Jules-Romains, erspähte Fabienne aus der Ferne und achtete darauf, ihr nicht unbedingt in die Quere zu geraten, doch sie war sowieso zu sehr damit beschäftigt, sich einen Platz möglichst direkt an den Boxen zu verschaffen. Rosario und Zaïr waren nicht da, was mich ein wenig wunderte, vielleicht saßen sie im Keller des Mickey eingesperrt fest, und Marie-Louise stand, einen Knüppel in der Hand, vor der Tür. Ein Rauschen hinter den Ohren deutete mir an, daß in der Menge irgendeine Veränderung vor sich ging. Tatsächlich waren gerade vier Typen mit Kapuzen, in dunkelgrüne Overalls gezwängt und Gitarren vor den Leib gehängt, auf die Bühne gestürzt. Einer von ihnen trat vor und sagte irgend etwas zu Fabienne, ich dachte, daß es Maurice sein könnte, alles in allem war er ja in ihre Schwester verliebt gewesen, doch dann richtete er sich augenblicklich wieder auf, um seine Baßgitarre einzustöpseln. Als der Kerl im Hintergrund auf seine Trommeln einzuschlagen begann, verrieten mir dumpfe Schläge im Bauch, daß die Walze losging. Die zunächst steif dastehenden Zuschauer fingen nun an, sich leicht zu bewegen. Es war noch nicht gerade der reinste Wahn, und doch waren sie bereits abgetaucht, versunken, in der Musik. In dem Moment entdeckte ich auch Anne Gadot, die ganz vorne auf der Stelle tanzte. Ihr zerbrechlich wirkender Körper, der sich in den Hüften wiegte, die zum grauen Himmel gereckten Arme und das immer noch etwas verschlossene und traurige Gesicht gaben mir eigenartigerweise einen Stich ins Herz.

Plötzlich klopfte man mir auf die Schulter. Es waren die Blödel Brothers, breit lächelnd. Rosario, dem es auf eine Provokation mehr oder weniger ja nicht ankam, hatte sich Petersilie in die Ohren gestopft, und Zaïr paradierte in einem herrlichen T-Shirt mit einem MOTORHEAD-Teufel drauf, das er über sein Blouson gestreift hatte.

Rosario bat mich um etwas zum Schreiben und kritzelte dann kichernd in mein Notizheft:

SUPER, DAS HIER IST TECHNO-DESTROY!

Ich nutzte die Gelegenheit und fragte ihn, wer von denen Maurice sei, er erwiderte, das sei der Sänger, und er finde es wirklich schade, daß ich dessen niedliches dünnes Stimmchen nicht hören könne.

Zaïr fügte auf dem Blatt hinzu, Maurice singe genauso gut wie sein Moped, fahre aber nicht so schnell.

Ich mochte sie wirklich gern, diese beiden Hanswürste. Ihr stets ein wenig zynischer Blick auf alles zeugte von erfrischender geistiger Gesundheit, auch wenn sie sich, auf die Dauer, zwangsläufig in einem doch leicht nervigen Dünkel verschließen konnten. Ich wußte, wie edelmütig sie waren, und daß sie nach der Schule alle Zeit der Welt haben würden, dies in die Praxis umzusetzen. Für den Augenblick jedoch war es gut, daß sie allem und jedem gegenüber eine gewisse Distanz aufbauten.

Die Gymnasiastenschar bewegte sich mittlerweile im Takt hin und her, ein kleines schwarzes Binnenmeer, aufgewühlt vom Sturm in der Betonwüste des Pausenhofs einer Fachoberschule. Sie standen nach und nach auf, um sich besser bewegen, um die Gruppe sehen zu können, die von denen verborgen wurde, die sich vor ihnen bereits aufgerichtet hatten, und vor allem, weil die Banden unterschiedlicher Anschauungen die Tendenz hatten, sich fest zusammenzuschließen, eine Einheit zu bilden, für den Fall der Fälle … Das Ganze roch nach Streit, oder vielmehr nach fröhlicher Rauferei. So langsam entbrannte eine recht ordentliche Schubserei, Typen sprangen von rechts nach links, rempelten andere Zuhörer an, die den Angreifer dann wieder wegstießen. Die Gesichter wirkten nun zusehends aufgekratzter, die Erwachsenen rückten artig etwas beiseite, ein gutes Konzert modernen Rocks nahm seinen Anfang, ein Samstag, der das trübselige Leben all dieser Jugendlichen aus der Banlieue aufhellen würde, schickte sich so ganz allmählich an, unvergeßlich zu werden.

Nach einiger Zeit bemerkte ich, daß Anne Gadot einem großen, ganz in Leder gekleideten Typ, dessen Gesicht mir bekannt vorkam, ein paar Worte ins Ohr sagte... Mein Magen pochte zunehmend schneller und heftiger, also mußte es um Rhythmus und dröhnenden Klangwahn genauso bestellt sein.

Ich trat einige Schritte beiseite und dachte darüber nach, wie ich Maurice Lentec zu fassen bekäme, zwei Minuten würden mir ja schon reichen. Schwierig. Dies hier war einer seiner Ruhmestage, er würde wohl keineswegs einwilligen, sich ausgerechnet an diesem Tag auf den Sack gehen zu lassen, er würde sich vor den Groupies produzieren, die Ausrüstung wegräumen müssen, all so was halt.

Ich schaute mir kurz mal die Stände an, trank eine Cola, kaufte zwei Schülerzeitungen, *Yaourt*, Organ der Astronauten des Unterbewußten, und *Landru*, die Zeitung des *Foyer*, und setzte mich dann in einer leeren Ecke des Schulhofs auf eine Bank. Eine doch recht warme Maisonne stach zwischen den dichten Packen dicker Wolken durch. Meine Beine taten weh, ich denke nie an mein Alter, es selbst bringt sich mir jedoch in Erinnerung, gelegentlich, mit Ischias, Rheuma, solchem Altenkram eben. Die Schülerzeitungen waren voller Comics, die zwischen schwärzlichem Sadomasochismus und Science-fiction à la *1984* schwankten. Und waren voller krypto-dadaistischer Texte, Gedichte, die noch immer von Rimbaud umgetriebenen waren, sowie voller Film- und Plattenkritiken, als würd's welche regnen. Außerdem das unvermeidliche ätzende Lehrerporträt. Ich glaubte zu verstehen, daß diese beiden heftigst verfeindeten Presseorgane sich auf den Tod nicht ausstehend konnten, und an mörderischen Anspielungen herrschte wahrlich kein Mangel, um den jeweiligen Gegner zu demoralisieren, wobei man ihn im großen und ganzen als Scheiße in Stangen bezeichnete.

Plötzlich fiel ein Schatten auf meine Zeitung.

Ich hob den Kopf. Der Pauker aus dem Jules-Romains, der mir geraten hatte, mich vom Acker zu machen, lächelte mich an. Vuelle. Jugendlich gekleidet, auf einmal, mit schwarzem Leinenblouson, Sonnenbrille auf der Stirn. Ich drückte ihm die Hand, er kramte in seiner Tasche, zog einen Umschlag hervor, schrieb aber noch ein paar Worte drauf, bevor er ihn mir reichte.

SIE SIND IM UNRECHT.

Ich zuckte mit den Schultern.

Er verabschiedete sich mit einem knappen Kopfnicken und ging Richtung Konzert davon. Ich sah noch, wie er sich kurz mit mehreren Schülern unterhielt, dann tauchte er in die wogende Menge der Zuschauer ein. Zu meiner Zeit waren die Pauker den Schülern nie so nahe gewesen, wie alt war dieser Typ eigentlich, fünfundvierzig? Vielleicht wurde er tatsächlich als einer von ihnen akzeptiert. Bei uns damals gehörten die Lehrer beinahe ausnahmslos einer anderen Welt an, einer unberührbaren, einer anderen Familie, die man im Grunde genommen nicht wirklich kennenlernen wollte. Und nicht wegen ihres Alters, sondern sicherlich wegen ihrer Stellung.

Ich riß den Umschlag auf und fand einen gedruckten Text vor, dieser Typ hatte zu Hause einen Textverarbeitungscomputer, ist ja wahr, die Zeiten ändern sich, diese Dinger korrigierten denen offenbar sogar automatisch die Rechtschreibfehler. Mir fiel wieder ein, daß er ja auch Journalist war, was sicher diese Modernität erklärte.

Werter Herr Gärtner,
(ich erinnere mich nicht mehr an Ihren Namen, ich glaube, er klang irgendwie spanisch).

Daß ich Ihnen so rasch antworte, hat nichts mit Beflissenheit zu tun. Ich will mir das Ganze einfach vom Hals schaffen und nie mehr etwas davon hören müssen, ob nun von Ihrer Seite oder von irgendeiner anderen. Ich denke, Sie stehen im Dienst der Polizei oder werden von ihr manipuliert, deswegen beuge ich mich, ein wenig aus Vorsicht, Ihrem Verlangen. Ich glaube nicht, daß ich Ihnen entscheidende Auskünfte geben kann, ich habe sogar der Polizei Dinge gesagt, die Sie von mir nie erfahren werden, und was hier nun folgt, wurde mir von der Hochachtung diktiert, die ich vor Laura hatte. Da ich weiß, daß sie Sie ganz gern mochte, sie sprach von Ihrem Garten als von ihrer «einsamen Insel», willige ich also ein, Ihnen zu schreiben, was ich eher auf dem Herzen als im Kopf habe.

Meiner Meinung nach sind Sie auf dem Holzweg. Sie werden unter denen, die bereit sein werden, sich an Ihrer «Ermittlung» zu beteiligen, etwas auslösen, das an Denunziantentum heranreichen wird. Entweder werden die betreffenden Laura nicht gut genug gekannt haben, um etwas Sinnvolles über sie sagen zu können, und daher versucht sein, den letzten Unfug zu erzählen, völlig unbedeutende Details zu erwähnen, Details, die von diesem jungen Mädchen und von seiner Umgebung ein falsches Bild zu vermitteln drohen. Oder aber «Ihre Informanten» denken, Laura allzu gut gekannt zu haben, und sie werden folglich «eine Schau abziehen», wie sie sagen, und eine Intimität ausbreiten, auf die Sie leidlich verzichten können. Was immer Sie auch anstellen, Sie werden niemals die Position etwa eines Psychoanalytikers einnehmen, sondern stets nur die eines Flics.

Langsam hatte ich von Moralpredigten die Schnauze voll. Vor allem von Seiten irgendwelcher Typen, die erst tönen, ist gar nicht gut, was Sie da machen, ist gar nicht gut, Ihnen was zu erzählen, und die es dann trotzdem tun. Derselbe Schlag wie diejenigen, die gegen den Mord an Tieren sind und dabei ein *Entrecôte Maître d'hôtel* fressen. Notfalls waren mir sogar solche Reaktionen wie die von Fabienne noch lieber, die Sorte eben: *niet*, *nada*, verzieh dich, ich bin nicht da...

Vergangenes Schuljahr war ich Lauras Englischstudienrat. Während eines Jahres habe ich sie zunächst als Schülerin (eine gute obendrein) und danach als Freundin kennengelernt. Unser Beruf ermuntert uns seit kurzem ja, mit den Jugendlichen Bande zu knüpfen, die nicht allein auf dem Verhältnis Lehrer/Schüler beruhen. Hin und wieder sind wir eben nicht mehr Inhaber einer Macht, nämlich der des Wissens, sondern eher die fürsorglichen Vertreter der Erwachsenenwelt, in die einzutreten die jungen Leute sich gerade vorbereiten.

Laura gehörte einer kleinen Gruppe an, mit der ich ganz besondere, außerschulische Bindungen unterhalten habe. Wir verbrachten ganze Nachmittage zusammen (so zum Beispiel einen oder zwei in Ihrem Garten), gingen gemeinsam ins Kino, ins Theater, ich habe mehrere Male in den Familien zu Abend gegessen, sie sind mehrere Male zu mir gekommen. Laura hat sogar vier- oder fünfmal als Babysitter auf meine beiden Kinder aufgepaßt, meine Frau hatte völliges Vertrauen in sie, und außerdem verschaffte ihr das etwas Taschengeld.

Bei diesen Zeilen überkam mich ein ganz merkwürdiges Gefühl. Als ob er unbedingt von seiner Frau reden wollte, als ob ich nur ja nicht annehmen oder irgend jemand mich eines Tages glauben machen sollte, da wäre zwischen ihm und Laura irgendwas gewesen. Er wollte mir nicht sagen, daß er Lauras Liebhaber gewesen war, versuchte aber gleichzeitig, mir glaubhaft zu verstehen zu geben, daß es sowieso einerlei wäre. Er schien sich vor allem in acht zu nehmen, was man mir eventuell noch sagen würde. Eine Lüge, die vielleicht nicht sonderlich von Bedeutung war, nur einen etwas hasenfüßigen Typ verriet, der ein herannahendes Gewitter spürte.

Ich hörte auf zu lesen. Dieser schwülstige Brief kam mir zu sehr von oben herab und warf dermaßen mit Begriffen um sich, als sei ich ein Schwachsinniger, daß es schon stank. Er war zu strukturiert, triefte von feierlicher Würde, das roch volles Rohr nach paternalistischer Selbstgefälligkeit, wieder mal ein Schlag ins Wasser.

Ein paar Schritte entfernt war das Konzert auf dem Siedepunkt angelangt. Das bewegte sich wild, keilte sich ein bißchen, ein paar Hiebe klatschten den Takt mit. Dennoch sahen sie allesamt so aus, als hätten sie mächtig Spaß, eigentlich etwas heftig als Zeitvertreib, doch so amüsierten sich die Jugendlichen heutzutage nun mal, und da bestand wahrlich kein Anlaß, die blaue Kavallerie scheu zu machen. Die Mädchen und die Erwachsenen waren inzwischen eindeutig zu den Seiten ausgewichen und überließen dem handfesten Geschubse der Kerle das Feld, die in der Mitte ihr wildes Getümmel, eine tönende Rugbyschlacht austrugen. Ich suchte mit Blicken nach Vuelle und anderen Leuten, die ich kannte, war aber zu weit weg, und außerdem bewegte sich das Ganze zu sehr. Ich sah Rosario, sich die Seiten haltend, aus dem menschlichen Magma hervorkommen, doch er wollte sich nur rasch eine Cola in den Schlund schütten und stürzte sich dann erneut, die Füße voran, ins Gewühl.

Also nahm ich meine Lektüre wieder auf.

Warum sie ermordet wurde? Da habe ich keine Ahnung, und ich für mein Teil traue mir auch gar keine Meinung zu. Ich ziehe es vor, mich an die offizielle Version zu halten. Darüber hinaus könnte ich Ihnen über Laura auch nichts «Merkwürdiges», wie Sie es nennen, anvertrauen. Sie war so ausgeglichen, wie man es in ihrem Alter nur sein kann, hatte Beziehungen so konventionell wie irgend möglich zu den Jungs, dachte gut und richtig, schien keinen wie auch immer gearteten Geschäftchen nachzugehen, war ganz verrückt nach anglo-amerikanischer Musik, aber gleichzeitig von Patrick Bruel überaus angerührt, las viel, weit mehr als der Durchschnitt.

Zehn Zeilen für nichts, dachte ich. Endlich entdeckte ich Vuelle etwas weiter entfernt in angeregtester Unterhaltung mit dem großen Typ in Leder, der kurze Zeit zuvor mit Anne Gadot gesprochen hatte. Ich hatte sogar den Eindruck, sie würden zu mir rüberschielen, während sie gleichzeitig so taten, als redeten sie über ganz was anderes...

Nichtsdestotrotz werde ich Ihren Wunsch befriedigen. Ich glaube nämlich, der einzige zu sein, der etwas ganz Bestimmtes von ihr weiß, was zwar nichts erklärt, Laura aber dennoch ein wenig genauer beschreibt. Als sie in die Sexta kam, wurde sie aufgrund ihrer damaligen Reife zur Klassensprecherin gewählt. Unter ihren Kumpeln gab es einen gewissen Bonneau (tja doch!), ein kleiner Bursche mit kahlrasiertem Schädel und Hosenträgern, wahrhaftig ein Bild von einem Straßenkind aus Montmartre, der von einem Tag auf den anderen plötzlich anfing, der ganzen Klasse Brötchen und Riesenkaugummi zu spendieren, und zwar jeden Tag, um sich bei den anderen beliebt zu machen, um sein schlechtes Image als bereits abgestempelte Null wettzumachen. Die Sozialarbeiterin stellte ihre kleine Untersuchung an und fand schnell heraus, was uns auch heute noch, also sechs Jahre später, völlig irre erscheint. Dieser kleine Macho hatte nämlich ein Prostituiertennetz aufgezogen, anders kann man es nicht nen-

nen, mit zwei Mädchen aus der Quarta, die er terrorisierte, die Kunden waren aus der Sekunda, das Ganze fand in der Pause statt, nichts sehr Schlimmes, bloß Gefummel. Er kam vor die Schulkonferenz. Laura, die elfjährige Klassensprecherin, hat ihn wie eine richtige Rechtsanwältin verteidigt, mit Zähnen und Klauen, ihrem Abscheu zum Trotz. Die Leute haben sich vor Überraschung auf den Arsch gesetzt. Bonneau und seine Bande wurden rausgeschmissen. Ihre Pauker von damals sind nicht mehr an der Schule, ich war als Vertreter der Lehrergewerkschaft dabei und habe mir gesagt, dieses Mädchen wird mal schwer in Ordnung sein.

Den Namen Bonneau schreibe ich hier nicht leichtfertig nieder. Ich weiß, daß seine Familie mittlerweile weit weg ist, in Neukaledonien, diese Geschichte hat mit dem, was nun passiert ist, selbstverständlich überhaupt nichts zu tun.

Noch was: Irgend jemand wird Ihnen zwangsläufig eines Tages erzählen, Laura habe mich in der Klasse geohrfeigt. Die Sache ist allgemein bekannt. Sie hat sich vor allen dafür entschuldigt. Für diese Kurzschlußhandlung aus reiner Erregung heraus habe ich sie nicht ernstlich bestraft. Sie hatte gerade mit ihrem derzeitigen Verlobten Schluß gemacht, und ich habe eine dumme Bemerkung dazu abgegeben, nämlich daß sie ausgerechnet mit der von Fehlern strotzenden Hausarbeit, die sie mir gerade abgeliefert habe, wohl kaum einen Boyfriend in England finden werde. Die Schelle flog los, bevor sie sie noch zurückhalten konnte.

So.

Geben Sie bloß gut acht, werter Herr, ihr Andenken nicht zu beschmutzen.

P. Vuelle

Das Konzert war für einen Moment unterbrochen worden. Die Jugendlichen zerstreuten sich auf dem Hof, ballten sich um den Getränkestand zusammen, die «Stars» eines Tages waren schwer umringt, und etliche der jungen Leute wollten offenbar auf die behelfsmäßigen Bretter des Ruhms klettern. Ich stand auf und mischte mich unter die Schar. Die Mitglieder von Artefact hatten anscheinend gehörig zu tun, damit ihnen die Instrumente nicht entrissen wurden. Ein Haufen Bälger wollte an ihrer Stelle spielen. Als ich sie mir dann genauer betrachtete und das ganze Hin und Her eingehender beobachtete, begriff ich sehr schnell, daß die Gruppe, während der Pause, mehr oder minder freiwillig noch größeren Amateuren als sie selbst das Feld und die Instrumente überließ, kleinen Jungs eben, die wahrscheinlich abends in ihrem Kämmerlein übten, aber nicht oft die Gelegenheit hatten, ein technisch etwas höher entwickeltes Material in die Finger zu bekommen, vor allem nicht vor einer größeren Menge von Leuten, die bereits für die gute Sache der Musik gewonnen waren. Zwei kleinere Schwarze und ein langer Typ im Parka begannen nun, die Augen voller Sterne, mit konzentriertem Lächeln und, um die Hüften herum, in der mythischen Pose des Rockers, die Instrumente zu stimmen.

Es entstand ein nettes Chaos. Niemand wollte die Bühne räumen. Ich folgte Maurice Lentec mit Blicken, er hatte soeben seine Kapuze abgenommen, unter der ein hochrotes Gesicht und lange, von Schweiß klebende Haare zum Vorschein kamen.

Unter kräftigem Ellbogeneinsatz kämpfte ich mich bis zu ihm vor, als er sich gerade was reinschütten wollte. Ich reichte ihm meinen Fragebogen, den er mit schroffer, fahriger Bewegung an sich riß, dieser Typ war nervlich völlig am Ende, und mit seinen roten, durchdringenden, wilden Augen zu lesen begann ...

Schließlich zerknüllte er das Blatt vor Zorn, bekam sich

aber gleich wieder in die Gewalt und verlangte etwas zum Schreiben von mir. Mit der Wasserflasche in der Hand trat er ein wenig beiseite, strich den Zettel wieder glatt und begann auf der Kante eines Lautsprechers zu schreiben, reihte dabei die Wörter in Rage aneinander, ohne zu überlegen, als verfaßte er gerade das endgültige Gedicht. Unterdessen spürte ich an den dumpfen Schlägen, die meine Magengrube trafen, daß die Jungchen sich eifrig abmühten, Rock and Roll zu spielen. Einige Zuschauer bewegten die Köpfe im Rhytmus, doch etliche wandten sich gleichsam enttäuscht etwas ab. Ein anderes, noch immer kapuzenmäßig maskiertes Mitglied von Artefact trat an Maurice Lentec heran, um mit ihm zu reden, doch dieser schob den Kollegen äußerst genervt mit dem Arm weg.

Ich machte Rosario aus, er amüsierte sich mit einer kleinen, rosa aufgegelten Punkerin, etwas weiter entfernt entdeckte ich Vuelle, offenbar kehrte er der Fete gerade den Rücken, ließ aber Lentec dabei nicht aus den Augen, der sich wie ein Gehenkter abzuzappeln schien. Vielleicht, so dachte ich, würde er mir in der Erregung ja *die* Information liefern, die mich endlich weiterbringen würde.

Ich schnappte mir Rosario, als er abermals den Erfrischungsstand plündern wollte, und erkundigte mich mit einem fragenden Blick, wer der lange Typ in Leder ganz hinten wohl sei.

DAS IST BONNEMAY, EIN PAUKER VON HIER. DER KERL VON COLUMBA, kritzelte er in die Ecke eines Plakats von Artefact, das an einer der Boxen klebte. Auf einmal erinnerte ich mich wieder an diesen Typ, den die Hälfte der Schüler vom Jules-Romains gerne tot sehen würde, und zwar aus dem einzigen Grund, weil er der Liebhaber der herrlichen und unerreichbaren Aufseherin sein durfte.

Lentecs Synapsen schienen immer noch blank zu liegen, als er mir das Blatt reichte, mich dann einfach stehenließ und sich wieder der Bühne zuwandte, um endlich mal nachzusehen, welche Behandlung die Eintagsrocker seiner geliebten Gitarre angedeihen ließen.

Er hatte die Seite mit einer großen zittrigen Schrift gefüllt, ich wußte zwar nicht, womit sich dieser Typ auf Touren hielt, mit Methanol womöglich, doch er dürfte den Kuli, den er mir im übrigen nicht zurückgegeben hatte, beim Schreiben aufgebraucht haben.

Ich bin Gott, lutschen Sie mir den Schwanz!
Niemand weiß irgend etwas über was auch immer, das sollte man sich gesagt sein lassen. Laura Laurea kriegt sie nicht. Du auch nicht, du Bullenschwein, Mistkerl, du auch nicht. Der Dalai Lama aber weiß Bescheid, na dann gute Nacht! Laura Laurea kriegt sie nicht ist als Stratocaster wiedergeboren, Les Paul Custom! Sie scheißt auf Bügeleisen deines Schlags, meines Schlags. Sie ist mit einem Rest meines Sperma im Kopf fortgegangen, und ich hoffe, sie wird im Jenseits etwas gebären, das der reinen Schönheit nahekommt! Ich WEISS nur eins über Laura Laurea kriegt sie nicht: Sie ist wie ein Satz von Artaud, ein feiner Bauch, ein Bauch aus hauchzartem Puder und wie ein Bild. Zu Füßen des Bauchs ein aufgeplatzter Granatapfel.

Tief in mir bin ich umgestülpt wie ein Handschuh, überall sehe ich verbrannte Fabriken!

Lassen Sie Sich ficken.

Na schön. Normal. Ein Halbwüchsiger mitten in postsurrealistischer Zersetzung. Damit hätte ich rechnen müssen.

Mit einemmal überdachte ich all die Antwortbriefe, all diese Worte, die mich in gewisser Weise zum besten hielten. Meine «Briefpartner» wogen ganz genau ab, was sie sagten, enthüllten mir nur, was sie auch enthüllen wollten, wenn es nicht gleich irgendwelche Blödheiten waren, alte Geschichten, wie dieser Mist über Bonneau beispielsweise, unwichtiger Kram... Und sollte irgend jemand etwas wirklich Merkwürdiges wissen, warum sollte er mir das dann erzählen, und falls der Mörder unter denen war, die mir antworteten, würde er entweder überhaupt nichts preisgeben oder aber, ganz im Gegenteil, gewiefte Taktik, mir tonnenweise was aufbinden, sich den Anschein geben, mir zu helfen, mich auf falsche Fährten hetzen, mir stets um ein bis zwei Längen voraus, da er sehr genau wüßte, welche Gefahr ich für ihn darstellen konnte. Und in diesem besonderen Fall wäre das dann ziemlich übel für mich.

Eine zarte Sonne überflutete inzwischen den Pausenhof des *Lycée technique*. Der noch schwache Wind ließ die teilweise abgelösten Plakate leise knattern.

In der Ferne, unmittelbar hinter der Bahnlinie, wurden die Anhöhen Itrys zaghaft in blaues Licht getaucht. Und auf dem zubetonierten, von gemächlich dahinziehenden Kumuluswolken verdunkelten, mittlerweile eher grauen als grünen Hügel lag das andere Lycée, das Jules-Romains.

Mir war mit einemmal so, als würde das ganze Gewicht der Welt auf mir lasten. Hinter mir tanzten die Bälger, Wesen aus einer anderen Welt, einer anderen Zeit, und rauften sich im Umkreis einer Band, die mir plötzlich mehr als unwahrscheinlich vorkam. Wie alles, was ich bislang unternommen hatte. Ich fühlte mich deplaziert. Kam irgendwie von anderswo. Hatte hier nichts zu suchen, die einzigen Orte, an denen ich mich noch aufhalten durfte, waren im Grunde genau zu bestimmen: ein Garten, eine Wohnung, zwei oder drei Cafés. Und mein Gedächtnis. Ich hatte keine Familie, und würde mir auch keine mehr schaffen. Keine Frauen, keine Kinder, wenig Hoffnung, bis auf die, endlich glückliche, friedliche Tage zu verleben, ohne Arbeit, ohne Boß, ohne allzuviel schlechtes Gewissen.

Aber nein, ich hatte dämlicherweise geglaubt, diese Isolation aufbrechen zu können, so wie ich mein ganzes Leben hindurch versucht habe, eine andere zu bekämpfen, die meiner Taubheit, diejenige der überaus lärmigen Stille, die meinen Kopf seit meiner Kindheit erfüllte. Und das war danebengegangen. Weder Gehör noch Sprache würde ich je wiedererlangen.

Und noch weniger Lauras Mörder aufspüren.

Diese Aufgabe übernehmen zu wollen, war genauso lächerlich wie die Tatsache, daß ich dreißig Jahre lang systematisch einen Teil meines Lohns der Guten Sache überlassen habe, wie all die anderen sagten, wo diese Gute Sache doch weit davon entfernt war, klar auf der Hand zu liegen, vertrauenswürdig zu sein, wo diejenigen, die sich um diese Gute Sache da aktiv bemühten, zu einem Gutteil doch nur Flics waren, Opportunisten oder Romantiker, die sich was leisteten, um später, mit vollem Mund, darüber reden zu können, um das schlechte Gewissen eines zukünftigen satten Bourgeois, wie Papa und Mama eben, zu beschwichtigen… oder aber, was schlimmer ist, professionelle Arbeiterklassenvertreter für die Gute Sache.

Was sollte das also jetzt noch, Lauras Mörder zu finden? Wollte ich mich selbst dafür bestrafen, kein eigenes Kind bekommen zu haben? Ein Mädchen etwa? Eine Göre, mit der ich niemals hätte «sprechen» können, ein Kind, dessen zarte Stimme ich nie vernommen hätte, bei dem mir, was Kommunikation angeht, lediglich hektisches Herumgefuchtel oder höchstens die Tiefe verständnisinniger Blicke geblieben wären?

Am Arsch.

Als Heranwachsender habe ich unter dieser Entbehrung des gesprochenen Wortes zu sehr gelitten, all diese Schulen, in denen ich ein Außenseiter war, gleichsam schriftlich versorgt, mit Buchstabensuppe genährt, da ich mich weigerte, mit anderen stummen Kindern auf eine dieser sogenannten Sonderschulen zu gehen. Ich für meinen Teil habe nie ein Sonderfall sein wollen. Der Status des Vollwaisen reichte schon als Visitenkarte. Und außerdem war ich ja taub, weil man auch mich hatte töten wollen, vor langer Zeit, und ich erinnerte mich noch sehr gut an das Rauschen des Windes, an Vogelgesänge, die Stimme meiner Schwester, das Knallen von Gewehren. Ich wußte schon, was Sprache, Gespräche, Radio, Musik waren. Ich wußte, daß ich all dies nicht mehr hören sollte. Ich war kein resignierter Gehörloser.

Die Taubstummen verbringen ihre Zeit damit, die Taubstummen zu verabscheuen, ehe sie sich dann gegen die *Zorros* verbünden...

Strebte ich etwa danach, mich dafür zu rächen, keine Frau bekommen zu haben, die ich nachts nicht mal hätte atmen hören?

Also? Wofür rächte ich mich dann?

Ich wußte es nicht mehr. Man handelt nicht, sagte irgendwer mal, man wird gehandelt.

Am Arsch, ein zweites Mal am Arsch!

Das einzige, worauf ich noch zählen konnte, waren diese ständig zunehmenden Visionen von Laura, ich konnte sogar ihre Haut riechen, den zarten Flaum auf ihren Armen ganz nah vor meinem Gesicht sehen, wenn sie mich umarmte, mich auf die Wangen küßte und zu mir sagte, auf Wiedersehen *Pépé*, bis zum nächsten Mal.

Es hatte kein nächstes Mal mehr gegeben... Auch sie war taub und stumm, inzwischen. Und die Welt stumm.

*

Am folgenden Montagmorgen schaute ich erneut in der Mickey-Bar vorbei. Kein Rosario und kein Zaïr.

Draußen hingegen war mächtig was los. Jeden Montag versäumten etliche Schüler absichtlich den Unterricht, um einem im Mickey berühmt berüchtigten Schauspiel beizuwohnen, dem «Lauf der Brueghels», wie José Pocardi das Ganze feinsinnig nannte. Es handelte sich dabei um zwei alte Männchen aus dem Itryer Pflegeheim, die jeden Montag, so gegen halb zehn, vor dem Bistro vorbeikamen. Der eine von beiden war blind, der andere gelähmt. Und der Blinde schob das auf den Felgen fahrende Wägelchen des lahmen Sehers, der so die erlauchte Versammlung anführte. Sie kamen also von der Avenue de la République, und um die große Straße entlang des Stadions, eine recht brenzlige Steigung, erklimmen zu können, mußten sie die Haarnadelkurve vor dem Mickey nehmen, wo sich daher die Schüler zusammendrängten, um ihnen zu applaudieren, um sie anzufeuern, denn hier holten die beiden immer kräftig Schwung, fingen an zu rennen, nahmen die Kurve mit Karacho, Prost und Patrese, und blieben dann aber unweigerlich, am Rande des Kollaps, zehn Meter weiter bei ihrer Bergfahrt stecken. In diesem Moment setzten sich zwei oder drei Bälger schließlich in Bewegung und halfen dem Blinden, den Lahmen den ganzen Hang hinaufzuschieben. So konnten sich die Schüler ruhigen Gewissens schieflachen.

In der Bar selbst fand ich nur ein einziges bekanntes Gesicht vor, *Le Démon* schlief auf einem der Tische, ein Arm ruhte auf seinem glänzenden Saxophon. Ich nahm einen Suze-Cassis und überflog *Le Parisien*. Opachen *Pépère* wollte mir unbedingt einen ausgeben: ein kleiner, zittriger und etwas schwachsinniger Alter, stets in seinem leidlich abgetragenen und ausgebleichten Blaumann, eine Zigarette hinterm Ohr und der Mund von einem unaufhörlichen Muskelzucken verzerrt.

José Pocardi hatte mir irgendwann mal ein drolliges Porträt dieses Pedells entworfen, der für die Mülltonnen und das Fegen des Pausenhofs zuständig war und sowohl seinen Kollegen als auch den Kindern irgendwie als Prügelknabe diente, viele verkackeierten ihn fortlaufend, traten in seine kleinen Laubhaufen, stibitzten ihm die Besen, hielten ihn dauernd zum Narren und brachten ihn, der einer denkbaren Reinkarnation als Weinfaß recht nahekam, dadurch tatsächlich fast völlig um den Verstand. Aus diesem Grund bestand die ganze Welt für Pépère inzwischen aus einem Amalgam von «kleinen Schweinehunden», «Drecksbälgern» und «Arschlöchern». Bis zu dem Tag, genauer gesagt einem Samstagmorgen, an dem José beobachtet hatte, welche Behandlung ihm seine Schuldienerkollegen zuteil werden ließen. Um die jede Woche unweigerlich vollgepropften und verstopften Scheißhäuser wieder frei zu bekommen, verfügten die Pedelle über eine Art Druckpumpe, die sie allein durch Muskelkraft mit einer beeindruckenden Zahl an atü aufluden. Anschließend montierten sie das Gerät ans oberste Ende des Abflußsystems und jagten dann den Druck durch die Leitungen, um die vier Etagen darunter frei zu pusten. Zuvor aber trugen sie Pépère auf, er solle ins Kellergeschoß gehen und ein Auge auf das Hauptfallrohr werfen, um zu überprüfen, ob alles gut verlaufe. Und so bekam Pépère vier Etagen Scheiße, Schülermäppchen, Monatsbinden und diverse andere Gegenstände voll in die Schnauze.

So hatte José seine ganzen Kumpel zusammengetrommelt, und seither erfreute sich Pépère, nunmehr Persona grata, des uneingeschränkten Schutzes von seiten der Großen.

Wehe dem, der ihn auf dem Pausenhof schikanieren oder sich über ihn lustig machen wollte.

Und auch er kam regelmäßig ins Mickey, um sich den Gaumen zu benetzen. Als Lucien noch lebte, bildeten die beiden ein verflixtes Gespann, das Greisenpendant zu dem unheilvollen Tandem Rosario/Zaïr.

Beim *Parisien libéré* liest du nur die letzte Seite.

Am selben Abend strahlten sie im Fernsehen eine amerikanische Serie aus, angeblich eine erster Sahne, irgendeine Kultsache, sämtliche Zuschauer, die sie bereits verfolgten, stellten sich ausnahmslos dieselbe Frage: «Wer nur hat Laura Palmer getötet?»

Also wirklich. Das war kein Zeichen mehr, das steigerte sich rundweg in den Rang einer Obsession.

Françoise Meyer trat genau in diesem Moment ins Mickey, sie lächelte mir zu, wodurch sie alles erhellte, und ließ sich auf der abgewetzten Bank nieder. Um diese Uhrzeit schien sie sich wohl einen Augenblick der Ruhe zu gönnen, ein *break*, ich mußte an den berühmten Peugeot 403 selbigen Namens denken, an den großen Typ in Leder, Bonnemay, und an all diese rätselhaften Schülerfaseleien, die auf die Lieblingssequenzen ihrer bevorzugten Spionagefilme hinausliefen ... Françoise holte ein dickes Buch aus ihrer Tasche und stürzte sich in die Lektüre, als wollte sie die Welt der Lebenden sofort vergessen. Je länger ich sie anschaute, und je länger ich in Gedanken, ohne es zu wollen, meine Augen auf ihr ruhen ließ, desto wunderbarer fand auch ich sie, in etwa so, als würden jene Erscheinungen, die die Filme unserer Kindheit bevölkern, die von der Sorte Ava Gardner zum Beispiel, mit einemmal in eine schmierige Kneipe kommen und diese ruck, zuck in einen Palast aus *Tausendundeiner Nacht* verwandeln.

Ich habe mich sogar dabei ertappt, mir eine Frage auszudenken, die ich ihr hätte stellen können, eine Frage, mit der ich nicht gleich mit der Tür ins Haus fiele.

Sie hob den Kopf. Ihre kurzsichtigen und unglaublich blauen Augen. Ein weiteres Lächeln.

Ich nahm eine noch jungfräuliche Papiertischdecke vom Tresen und setzte mich ihr gegenüber.

VERZEIHEN SIE ... EINE EINZIGE FRAGE NUR, UND DANN LASSE ICH SIE IN RUHE.

Mit einem Kopfnicken willigte sie ein, und es kam mir so vor, als sagte sie zu allem ja, zur Welt, zu mir. Scheiße noch mal, das war nicht der richtige Zeitpunkt, mich zu verlieben, mich vom Umfeld kontaminieren zu lassen.

LE DU?

Den Namen hatte Casimir mir genannt.

Sie antwortete mir schriftlich, etwas lässig, den Kopf auf die Linke gestützt. Diese junge Frau war von unendlicher Traurigkeit erfüllt, das spürte ich, eine dieser tiefen Verzweiflungen, über die man mit niemandem redet, weil der andere kein Recht darauf hat, weil der andere es, wie auch immer er sich anstellen mochte, niemals verstehen könnte.

EIN STUDIENRAT FÜR GESCHICHTE, DER VERGANGENES JAHR AUF DEM LYCÉE UNTERRICHTET HAT.

Sie schaute mich an, als würde es ihr gerade dämmern.

ER HATTE LAURAS KLASSE, fügte sie ein wenig überdrüssig hinzu.

ER HAT SEINE VERSETZUNG NACH RENNES DURCHBEKOMMEN.

Le Du, natürlich, das hieß «Der Schwarze» auf bretonisch.

Wie es sich traf, kam Casimir genau in dem Augenblick ins Mickey, diese Kneipe war wahrhaftig der letzte Ort, um ungestört zu plaudern, und setzte sich neben uns. Er küßte Françoise auf die Wangen, begrüßte mich herzlich, seine Augen wirkten müde, waren beinahe rot, er bemerkte meinen Blick und erklärte mir im wesentlichen auf der Tischdecke, er sei gerade dabei, Klassenfotos abzuziehen, grob geschätzt mindestens fünfhundert Abzüge 13 x 18, in infernalischem Tempo, selbst die Samstage und Sonntage gingen dabei drauf, und das sei wirklich Scheiße.

Ich machte Miene, von Mitleid ergriffen zu sein, und ließ sie allein. Casimir bei seinem kleinen Bier. Françoise bei ihrer Schwarte. *Die Glühwürmchenfrau* hieß der Schinken. Wie sie. Mit ihren Sommersprossen, die ihre ganze Haut erhellten.

Draußen walzte die Sonne alles nieder.

Ich überquerte gerade die Straße, als ein 403 vor der Mickey-Bar einparkte. Bonnemay saß am Steuer und rührte sich nicht. Ich setzte mich in Bewegung und hatte kaum fünfzig Meter zurückgelegt, da kam Françoise Meyer aus dem Bistro und stieg in den Wagen.

*

In der Nacht zum Dienstag schlief ich, als ob ich alles ausschwitzen wollte. Die Stille meines Kopfs gegen die Stille der Welt. Am Morgen versuchte ich, eine Liste mit ein paar Notizen über Laura anzulegen. Da schimmerte nichts durch, ich spürte nichts, oder aber nur das unbedeutende Aufeinanderprallen von Fakten.

Diesem ganzen Wust gegenüber, vor diesem Labyrinth der leeren, toten Gänge wurde ich von einem ganz merkwürdigen Streß übermannt, und mir wurde klar, daß all dies auch meiner Wohnung ähnelte, meinem Lebensmittelpunkt, wie es neuerdings heißt, oder dem langsamen Dahinsterben, wenn man so will. Was ich hier vor mir sah, schien mich mit einemmal überhaupt nicht mehr zu betreffen, so als hätte ich mein ganzes Leben damit verbracht, in dieser Dreizimmerwohnung jede Menge Nichts, Nicht-Faßbares, Belangloses anzuhäufen. Ein paar Bücher, die ich noch mochte, unter Umständen. Aber sogar das war nicht sicher. Und da sagte ich mir, daß ich liebend gern alles aus dem Fenster werfen, nichts mehr behalten, gewissermaßen als neuer Mensch dastehen wollte. Aus meinem physischen Leben hatte ich nichts gemacht, das einzige, was meinen Verstand während der beinahe sechzig Jahre tatsächlich beschäftigt hatte, war diese einzige Fähigkeit, die mir blieb, nämlich das Schreiben, und selbst das... Was hatte ich schon geschrieben? Geschichten über die Eisenbahn, Lobreden auf den TGV, Berichte über Planungen, Beförderungsaufkommen, Tonnagen. Ja, auch ein Buch, ein Bändchen armseliger Dichtung, aber immerhin meine eigene, noch so was, das mit Gleisen und Bahnen zu tun hatte. Mit dem eingefahrenen Alltagstrott der Dinge. Und diesen Milliarden kleiner Worte, über die man mit der Außenwelt kommuniziert. Sonst nichts. Keine Familie, kaum Erinnerungen, das relative Scheitern meines gesellschaftlichen Lebens, mit dem einzigen Trost, nie Verrat an der Guten Sache begangen zu haben. Diese selbst hingegen war, was Verrat anbelangte, sozusagen mit allen Wassern gewaschen, und es gibt einen ganzen Haufen Leute, Unternehmenschefs, Moloch-Unternehmer, die mit einem Lächeln, dem eines Raubtiers, auf den Lippen meinen, aaaaah, die Anarchie! Meine ganze Jugend!

Urplötzlich war ich meinen «Lebensmittelpunkt» dermaßen leid, denn das hier war weder ein Mittelpunkt, noch ein Leben, das war gar nichts, höchstens ein Versteck, in dem ich, wie ich mit einem Schlag erkannte, schon seit etlichen Jahren versucht hatte, mich vor der Wirklichkeit, vor dem Zwangsläufigen, dem Entscheidenden zu verbergen.

Am Nachmittag verließ ich dann mein Nichts, um im Thermomètre eine Belote zu kloppen, ein magerer Trost, ein kurzes Eindringen ins Authentische.

*

Eine Woche flog dahin wie ein Scheuerlappen über Fliesen. Ich erhielt einige unbedeutende Briefe, vor allem Schülerkram, Gedichte an Laura, naive, linkische Schreiben.

Ich ging mehrere Male ins Mickey, doch der heimische Zirkus gab nur immer wieder dieselbe Vorstellung. Versuchte auch, noch den einen oder anderen Pauker zu treffen, was mir aber nicht gelang. Schaute einmal im Lehrerzimmer vorbei, wurde allerdings von jemandem, der wohl der Studienpräfekt sein mußte oder irgendwas in der Art, hinauskomplimentiert.

Also verbrachte ich meine Zeit in den Gärten, um dem Salz der Erde beim Wachsen und Gedeihen zuzusehen.

Mittwochs häufelte ich meine bereits hochgeschossenen Kartoffeln. Eine beruhigende Arbeit. Weil das nämlich bedeutet, daß die Stecklinge gut angegangen sind, daß jeder Sproß dick und grün ist und daß die drum herum angehäufte Erde sie nachhaltig voneinander abgrenzt, damit jeder sein gutes Kilo Kartoffeln bringt. Somit ist die erste Hälfte der Aufzucht fast geschafft. Eine Etappe eben. Meine *Schönen von Fontenay* waren wie ein natürlicher Chronometer, der mich daran erinnert, daß die Zeit nicht vergeht, sondern eher voranschreitet.

Meine Seele hatte sich etwas erholt.

Das Wetter war herrlich, heiß zwar, aber erträglich, leicht schwül, ohne schon drückend zu sein.

Und genau an diesem Tag ist Françoise Meyer vorbeigekommen, zwischen zwölf und zwei, um sich ohne ein Wort im Gras auszustrecken, eine zusammengefaltete Zeitung auf dem Gesicht, sie brauchte mir überhaupt nichts zu erklären, sie war ganz einfach hergekommen, um sich mal diesen Garten anzuschauen, von dem sie so oft hatte reden hören, und vor allem, um einen Ort «außerhalb» zu finden, in dem endlich mal keine Gefahr bestand, daß irgend jemand sie ansprechen würde und ansprechen würde und ansprechen würde. An diesem Tag war hier ziemlich viel Betrieb, in den Parzellen machte man sich allmählich emsig zu schaffen, da hieß es, sich tüchtig ins Zeug legen für den Wettstreit um die dicksten Zucchini, doch zwischen zwölf und zwei saßen die meisten Gärtner zu Tisch, um das Tagesgericht zu verputzen.

Françoise ging dann wieder, ohne mir noch auf Wiedersehen zu sagen, auch das brauchte sie nicht, dieses Mädchen hatte irgendwelchen Kummer am Hals, sie wußte, daß ich das spürte, und das war alles, und es war gut so.

Am Donnerstag kaufte ich einige Vorräte, weil ich beschlossen hatte, zwei oder drei weitere Tage in den Gärten zu bleiben, um dort zu arbeiten, zu schlafen, zu träumen. Mich noch etwas mehr zu beruhigen und Ordnung zu schaffen. Die Setzlinge, die Sämlinge und die Vorbereitung des Bodens würden mir dabei helfen.

Und dann wollte ich an Blumen denken. Sich mit Gemüse zu befassen, erfordert konstruktives Denken, da es dabei um Produktion, um Ertrag geht. Bei den Blumen verhält es sich anders, das ist ein Brauch, eine kleine Feier, ein Potlatch, ein indianisches Geschenkfest, nur für die Augen und die Nase. Das heißt, so ziemlich für alles, was mir noch bleibt.

Bei Vilmorin, am Pariser Quai de la Mégisserie, besorgte ich mir Dahlien, von denen setze ich immer eine Reihe an der Hütte entlang, hinter dem Stock weißer Schwertlilien, und in den Regalen fand ich dann eine Zwergdahlie, die *Laura D.*, eine rot-weiße Sorte. Ein weiteres Zeichen.

Nun war Laura also gewissermaßen ein Knollengewächs. Sorgfältig vergraben. Um eines Tages zum Vorschein zu kommen, als kleine grüne Triebe, und schließlich eine wunderschöne Blüte hervorzubringen, die man eines anderen Tages schneiden würde. Und dann müßte diese Knolle wieder ausgegraben, in einen Sack gesteckt und schön trocken, ohne allzuviel Licht, zur Seite gelegt werden, um sie das Jahr darauf erneut auszusetzen.

Eine idiotische Metapher. So konnte ich nicht weitermachen und ständig nach dem Wie und Warum fragen, ich mußte nach meinem Instinkt vorgehen. Ich hatte mir ziemlich blindlings ein Ziel gesetzt, und sollte ich es je erreichen, so wäre dann immer noch Zeit, die Gründe für diese Suche herauszufinden.

Auf den Quais hätte ich fast ein Buch gekauft, und zwar *Die Amsel* von Arthur Keelt. Ich stöberte einfach so, ein bißchen auf gut Glück, herum, zwei oder drei der Bouquinisten hatten ihre Gehäuse an der Seine ohne rechte Überzeugung geöffnet. Ich hätte gerne ein Buch von Maurice Constantin Weyer oder irgendwas in der Art gefunden, was über Schnee, Wind, und stieß dabei auf dieses abgegriffene Bändchen, der Titel gefiel mir, und da ich es in den Händen hielt, umdrehte und versuchte, den Klappentext zu lesen, tanzte der Verkäufer mit albern verständnisvoller Miene an, um mir vertrauensselig zu verstehen zu geben, es würde eine Seite fehlen, weshalb er es mir auch für zweihundert statt für tausend Mäuse überlasse. Ein total häßliches und zerfleddertes Buch zu tausend Franc? Was sollte denn der Mist? Offenbar habe ich ein derart verblüfftes Gesicht gemacht, daß er es mir abnahm und mir bedeutete, er wolle es nicht mehr verkaufen und denke, ich müsse es wohl rein zufällig in die Hand genommen und nicht danach gesucht haben, und da ich nicht zur Clique gehören dürfte, verdiene ich dieses verdammte Exemplar vielleicht auch gar nicht.

Soll er es doch behalten, nichts ist einzigartig.

Und danach bin ich in meiner Wohnung vorbeigegangen, um Wasser und Gas abzudrehen.

Es war schon spät, unten, in Madame Bidaults Laden, liefen die Fernseher mit den Fressen von Poivre d'Arvor und Masure auf den Bildschirmen, den Chefnachrichtensprechern des *1.* und *2.* Fast ganz Itry hatte die Augen auf die Mattscheiben geheftet, hätte ja sein können, daß der Krieg wieder losgeht und man wie der Teufel runterrennen muß, um noch schnell Zucker und Mehl zu kaufen.

Auf dem Treppenabsatz angelangt, habe ich die Typen

nicht gesehen, ich habe nur die Luft gespürt, die sie bewegten, als ich die Tür öffnete. Zwei Kerle, einer um die Dreißig, der andere etwas älter, haben mich brutal in die Wohnung gestoßen. Einer der beiden hatte ein Rasiermesser in der einen Hand und riet mir, den Zeigefinger der anderen senkrecht auf die Lippen gelegt, mich mucksmäuschenstill zu verhalten. Dann schlossen sie die Türe behutsam hinter sich. Ich habe sie rasch abgeschätzt, keine Killer, keine Einbrecher, nur harte Burschen, große böse Wölfe, Typen eben, die das große Spiel abliefern würden, um mir einen Heidenschiß einzujagen. Ich dachte an Laura, überlegte in Windeseile, die beiden konnten es nicht gewesen sein, aber damit zu tun hatte die Sache hier ganz sicher. Sie besprachen sich kurz, sie wußten, daß ich sie nicht hören konnte, waren über meine Behinderung voll im Bilde, kannten mich, kamen einzig und allein wegen mir. Na gut, wenn's denn sein muß, dann muß es halt sein, dachte ich. Ein bißchen wie früher, bei den Demos, wo man hundertprozentig wußte, daß man voll was in den Kasten bekommen wird, aber genau dafür ja da ist, und daß man durch diesen kritischen Augenblick unmittelbar davor eben durch muß, danach nämlich ist man betäubt von den Schlägen, von der Aktion, der Wut. Plötzlich erinnerte ich mich an einen Abend, an dem wir, fünf Anarchos, von ungefähr zwanzig Kerlen der kommunistischen Gewerkschaft CGT in einer Sackgasse am Place de la Nation eingekeilt worden waren. Kurz zuvor hatten wir zwei oder drei Typen des Ordnungsdienstes der Demo kaltgestellt, die mit ihren Armbinden geglaubt hatten, sie könnten uns an unserer freien Meinungsäußerung hindern. Wir waren also reif, um ernsthaft die Fresse poliert zu bekommen. Einer von uns, so hat man mir später erklärt, ist vor die Stalinistenköppe getreten und hat zu ihnen gesagt: «Okay, wir sind reif wie Camembert, aber wir warnen euch», dann zeigte er mit dem Finger auf denjenigen, der für die Gruppe verantwortlich zu sein schien, «der da, der ist uns scheißegal, wir konzentrieren uns nur noch auf den, den greifen wir uns zu fünft und TÖTEN ihn!» Daraufhin kam es zunächst zu einer gewissen Unschlüssigkeit, sicher auch zu Beschimpfungen, doch schließlich und endlich sind die Typen abgezogen.

Die Blechdose mit den Waffeln stand etwas über der Tischkante, ich packte sie mit beiden Händen und knallte sie dem am nächsten stehenden Typ aufs Maul, dem jüngeren, der sicher nicht gedacht hätte, daß so ein alter Zausel wie ich derart unvermittelt die Feindseligkeiten eröffnen würde. Ich sah, wie ihm das Blut aus der Nase schoß. Der andere hat sich sofort auf mich gestürzt, und ich konnte nicht mehr schnell genug zurückweichen. Zu zweit haben sie mich dann schnell umklammert, der Typ blutete weiter, ich bekam die ganze Schulter voll, während er mir die Arme auf dem Rücken fixierte. Der andere hielt mir das Rasiermesser direkt unter die Nasenwurzel, und ich habe mich nicht mehr gerührt. In meinem Kopf dröhnte alles. Dann zog er die Klinge ein klein wenig von mir weg und versetzte mir einen Schlag in den Magen, direkt unters Brustbein. Und einen zweiten etwas tiefer. Mir blieb sofort die Luft weg, schmerzverzerrt erbrach ich mich auf ihn, ohne daß ich dagegen ankämpfen konnte, und dann sackten mir die Beine weg. Der Kerl ließ mich einfach auf den Boden fallen und verpaßte mir einen mächtigen Fußtritt in die Nieren und einen weiteren auf meinen Schädel, wobei er mir den oberen Teil des Ohrs zermalmte. Offenbar brüllte ich los, und anscheinend kamen dabei ganz merkwürdige Töne aus meinem Mund hervor, denn die beiden sahen mich etwas verdutzt an, derartige Klagelaute hörten sie sicher nicht allzu häufig. Mit einemmal kam ich auch wieder zu Atem, und dabei dürfte ich ziemlich gepfiffen oder gezischt oder irgendein Geräusch in der Art gemacht haben, denn sie sind einen Schritt zurückgetreten und haben ein angewidertes Gesicht gezogen, eine Miene größter Fassungslosigkeit aufgesetzt. Der Typ mit dem Rasierer zog nun sein Leinenblouson aus, darunter kamen ein rotes T-Shirt zum Vorschein, kräftig muskulierte Arme, er beugte sich über mich und rieb mir die Kotze, die seinen ganzen rechten Ärmel beschmutzte, auf den Kopf. Hierbei konnte ich für den Bruchteil einer Sekunde in der Schulterkuhle, sein T-Shirt stand etwas ab, eine merkwürdige Tätowierung erkennen, ein Stück Haut, das wie Leopardenfell aussehen sollte. Er blickte mir fest in die Augen, und sein Mund bildete ganz deutlich ein einziges Wort: Faschist. Anschließend hat er mir drei Ohrfeigen verpaßt, mein Kopf knallte auf den Boden, ich fing mir einen weiteren Fußtritt gegen den Schenkel ein, den Metzgerstempel des Chefs, und endlich sind sie verschwunden, natürlich vollkommen geräuschlos.

*

Ich bin eine gute Stunde einfach liegengeblieben, ohne mich zu rühren, die Augen voller Tränen. Mir tat alles weh, ich atmete ganz flach, füllte meine Lungen jedesmal nur mit ganz wenig Luft, bewegte mich keinen Millimeter. Es war mindestens fünfundzwanzig Jahre her, daß ich keine derartige Abreibung mehr bekommen hatte, und all diese Jahre zählten mittlerweile doppelt, ja vierfach. Es würde mir sicher wahnsinnige Mühe machen, mich davon wieder zu erholen. Vor allem mein Bauch bebte vor Schmerzen, ich lag auf der Seite und hatte den Eindruck, meine gesamten Eingeweide lägen frei und quöllen auf den Teppichboden, sobald ich mich auch nur rührte. Mir fiel ein amerikanischer Film ein, *Catch 22*, oder so was in der Art, in dem die ganze Zeit über packenweise Gedärme offen herumlagen.

Reglos dachte ich in aller Eile nach.

Man kloppt nicht einfach so und ungestraft auf einen

Alten, dafür muß man doch wirklich gewichtige Gründe haben.

Die Flics? Die sich auf die Art für meinen Dünkel ihnen gegenüber rächten? Ziemlich unwahrscheinlich, die hätten ganz andere Möglichkeiten, mir endgültig eine reinzuwürgen.

Hatte es mit Laura zu tun? Eine andere Erklärung sah ich nicht.

Wie, weshalb, das blieb jedoch ein Rätsel, man empfahl mir nachdrücklich, die Sache fallenzulassen und mich nur mehr um meine Salatköpfe zu kümmern.

Wer weiß, ob diejenigen, die mir diese beiden Schweinehunde geschickt hatten, sich eigentlich bewußt waren, daß sie mir damit verrieten, wie recht ich hatte, daß das Ganze kein Verbrechen eines Landstreichers gewesen war und sich vielmehr um die Penne und die Leute drehte, die ich kontaktiert hatte, um die Fragebögen, all das eben.

Da war auch noch Fabienne, die kleine Schwester... Kumpel von ihr? Vielleicht steckten die dahinter.

In jedem Fall waren das keine absoluten Profis des Fressepolierens gewesen, zunächst wegen der Sache mit der Tätowierung, da hat der Bursche nicht aufgepaßt, solche Schulterklappen sieht man ja nicht an jeder Straßenecke, und dann war noch dieses mit echter Verachtung ausgespiene Wort Faschist. Ein Wort, das ich selbst schon oft auf dieselbe Weise, mit dem gleichen Haß ausgespien habe.

Sollte ich zur Polizei gehen? Mich zwingen, die aufzusuchen? Was riskierte ich schon? Mich zu kompromittieren? Gegenüber wem?

Um mich herum entstand eine Leere.

Ich lag mit angezogenen Beinen da und konnte, nicht sehr weit von meiner Nase entfernt, im abendlichen Dämmerlicht die große Blechdose sehen, mit den herausgefallenen Waffeln. Die Kekse waren zermalmt, zertrampelt worden, es sah aus wie Sand oder Goldstaub.

Kam überhaupt nicht in Frage, zu den Bullen zu gehen. Dazu konnte ich mich nie durchringen. Ich streckte die Hand nach einer noch heilen, noch in Zellophan eingewickelten Waffel aus.

«Stopp» stand darauf.

Kam überhaupt nicht in Frage, aufzuhören. Sie hatten einen Fehler begangen, ja sogar mehrere Fehler. Einen ganzen Haufen Fehler. Zuerst mal hatte der Feind gewissermaßen die Maske fallen lassen.

Ein Feind.

Jetzt ist endgültig Schluß mit dem waghalsigen, am Waldrand angetroffenen Landstreicher, dachte ich mir. Außerdem hat der Feind Angst, und wenn er unbedingt will, daß ich aufhöre, dann ist er wohl davon überzeugt, daß ich etwas herausfinden könnte. Demnach ist der Feind nicht weit, und eine seiner Spuren relativ gut erkennbar.

Wenn er auch weiß, wer ich bin, so weiß er doch nicht allzuviel über mich. Er weiß beispielsweise nicht, daß ich von jetzt an niemals mehr aufgeben werde, daß ich einen Schmerz zu rächen und gleichsam meine Jugend zurückerlangt habe, einen ganzen Abschnitt meines Lebens, den ich damit verbracht hatte, mich zu schlagen, und zwar häufig äußerst heftig.

Der Feind hat lediglich meine sechzig Lenze vor Augen gehabt, er weiß noch nicht, daß ich, selbst heute, nicht zögern werde, draufzukloppen. Und daß ich das schon immer gemocht habe.

Als ich mich letzten Endes entschloß, sehr vorsichtig, langsam, wahrscheinlich auch grunzend, wieder aufzustehen, war es beinahe zehn Uhr abends, so daß ich fast genau zwei Stunden lang auf dem Boden zusammengekrümmt leise vor mich hin geweint hatte. Nicht aus Verzweiflung, ich konnte mich dessen schlichtweg nicht erwehren, wie ein unwillkürlicher Akt der Selbstreinigung, gleichsam um das gerade Geschehene auszuschwitzen, vielleicht aber auch vor Schmerz, obwohl ich fast gar nichts mehr spürte, eine Art Lokalanästhesie.

Ich schleppte mich ins Badezimmer, wusch mir das Gesicht, endlich ließ der Geruch der Kotze etwas von mir ab, ich öffnete mein Hemd, mitten auf meinem Bauch ein großer bläulicher Bluterguß. Mein Ohr war rot und geschwollen. Wie durch ein Wunder hatten sie mich auf die linke Seite getreten, hätte die Latsche des Typs mich auf der anderen getroffen, dann hätte ich sicherlich nicht mehr dagestanden und mich dümmlich, auf die Zehenspitzen gestellt, im Spiegel betrachtet. Die Hirnschale hatte in meiner Kindheit genug abbekommen, war stellenweise leicht eingedrückt und was weiß ich wie wieder zusammengewachsen. Die aus weniger als zehn Meter Entfernung abgefeuerte Kugel hatte die eine Seite meines Kopfs durchschlagen, ohne allzu viele Schäden anzurichten, hatte dabei aber, im Getöse der *Geschichte,* genügend Knochenstückchen mit sich fortgerissen, damit ich auf dieser Seite eben nicht mehr richtig ganz war, oder sauber, wie man halt will, und auf ewig das zerrissen, was mich mit der Welt der Töne und der Musik verband.

Ich trank viel Wasser, so viel wie möglich, und legte mich dann schlafen.

Morgen ist ein anderer Tag, dachte ich mir.

Ich würde in den Garten gehen. Die große Leere schaffen, meine Wunden lecken, mir den Kopf waschen und mir die Hände schmutzig schwarz machen, denn die leicht saure Erde hinterläßt auf der Haut der Finger braune Spuren, gleichsam einen Schatten, der mit Seife nicht weggeht, sondern ganz einfach mit der Zeit verschwindet.

*
* *

Der Frühling hatte sich endgültig niedergelassen. Mit den Graupelschauern war nun Schluß, überall setzte sich das Grün durch, bei den Trieben, den Knospen. Der Flieder verströmte seinen Duft. Ich habe die Frühbeete vorsichtig mit der Harke gelüftet und dann ein wenig mit dem Brausekopf gegossen.

Ich machte möglichst langsam, mein Bauch schmerzte noch immer sehr heftig, ich fragte mich sogar, ob ich nicht doch einen Arzt aufsuchen müßte, befürchtete schon einen Milzriß oder irgend so was, doch die Herrn Doktoren sind genau wie die Flics, die lassen dich vor ihrem Schreibtisch Platz nehmen, man darf ihnen nie widersprechen, und wenn sie dich dann unter Zwang ins Spital schicken, ist das auch nicht anders als Polizeigewahrsam.

Ich bereitete den Boden für die Zucchini, die Tomaten und die Auberginen vor, eine Reihe von jeden, meine in einem behelfsmäßigen Frühbeet vorgezogenen Keimlinge waren schon recht groß, kräftig, blaßgrün. Ich säte auch eine Reihe *Rosa Radieschen,* die länglichen. Schon in zwei Monaten könnte ich gesalzene Butter kaufen, und anstelle der kleinen *Rosa Radieschen* würde ich dann für den Winter die *Pariser Schwarzen,* die am besten krachen, aussäen.

Ich kümmerte mich also um die Erde. Eine elementare Arbeit. Und wesentlich für die Seele.

Morgens und abends spähte ich nach dem Kartoffelkäfer, den man allerdings auch als einen wunderschönen kleinen Skarabäus betrachten kann, ein Insekt in braun-gelber Livree. Das man jedoch beiläufig mit dem Absatz zertritt.

Ich beschloß, die Hütte neu zu streichen, zuerst mit einer Schicht Bleigrau und dann in Waggongrün.

Doch der Großteil der Zeit ging mit ausgiebigen Pausen, in der Sonne langgestreckt, drauf, und mit Träumen. Ich konnte mich nicht mal zum Lesen aufraffen, ich war wie leer und betrachtete den Himmel, wenn er strahlend blau war, stellte ich mir vor, ich wäre acht Jahre alt und in meinem Heimatdorf, in Spanien, läge im hohen Gras ausgestreckt, auf einem Hügel der Sierra de Paranera, unweit des Berges Corrunco, der sich, für jedermann sichtbar, an Schlechtwettertagen mit sattem Grün bekrönte, ähnlich dem, das mittlerweile die Hütte schmückte.

*
* *

So blieb ich mehrere Tage in meinem Garten, beinahe wie große Ferien. Ich habe sogar die unvermeidliche Dienstagsbelote versäumt. Ich habe viel getrunken. Weißwein, ausschließlich, und zwar Muscadet, der putzt gut, mein Magen war danach richtig blank, wie mit feinem Glaspapier abgeschmirgelt, und der Schmerz ging vorüber.

Gelangweilt habe ich mich nie.

Habe sogar Besuch bekommen.

Glücks- und Unglücksboten.

Die mich zwangen, meinen Schlupfwinkel, meinen Ankerplatz zu verlassen.

*
* *

Ich warte im *Buffet* des Bahnhofs Saint-Lazare auf Marion. Wir haben beschlossen, zwei Stunden miteinander zu verleben. An einem dieser Orte, die uns am liebsten sind, in dem Restaurant am Ende der riesigen Vorhalle. Die nicht für alle unerfülltes Warten bedeutet, wie sie mir irgendwann mal geschrieben hat… Sie bringt mir die Abschriften der Bänder mit, und als ich heute morgen in ihrem Büro vorbeigegangen bin, hat sie mir einfach nur auf ihrem

Computer geschrieben, dies sei das erste und letzte Mal, daß sie sich derartige Scheußlichkeiten anhören und die auch noch schreiben würde, ehe sie dann unsere Verabredung im Bahnhofsrestaurant bestätigt hat.

Deshalb brenne ich nun darauf, mir das Ganze endlich anzusehen, Rosario und Zaïr dürften die Situation ausgenutzt haben, um irgendwelche Schweinereien zu verzapfen, und die jungen Beurs aus der Cité Bonmousseau sind wahrscheinlich auch nicht auf die Schnauze gefallen. Arme Marion. Armer Enric, ich selbst.

Zuallererst waren, warum auch nicht, die Bullen bei mir im Garten aufgekreuzt. Ehre dem Gesetze! In einem hübschen Zustand verhaltener Raserei hatte Kommissar Gaillet voll semantischer Hoffnung sein Notizbuch und seine Filzschreiber mitgebracht, meine Saatreihe Radieschen zertrampelt – das Weiß seiner Augen war so rot wie das kleine Wurzelgemüse, das unter seinen Sohlen gedieh –, einen Wisch aus der Tasche gezogen und ihn mir unter die Nase gehalten, ich habe einen meiner Fragebögen erkannt und augenblicklich gedacht, daß einer der Pauker des Jules-Romains ihm den gegeben haben dürfte.

Demnach konnte es auch ein Pauker gewesen sein, der mir letztens die Schergen geschickt hat, um mich einzuschüchtern.

Der Kommissar fragte mich nun, im wesentlichen, was das denn sei, wartete aber nicht mal eine Antwort ab und schrieb mir in seinem Notizbuch, ich sei der Behinderung der Justiz, der Vorenthaltung sachdienlicher Informationen in einer Strafsache, ja sogar in einer Bluttat, der Falschaussage usw. angeklagt und werde demnächst vor den Richter, in Créteil, geladen. Anschließend untersagte er mir im selben epistelarischen Eifer, noch einmal die Mickey-Bar aufzusuchen, Marie-Louise riskiere nämlich ihre Konzession, sollte sie mich von nun an je wieder ihr Etablissement betreten lassen, und falls man mich näher als fünfhundert Meter rund ums Lycée antreffe, werde man mich unverzüglich einbuchten, an Gründen herrsche ja kein Mangel, da gebe es immer jemanden, um auszusagen, ich würde den jungen Mädchen, die im Stadion ihre Turnstunden absolvierten, meinen Pimmel zeigen.

Da ich während dieser gesamten eingleisigen Korrespondenz weder aufgemuckt noch geantwortet hatte, in Wahrheit wußte ich rein gar nichts darauf zu sagen, schwärzte er eine weitere Seite seiner Kladde, legte mir nachdrücklich dar, die Tatsache, zur Zeit noch auf freiem Fuße zu sein, verdanke ich allein meiner künftigen und zwingenden Zusammenarbeit, will heißen, daß ich einwillige, ihm die bereits erhaltenen Antworten auf meinen Fragebogen sofort herauszurücken.

Derweil ich ihm nun schrieb, daß ich zwar noch keine Antwort erhalten hätte, wahrscheinlich wegen des instinktiven Argwohns derer, denen ich meinen Fragebogen anvertraut habe, wie auch der Bürgersinn desjenigen beweise, der ihm besagtes Blatt augenblicklich übergeben habe, das er nun in Händen halte, daß ich jedoch keineswegs versäumen würde, dies zu tun, sobald ich eine erhielte, während ich dies also schrieb, dachte ich an die schwarze Plastiktüte mit all den Schreiben, die ich ungefähr vierzig Zentimeter unter den Füßen seines Stellvertreters vergraben hatte, der mitten in den wild wachsenden Gräsern auf Totos Parzelle stand.

Ich sah, wie Gaillets Schultern erst sanken, um sich dann unter dem Eindruck einer mächtigen Inspiration wieder merklich zu straffen.

WIR WERDEN DICH INS KNIE FICKEN, JOVILLAR, DU BENIMMST DICH WIE EIN MÖRDER, DER HERAUSZUFINDEN VERSUCHT, OB JEMAND WEISS, DASS ER ES IST, hat er geschrieben.

Als Gedanke recht kraus, aber nicht dumm, Fray, der Pauker, hatte denselben wie er gehabt. Ein Kommissar war demnach wenigstens so intelligent wie ein Französischlehrer.

WENN ICH TATSÄCHLICH DER MÖRDER WÄRE, WÜRDE ICH MICH GANZ KLEIN MACHEN, MONSIEUR LE COMMISSAIRE, DA WÜRDE ICH DOCH NICHT ALLER WELT AUF DEN SACK GEHEN UND MICH STÄNDIG IN ERINNERUNG BRINGEN, antwortete ich.

Er hat mir sein Notizbuch aus den Händen gerissen.

DU ALTER SCHWEINEHUND, ERINNER DICH DOCH MAL AN DEN BEWUSSTEN HENRY. DER MÖRDER DES KLEINEN JUNGEN, DER HAT AUCH GETÖNT, DIESER KILLER WÜRDE UNTER DIE GUILLOTINE GEHÖREN. TJA, UND DANN WÄRE ER SELBER FASST UM EINEN KOPF KÜRZER GEMACHT WORDEN …

IN DEM FALL HAT FAST NUR EIN S, WIE BEI HAST, schrieb ich zurück.

Er starrte mich lange an, hatte richtig Lust, mich zu schlagen. Dann streckte er die Hand aus, drehte mir den Kopf zur Seite und begutachtete sehr interessiert den gegenwärtigen Zustand meines linken Ohrs.

Und dann hat er mir eine Schelle verpaßt, mitten drauf. Sehr wahrscheinlich habe ich gegrunzt, wie ein Schwein. Meine Sicht hat sich unter der schneidenden Zwinge des Schmerzes einen Augenblick getrübt.

Als ich meine Augen im Angesicht der Gehässigkeit dieser Welt wieder öffnete, befand sich ein Zettel vor ihnen:

HÖR AUF MIT DEINEN BLÖDHEITEN. ENDGÜLTIG.

IST DAS EIN RAT ODER EIN BEFEHL? erkundigte ich mich feinsinnig auf seiner Kladde.

EIN REZEPT, DU BLÖDMANN.

Daraufhin sind sie gegangen.

Ende des ersten Besuchs.

Marion traf ein, küßte mich auf den Mund und führte mich an einen der Tische. Sie lächelte mir zu, offensichtlich erfreut, mich zu sehen. Das hat mir gutgetan, war ja eher selten in letzter Zeit. Daß mich jemand mochte. Ich dachte an sie, an früher, Bilder unserer leidenschaftlichen Hingaben, für immer in die Haut im Kopf eingebrannte Empfindungen. Mit einem Wink bat Marion mich, sie an meiner Stelle aussuchen zu lassen. Sie nahm nun die Karte unter die Lupe, mit hundertprozentiger Sicherheit sollte ich Anrecht auf die Kuttelbratwurst, die *Andouillette au Chablis* haben.

Zur Zeit machte man ja ohnehin ziemlich viel an meiner Stelle, sogar Rosario hatte sich drangesetzt, er war in den Garten gestürzt, um mir zwei Antwortschreiben auf meinen Fragebogen zu bringen, die im Mickey eingegangen waren. Ich habe die Umschläge fieberhaft geöffnet, weil ich unbedingt wissen wollte, ob Anne Gadot mit von der Partie war. Aber nein, es handelte sich bloß um die Briefe zweier Pauker. Bei der Gelegenheit habe ich ihn jedoch ermutigt, mir weiter zu helfen, weil es mir von nun an größere Schwierigkeiten bereiten würde, in unserer Lieblingspinte aufzulaufen. Außerdem erkundigte ich mich bei ihm nach Anne Gadot, der wurde zunächst richtig rot, dieser große Schwachkopf, und erwiderte dann, daß er auf gutem Wege sei, das Ganze wieder von vorn anzufangen, wie 1914.

Anschließend erzählte er mir ein paar Neuigkeiten von der Front. Vor allem ließ er sich über das Ereignis aus, von dem jedermann in der Mickey-Bar spreche, einer handfesten Rauferei zwischen Françoise Meyer und Bonnemay, ihrem Liebhaber im Ledermantel. Die beiden hätten sich ziemlich heftig geschlagen, womöglich ein Streit zwischen Geliebten, der ein böses Ende genommen habe, oder aber aus noch weniger eingestehbaren Motiven, und daraufhin sei die schöne und geheimnisvolle Aufseherin ins Mickey gekommen und habe sich vor einem Whisky ausgeweint, ohne den geringsten Hehl aus ihrer Verzweiflung und Erregtheit zu machen, vor den ganzen verdutzten, stummen Gymnasiasten, die in dem Moment ALLESAMT liebend gern den Mut aufgebracht hätten, sie zu trösten.

Marion bestellte unser Essen bei einem Kellner, der sich mächtig wunderte, daß die Dame die Dinge in die Hand nahm und der Monsieur beharrlich schwieg. Und dann haben wir begonnen, uns mit den Augen zu unterhalten, wir wußten genau, daß die Tischdecke früher oder später, wenn wir uns nicht mehr zusammenreißen würden, dran glauben müßte.

Der Kellner brachte eine Flasche weißen Vendôme.

ERINNERST DU DICH? konnte Marion sich nicht mehr erwehren, in Spiegelschrift auf die Tischdecke zu schreiben.

Ich nickte zustimmend, obwohl es mir überhaupt nichts sagte. Sie gab die junge Sentimentale. Wir haben unsere Gläser erhoben und getrunken, aufs höchste konzentriert auf diese rätselhafte und einseitige Erinnerung, die sie anscheinend ganz leidlich aufwühlte.

Der Wein war fruchtig und sehr zusammenziehend zugleich, bittersüß eben. Ich trank ihn trotzdem in großen Schlucken, ohne allzusehr darüber nachzudenken, weil ich in erster Linie danach gierte, daß Marion mir ihre abgetippten Seiten aushändigte, während ich doch sehr wohl wußte, daß ich die Sachen hier, vor ihr, nicht lesen konnte und somit erst später erfahren würde, ob in den ganzen Hirngespinsten der von mir Befragten irgend etwas Brauchbares war, das mich weiterbrächte. Vielleicht irgendwelche harmlosen Auskünfte, die jedoch, einmal aneinandergereiht, allmählich ein bißchen Sinn ergäben, wie etwa diejenigen in den beiden Briefen, die Rosario mir gebracht hatte: darunter auch die Antwort einer gewissen Madame

Schapira, Paukerin für Geschichte und Geo, auch sie riet mir, Fray und Casimir zu befragen, als ob es im ganzen Lycée keine anderen gäbe, die imstande wären, den Mund aufzumachen, wußte aber nicht allzu viel über Laura zu sagen, außer daß sie sich bis auf die letzte Zeit nie sonderlich für Geschichte interessierte, ab da aber oftmals Fragen über den Algerienkrieg, die Nationale Befreiungsfront FLN und die «Kofferträger» gestellt habe, und auch über Mai 68, allerdings sei gerade dieses Thema sowieso das beliebteste etlicher Schüler.

War zwar nicht gerade ausschlaggebend, aber trotzdem, Frays Brief drehte sich ja auch in etwa darum, und der von Jérôme, ihrem Ex, ebenfalls, zumindest am Ende. Von dem, was Casimir an Gift und Galle ausgespien hat, gar nicht zu reden. Demnach handelte es sich hier um ein junges Mädchen, das von den Maiereignissen irgendwie ganz besessen war. Dinge von vor mehr als zwanzig Jahren. Laura war noch nicht einmal geboren, als die Sorbonne befreit wurde. Diese Schwärmerei war nicht allein jener Suche nach Identifikation zuzuschreiben, der die Gymnasiasten von heute unter Umständen nachhingen, zumal das, was die 68er inzwischen geworden waren, nicht unbedingt als leuchtendes Beispiel herhalten konnte, wie Fray es ebenfalls in seinem Brief herausstellte. Ansonsten gab auch Madame Schapira ihre kleine merkwürdige Geschichte zum Besten... Laura habe das Jahr davor einem der zahlreichen, von besagtem Freizeitpädagogen gegründeten Clubs angehört, im gegebenen Fall dem *Club-Magie*, unter der Leitung eines Schülers der Abiturklasse, Bivetot, der den Teilnehmern Zauberkunststücke, Taschenspielertricks, Kartenkunststücke usw. beibrachte. Eines Nachmittags sei Laura während des Unterrichts sehr sonderbar, etwas schlaff, verträumt gewesen. Und ein anderer Schüler ebenfalls. Schapira, die Paukerin, habe sich damals selbst krank gefühlt, die Schulstunde vor dem Ende abgebrochen und alle nach Hause geschickt. Noch am selben Abend habe sie der bereits erwähnte Bivetot in hellem Aufruhr angerufen und eingestehen müssen, er betreibe während der Sitzungen seines Magie-Clubs auch Hypnose und habe Laura und deren Kumpel hypnotisiert, nur hätte er die beiden nach dem Unterricht eben wieder «befreien» müssen, sie aber nicht gefunden. Bivetot sei völlig in Panik gewesen und habe sie angsterfüllt um deren Adressen gebeten, da er sich nicht traute, das Ganze der Direktion zu erklären. Madame Schapira habe sie ihm gegeben und danach nie wieder etwas von der Geschichte gehört. Sie habe auch diesem Bivetot die Würmer nicht aus der Nase ziehen und nie den Grund für seine Panik erfahren können, das heißt, was Bivetot von Laura und dem anderen Jungen unter Hypnose wohl verlangt haben konnte. Dafür war allerdings der Magie-Club geschlossen worden, zum großen Leidwesen der Kleinen, die doch furchtbar viel Spaß hatten an den aus Hüten hervorkommenden Plüschhasen.

Und was sollte ich für mein Teil nun mit einer solchen Anekdote anfangen? ...

In der Tat landete schließlich eine *Andouillette* auf meinem Teller. Marions Blick fragte mich, ob ich zufrieden sei. Ich rieb mir den Bauch zum Zeichen gastronomischer Freude. Sie selbst hatte ein Entrecôte mit Salat bestellt. Diät und so. Wahrscheinlich.

BIST DU GLÜCKLICH, HENRI? Da waren wir also soweit, der Tischdeckenroman war eröffnet.

WEISS ICH NICHT. ICH HABE PROBLEME, WIE MAN SAGT, antwortete ich.

Sie hat mich ernstlich bekümmert angeschaut. Marion kannte mich gut genug, um zu wissen, daß der Gedanke an Glück in meiner Vorstellung von Zukunft schon längst nicht mehr vorkam, daß mein «Militantismus» bei den Anarchos eine zwingend notwendige Fassade war, eine Möglichkeit eben, meine Vergangenheit nicht zu entwerten, etwaige Wurzeln wieder einzusetzen, es stimmt ja auch, wir «Hispanopinguine» sind entweder Faschisten oder Anarchisten, Puig Antich war ein absoluter Märtyrer, das furchtbare Knirschen der Garrotte hatte mich unter Tränen zusammenbrechen lassen, und die «Antifaschistische Revolutionäre Gruppe 1. Oktober» war ein Quell zeitweiligen Trostes. Als der Schriftsteller Pierre Desproges meinte, die beiden einzigen Politiker, die sich selbst in den siebten Himmel befördert hätten, seien Félix Faure und Admiral Carrerro Blanco gewesen, habe ich das nicht wie so viele andere als geschmacklos eingestuft. Ganz im Gegenteil.

Apropos, was Anarchos angeht, bekam ich am zweiten Abend meines kurzfristigen Rückzugs Besuch von einem großen mageren Typ in blauem Parka, mit streng nach hinten gekämmtem Haar und einem kleinen aufgeschürzten Zopf, der mich gegrüßt und mir ein kleines Stück Pappe hingehalten hat, auf dem einfach nur Pierre Laglace ORA geschrieben stand. Als Antwort setzte ich direkt darunter: Enric Jovillar CNT-AIT. Wir drückten uns die Hand, als ob wir zwei Armeechefs gewesen wären, die gerade einen Zusammenschluß an der Front vollbracht hätten.

Die *Fédération* hatte den Gefallen also rasch erledigt, und da stand nun der einzige konsequente Anarcho am Lycée Jules-Romains vor mir, um mir zu helfen, schwankte ein wenig hin und her, gab sich aber das harte und verantwortungsvolle Gehabe derer, die sich sicher sind, es mit den Stärkeren zu halten. Auch wenn wir weltanschaulich nicht ganz zur selben Schule gehörten, so standen wir beide doch gemeinsam unterm Schatten der großen schwarzen Fahne.

Wir haben uns nur kurz «unterhalten», er wollte lediglich wissen, was er zu tun habe, und keine Zeit mit Höflichkeitsbezeugungen verlieren. Also bat ich ihn, mir einen falschen Polizeiausweis zu besorgen, ein Faksimile, irgend so eine etwas plumpe Nachbildung eben, die jedoch für zehn Sekunden was hermachen könne. Man vergißt immer, daß die Anarchie noch immer heimliche Verbindungen zum Druckereigewerbe unterhält. Letzten Endes hatte Jules Bonnot in einem nach Blei riechenden Betrieb Victor Serge und Raymond Callemin, alias Raymond la Science, kennengelernt. Auch heutzutage gibt es so einen, einen «wissenschaftlichen» Raymond, allerdings ist der Belgier und Fußballtrainer.

Der Typ hat gemeint, in drei Tagen, und ist dann wie ein Gespenst verschwunden. Noch einer, der sich seine Jugend verdient und herrliche Erinnerungen schafft.

WAS FÜR EINEN MIST HAST DU MIR DA EIGENTLICH ZUM ABTIPPEN GEGEBEN?

MODERNE BEICHTEN.

EIN GANZER HAUFEN UNFLÄTIGKEITEN, DAS IST MAL SICHER.

DIE JUGEND REDET HEUTE WAHRSCHEINLICH SO.

WENN DAS ALLES IST, WAS MAN DENEN IN DEN SCHULEN BEIBRINGT...

WENN SIE ES GESCHRIEBEN HÄTTEN, WÄR ES WAS ANDERES.

Marion zuckte mit den Schultern. Sie beugte sich über ihre Tasche und zog einen dicken Packen Blätter hervor, mindestens vierzig Bögen. Sie reichte sie mir, über die *Andouillette* hinweg.

WIEVIEL SCHULDE ICH DIR? schrieb ich auf die Tischdecke, die auf einer Seite allmählich ziemlich geschwärzt aussah.

NICHTS.

Ich wußte, daß ich nicht weiter zu beharren brauchte.

WIE KANN ICH DIR DANN DANKEN?

LIEBE MICH IMMER.

Ich sah sie lächelnd an. Sie war wirklich ein wunderbares Persönchen von einer Frau, die mit mir etwas absolut Romantisches erlebt hatte und mir dafür bis ans Ende ihrer Tage dankbar sein würde, obwohl ...

Der Kellner kam abräumen. Dabei warf er einen besorgten Blick auf die Tischdecke und fragte sich, was für ein Spiel wir da wohl spielten, und wahrscheinlich sagte er sich auch, also wirklich, man sieht doch jeden Tag andere Idioten. Ich versuchte, im voraus zu erraten, welches Dessert Marion mir wohl bestellt hatte, gab aber schon bald auf, fragte mich vielmehr, wann ich wohl endlich die von ihr mitgebrachten Sachen lesen könnte, und dachte an den zweiten Brief, der mich im Mickey erwartet hatte, die Antwort eines gewissen Massempès, ein Latein- und Griechischpauker, zweifelsohne das erwachsene Pendant des Rockers Maurice Lentec, der mir im wesentlichen mitteilte, genau wie Antonin Artaud die Reinkarnation von Bossuet, dem «Adler von Meaux», gewesen sei, so sei auch Laura ein Engel, wahrscheinlich die dritte oder vierte mögliche Wiedergeburt der Jeanne d'Arc, gemartert und zu Tode gebracht von einer modernen Kirche, einer offenkundigen Reinkarnation der Inquisition, und um ihren Folterer zu finden, brauche ich mich nur zu fragen, welcher wohl der ortsansässige Torquemada sei.

Dieser etwas irrwitzige Brief hatte mir Unbehagen bereitet, vielleicht wegen seines Verweises auf Spanien, ein Zufall, der bei mir jedoch ein merkwürdiges Gefühl hinterließ, dieser Pauker schien nicht zu wissen, daß ich aus Cataluña stamme ...

Marion hatte für mich Käse bestellt. Schafskäse, frisch und trocken. Und tatsächlich bestand ja eine meiner Ketzereien, woran sie sich erinnert hatte, darin, daß ich Schafskäse mit Weißwein über alles mochte.

ICH HAB DIR SCHAFSKÄSE AUSGESUCHT, DAMIT DU IRGENDWANN SELBER ZU BLÖKEN ANFÄNGST, schrieb sie. Marion ist eine der wenigen Frauen, die meiner Erfahrung nach Wortspiele lieben, davon hat sie ein umfangreiches Repertoire, und es kommt selten vor, daß sie in einer x-beliebigen Situation nicht eins vom Stapel läßt.

Wir schrieben uns weiter, während wir unsere Nachspeise aßen, wir waren inzwischen zur anderen Seite der Tischdecke übergegangen. Marion fragte sich, ob sie in den Vorruhestand gehen solle, in welchem Fall ihr Gatte das Einfamilienhäuschen in Rosny verkaufen und wieder zurück in die Gegend um La Roche-sur-Yon ziehen wolle, und sie sehe sich nicht den Rest ihrer Tage in der Vendée *mojettes,* weiße Bohnen, mampfen. Ihre Kinder seien aus dem Gröbsten raus, und ihr Ältester arbeite in der Genforschung, bei der Sequenzierung der DNS. Na dann, wohl bekomm's, dachte ich bei mir.

Zum Abschied haben wir uns noch auf dem Gehsteig, vor dem Ausgang des Restaurants, geküßt. Vor langer Zeit hätten wir auch den Nachmittag zusammen verbracht. Nun aber machte sie sich wieder in ihr Büro auf, und ich habe ihr nachgeschaut, wie sie mit kleinen wiegenden Schritten ihrer Textverarbeitung entgegenging.

In meiner Tasche tastete ich nach dem falschen Polizeiausweis, den Pierre Laglace mir gebracht hatte, mit dem dringenden Rat, ihn nach Gebrauch sofort zu vernichten. Beim Weggehen hatte er sich noch einen Zweig weißen Flieder abgeschnitten und mitgenommen. Den violetten hatte er wahrscheinlich verschmäht, weil's die Bischofsfarbe ist.

Ich nahm erneut die Metro zum Gare du Nord, dann den Zug bis in die ferne Banlieue, nach Frépillon, ein kleiner Flecken im Departement Val d'Oise, unmittelbar vor Auvers-sur-Oise, eine Kleinstadt, die ihre ganze Existenz damit zubringt, unschlüssig zwischen etwas lausigem Landnest und eigentlich weitaus lausigerer Sozialwohnungssiedlung hin und her zu schwanken, die Sorte Dorf eben, die keins mehr ist und noch einen Bahnhof mit dem allseits gebrauchten Beinamen *halte*, Anhalterbahnhof, besitzt, wie in der guten alten Zeit.

Unweit der Eisenbahnlinie stehen ein paar kleine, quasi vollkommen von staubigen Kletterpflanzen und Schneeballranken überwucherte Vorstadthäuschen, mit großen Feldern davor, beackert und unterhalten von Landwirten, die alle Welt stets glauben machen wollen, die fruchtbaren Anbauflächen der reichen Ebenen des Vexin würden bereits hier beginnen.

Ich habe das vom Hausherrn schon hundertmal grün gestrichene Gittertor aufgestoßen, dabei sah ich mindestens ein Dutzend Katzen in alle Richtungen verduften, umrundete das Gebäude, schlurfte vernehmlich auf dem schmukken, von umgedrehten Blumentöpfen gesäumten Kiesweg.

Zbiegsky war hinten, im Garten, und gerade im Begriff, einen Motor auseinanderzunehmen, wovon konnte ich nicht mehr erkennen, so ausgeweidet wie der schon war. Zbiegskys Garten war verwahrlost, er konnte Gartenarbeit nicht ausstehen und mochte nichts anderes als Maschinen und Mechanik. Er war ungefähr im selben Alter wie ich und hatte alles gegeben, was ein Pole dem Leben nur geben kann, Zeche, Kohlechemie, Ausschweifungen, Arbeitslosigkeit, war dann nach Paris gekommen, wo seine absolute Genialität fürs Zerlegen von Motoren ihm eine Lebensstellung als angelernter Arbeiter in einer Werkstatt an der Porte de Champerret eingetragen hatte. Pfäffisch war er wie ein Verrückter, die Schwarze Madonna und so, der Heilige Walesa, Gott Wojtyla, und verabscheute die Anarchisten, samt und sonders, en bloc, alles Ungläubige. Wir dachten oft, was für ein verdammtes Schwein wir doch hätten, daß er kein Spanier war, denn in ihm steckte das Zeug zu einem großen Inquisitor. Aber bei den Demos, da wurde er wahrhaftig zum Tier. Folgte man ihm, so hieß das, sich mit hundertprozentiger Sicherheit hinter den ersten Linien der

Ordnungshüter wiederzufinden. Und dazu noch: nie gesehen, nie geschnappt. Dieser Typ hatte eine ganz simple Taktik. Der Feind, das war der CRS, eine Kreatur der Sozialisten, von Jules Moloch, wie wir sagten. Zbiegsky war es sich selbst schuldig, bei jeder Aktion einen von denen umzulegen, achtete aber tunlichst darauf, den betreffenden beim Kaltmachen nicht allzu übel zuzurichten, wahrscheinlich aus einem Rest christlicher Barmherzigkeit heraus. Und er schwadronierte, ohne allen Stolz: Würde jeder es so machen wie er, so gäbe es keine Probleme mehr. Er haßte die Flics, alles nur Philister, und für ihn kam Gesetzeshüter zu treten einem modernen Kreuzzug gleich. Daher besorgte er in unseren Reihen sämtliche harten Sachen, zumal er auch die Ordnungskräfte jeglicher Couleur verabscheute, allesamt Feiglinge und Wachhunde, in seiner Gegenwart redete man nie über Politik, sonder einzig und allein über Keilereistrategien. Er meinte auch, daß er für die einzige Taktik bereit sei, die der Mühe wert wäre, nämlich diejenige, die uns in seinen Augen endgültig erwachsen werden ließe, will heißen der bewaffnete Kampf. Und was diesen Aspekt der Dinge angeht, hatte er schon seit langem für alles Vorsorge getroffen.

Als ich ihn nach den üblichen Umarmungen und gebührenden Küssen unter Exgenossen endlich um das bat, weshalb ich hergekommen war, ließ er mich vor einem Glas Schnaps sitzen und verschwand sogleich im hintersten, von allerlei metallischem Plunder vollgestellten Winkel seines Grundstücks.

Der Himmel zog sich zu, und dicke grauschwarze Wattepacken eilten über die Hügel der unterhalb dahinfließenden Oise hinweg. Was ich da trank war Birnenschnaps, zumindest glaubte ich das, jedenfalls verwandelte er meinen Magen in ein Miniaturmodell des Ätna.

Ich ließ mir noch einmal den ganzen Kram durch den Kopf gehen, den ich im Zug gelesen hatte, all die Blödheiten, die die Halbstarken aus der Cité Bonmousseau sowie die beiden Hornochsen der Mickey-Bar meinem kleinen Tonband hatten anvertrauen können. Und Marions Reaktion angesichts dieser Vertraulichkeiten konnte ich inzwischen gut nachvollziehen. Die Sprache war ziemlich präzise, Verlan bei den ersteren, Marion hatte ihr berufliches Pflichtbewußtsein soweit getrieben, daß sie diese Wörter, die sie nicht verstand, phonetisch umgeschrieben hatte, wie zum Beispiel *zonblou* für *blouzon* usw. Was die Bekenntnisse von Zaïr und Rosario anging: Ganz abgesehen von ihren gewohnten Witzen lieferten sie mir in nichts auch nur die Andeutung einer Fährte oder eines Hinweises. Was sie jedoch über das Leben am Gymnasium erzählten, deckte sich nicht im geringsten mit den gängigen Vorstellungen darüber und mit dem in den Gazetten verbreiteten Geschreibsel. Natürlich sprach man in diesen für gewöhnlich nur von jeder möglichen Scheiße, von den Fehlzündungen und Versagern, den schön blutigen Geschichten, da erwähnte man nie die unsichtbar zugrundeliegende, die bewußte oder instinktive Organisation, die mehr als tausend Personen ein friedliches Zusammenleben ermöglichte. Da sprach man nur selten davon, wie erwachsen sich die Jugend bereits verhielt, während sie den Großteil ihrer Adoleszenz in einer Bude verbringen wollte, die etliche Journalisten mit verächtlich verzogenem Truthahnarschmund ein Gefängnis ohne Gitter nannten.

Das Leben am Lycée Jules-Romains war demnach relativ friedlich. In etwa tauchten hier die gleichen Probleme auf wie überall in derartigen Pennen, regelten sich aber auch wieder, und zwar eher rasch und gut, diese Schule war nämlich etwas nobler als das Progymnasium CES des Viertels, und die Schüler hier wurden etwas besser betreut, entweder von leidlich betroffenen Eltern, das reichte schon aus, um eine Generation zu retten, oder durch die eigene Fähigkeit, sich zusammenzutun und ihr gesellschaftliches

Leben selbst in die Hand zu nehmen. So hatte es etwa tatsächlich auch «Schutzgelderpressungen» am Schultor gegeben, doch nach zwei oder drei Schlägereien unter der Führung von Abiturienten, die zur Kommunistischen Jugend gehörten, war damit Schluß gewesen. Selbstverständlich war es in den Siedlungen ebenfalls zu Abrechnungen gekommen, doch auch hier hatten die Funktionäre der PARTEI schnell Ordnung geschaffen, unmittelbar gefolgt von den Vereinen, von denen es in diesen ganzen Bezirken nur so wimmelt. Die schwarzen Schafe waren rasch ausgegrenzt, angeprangert, kaltgestellt, ja durch diverse kommunale Spitzfindigkeiten versetzt worden. Rosario hatte mir sogar erzählt, sie selbst hätten, wegen der notorischen Bissigkeit sämtlicher Pocardi-Sprößlinge, bei sich zu Hause Besuch von den örtlichen Schießhunden der sozialpädagogischen Initiative erhalten, weil diese den Papa und die Mama auffordern wollten, dem kindlichen Wahnwitz ein Ende zu setzen. Vater Pocardi hatte daraufhin feinsinnig zu bedenken gegeben, er sei ja Kalabrese, und falls man ihm weiter auf den Sack gehe, sei die Camorra Itrys nicht weit. Was die Kantonalinstanzen offenkundig beschwichtigt hat.

Es geschahen auch Dinge unter der Rubrik Verschiedenes, aber nichts im Zusammenhang mit Laura, vergangenes Jahr etwa zwei Selbstmorde, ein Mädchen in einer unmöglichen Familiensituation, mit einer zur Blutwurstbrühe ausgearteten Scheidung, und ein Junge aus der Sekunda, zwar still und verschlossen, aber schon vom Kopf her kaputt, hatte Zaïr bemerkt, der sich damit, wahrhaftig eine Premiere, selbst zum Seelenklempner vom Dienst berufen hatte. Letztes Jahr waren lediglich zwei Schüler in Drogengeschichten verwickelt gewesen, und auch hierbei war die Betreuung voll zum Tragen gekommen, Hand in Hand mit der Schulverwaltung, die schnell und hart zuschlug, so wollte es die örtlich bewährte Taktik offenbar: sofortiger Verweis und ein Höchstmaß an Publizität gegenüber den

Eltern. Zaïr und Rosario waren einerseits zwar stolz darauf, daß ihr Lycée in einem solchen Ruf der Makellosigkeit stand, andererseits widerte sie die repressive Härte an, die jede Verfehlung schon im Keim zu ersticken suchte. Sie fanden, diese Ruhe müsse teuer bezahlt werden, und die angeblich so liberale und gemütliche Atmosphäre sei lediglich eine behagliche Fassade. Die Stadtverwaltung, deren Kader und die Intellektuellen wollten eben, daß *ihr* Lycée ein gutes Beispiel für diese Ecke der Banlieue bleibe. Gegen Wind und Wetter müsse es in Itry, einer seit jeher fortschrittlich gesinnten Stadt, glückliche Sozialwohnungssiedlungen, Schulen, in denen gearbeitet werde, und Kommissariate, in denen man bloß Hühnerdiebe sehe, geben. Und da sich auf dem Beton schon seit langem keine Hühnervögel mehr fänden, seien die Flics unbesorgt. Das einzige noch in Freiheit befindliche Viehzeug führe daher in nicht gekennzeichneten Polizeiautos durch die Gegend.

Selbstredend gab es Geschichten um Diebstähle in den Gängen, und, vor allem draußen, von Mopeds, doch über die Jahre gerechnet spitzte es sich dabei keineswegs zu, sondern blieb völlig im Landesmittel. Als guter Anarcho, der selbst davon nichts weiß, bemerkte Zaïr, diese Diebstähle gehörten eher in den Rang der Rückführung von Eigentum und Umverteilung unter den Halbstarken der Übergangssiedlung nebenan. Doch da genüge schon ein gutes Vorhängeschloß, eine dicke Kette und vor allem die Überwachung von seiten der Schüler, die im unmittelbar neben dem Zweiradparkplatz gelegenen Stadion ihren Turnunterricht absolvierten, um eine galoppierende Paranoia, ja gar einen alarmierenden Anstieg der Statistik zu verhindern. Keinerlei Geschichten um rivalisierende Banden. Sogenannte «Zulus», also überwiegend schwarze Jugendbanden, kannte man in der Gegend nicht, solche Erscheinungen waren dem weiter oben, weiter weg gelegenen Plateau d'Itry vorbehalten. Raufereien, selbstverständlich, in der Pause, am Ausgang, kurze, kaum blutige Sachen, vor allem irgendwelche Sexgeschichten oder aber politische Rivalitäten, etwas nervös endende Vollversammlungen wie die, der ich letztens hatte beiwohnen dürfen. Laura managte ihr Herz jedoch wie ein Profi, und den beiden zufolge sei Politik nicht gerade ihre Stärke gewesen, zum Beweis: Schließlich habe sie doch einen der Großkopferten des Lycées, nämlich Zyklotrop, den finsteren Jérôme, einen der offiziellen Ideologen der örtlichen Jugend, für diesen anderen Hirnrissigen von Maurice fallenlassen, für den Marx' Werk weniger wichtig sei als die Diskographie der *Ramones*. Laura hatte anscheinend keiner einzigen kritischen Gruppe angehört, nicht einmal mit dieser kleinen Bande Primaner in irgendeiner Verbindung gestanden, mit diesen Computerfreaks, die vergangenes Jahr nach einer Sache mit Systemraubkopien ein paar Schwierigkeiten bekommen hatten. «Dafür war sie in Mathe eine zu große Niete», hatte Rosario hinzugefügt. «Das ist keine Frage der Mathematik», hatte Zaïr berichtigt, «sondern ein Problem logischen Denkens.» – «Geh mir nicht auf die Eier», hatte Marion anstelle der Antwort des jungen Kalabresen transkribiert.

Das einzige etwas dornige Problem, das Zaïr und Rosario anführten, war dieser ganze rassistische Mist. Selbstverständlich hatten auch die beiden ihren Anteil an diesen Denk- und Handlungsweisen und blieben ziemlich kitzlig bei dem Thema, Rosario freilich etwas weniger, doch er vergaß auch nicht, daß, selbst in seinem Heimatland, die Milanesen die Kalabresen «gli Africani», nannten... Den Paukern gelang es jedoch meist, von der Höhe ihres Wissens herab die etwas schlimmeren Geschichten niederzuhalten, selbst wenn diese zwischen Söhnen von Kabylen, Söhnen von Arabern oder von *harkis,* den ehemaligen Ersatzsoldaten in Algerien, stattfanden. Bewußter Mohand Bellaïche, Lauras Kumpel, hinkte nicht gerade hinterher, wo es um die tatkräftig übernommene Ahndung übler

Sprüche ging, die kleinste Anspielung brachte eine Abreibung seitens seiner Bande ein, und selbst Pauker waren schon mal an den Pranger gestellt worden. Als Sohn eines Aktivisten war Mohand sogar bereits bis zum Studienpräfekten vorgedrungen, hatte mit Prozeß und Presse gedroht, um von einem Pauker, der ihn einen jungen Hund geschimpft hatte, eine öffentliche Entschuldigung zu erwirken. Davon abgesehen, wurden er und seine Bande von der Schulverwaltung nicht nur akzeptiert, sondern bisweilen auch zur Zusammenarbeit hinzugezogen, denn dank ihrer Auffassungen, dank der besonderen Familiengeschichte der meisten unter ihnen, waren sie die absolute Parade gegen diesen ganzen Fundamentalismus- und Religionsunsinn. In Itry traf man keine Tschadors an.

Rosario und Zaïr erzählten all das völlig ungeordnet, gaben immer wieder Zoten und Tratsch von oftmals nicht sonderlich hohem Niveau zum besten, mehrere Male dachte ich, Marion dürfte das Ganze mit einer Hand getippt haben, während sie sich mit der anderen die Nase zugehalten hat, der Kram war häufig meilenweit von Laura und meiner Untersuchung entfernt, und dennoch überzeugte er mich endgültig davon, daß deren Tragödie keineswegs im Alltag, im normalen Leben der Schüler ihre Wurzeln hatte. Hier wußte jeder alles über jeden, und wäre Laura in irgendeine faule Sache hineingeschlittert, so hätte alle Welt ziemlich schnell darüber Bescheid gewußt. Ich kam sogar so weit, mich zu fragen, ob das berühmte Verbrechen eines Landstreichers nicht doch theoretisch in Erwägung zu ziehen wäre.

Zbiegsky kehrte endlich mit zwei kleinen, in Tuch eingenähten Päckchen zurück und reichte sie mir.

NACH GEBRAUCH WIRFST DU SIE WEG, schrieb er mir auf das Ölpapier, das den Gartentisch vor den sich darauf türmenden Motorteilen schützen sollte. Danach haben wir eine ganze Zeitlang schweigend vor uns hin getrunken und dabei den verdunkelten Himmel angeschaut.

Und schließlich hat er erneut zu schreiben begonnen, ziemlich nachdenklich.

DU BENUTZT SIE ABER NUR ALS LETZTES MITTEL, SO WAS IST JA TROTZ ALLEM EINE VERLÄNGERUNG SEINES ARMS, DIE DER HERR MISSBILLIGT.

Ich nickte lächelnd. Der *Herr* hatte einen breiten Buckel. Da er aber alles und jedes erschaffen hat …

UND DIE BARTHOLOMÄUSNACHT? schrieb ich in aller Eile.

Er zuckte nur mit den Schultern.

Einige lauwarme Tropfen begannen gerade zu fallen, als ich mich auf den Rückweg zum Bahnhof machte.

Das Gießen hätte ich mir sparen können.

Ich war lauteren Gemüts, während ich auf dem menschenleeren Bahnsteig auf die metallisierte Bahn wartete, die mich nach Paris bringen sollte. Ich war gewappnet.

Man hatte mich angegriffen. Bei mir zu Hause. Auf meinem Terrain. Die Nachwehen davon spürte ich noch immer auf dem Körper. Der Feind hatte wirklich einen Fehler begangen … Eigentlich undenkbar. Unverhofft. Ohne den hätte ich mich nicht gerührt. Doch nun hieß es: Krieg.

Ein paar Jugendliche sind zwei Bahnhöfe weiter eingestiegen, als Bande, geharnischt mit Blousons mit bunten Ärmeln und schweren Sportlatschen. Ich war allein im Waggon, sie fingen an zu grölen, das erkannte ich an ihren vom Gebrüll starr verzerrten Gesichtern, dann begannen sie, überall herumzuspringen, auf die Sitzbänke zu trampeln, gegen die Wände und sogar gegen die Scheiben zu treten. Sie waren vollkommen angetörnt, sie brauchten allmählich was Stärkeres. Also rückten sie näher und näher an mich heran, lauerten zweifelsohne auf den Kommentar, der ihnen mit hundertprozentiger Sicherheit überhaupt nicht gefallen würde.

Doch ich habe nichts gesagt, und das aus gutem Grund. Ich stand einfach nur auf, um ihnen die Stirn zu bieten. Sie maßen mich einen Augenblick lang kichernd mit Blicken und stiegen dann wie ein Mann aus, der Zug hatte gerade in Vaucelles gehalten.

Ich sagte mir, für eine ordentliche Prügelei wären sie sicher liebend gern erst beim nächsten Halt ausgestiegen. Ich dürfte sie beeindruckt haben. Mittlerweile hatte ich eben einen gewissen Haß in mir. Und schwitzte den aus.

Ich war bereit. Das sah man.

Und das war gut so.

Die Knarre versteckte ich in einer von Charles' Tonnen, nachdem ich sie zusammen mit der Munition, ungefähr dreißig Patronen, in einem wasserdichten Beutel verschnürt hatte. Eine Automatik der *Manufacture de Tulle*, gut geölt, von einfacher Funktionsweise, eine 7,65er, das Magazin hatte eine neue und glänzende Feder, die Seriennummer war abgefeilt, wahrscheinlich eine Kriegsbeute Zbiegskys, beflissen nach einer harten Demo aufgesammelt, vor langer Zeit, als die Metaller noch Espadrilles an den Füßen und Brotbeutel voller 18er Bolzen mit sich trugen, die schweren, die Löcher in die Helme schlagen. Nein, die gute alte Zeit war das nicht. Eher eine Art Horror. Mir fiel mit einem Mal Saint-Nazaire wieder ein, im Jahr 55, wir hatten gerade das Andenken von Fernand Pelloutier, dem Ahnvater des französischen Anarcho-Syndikalisten, hochgehalten, die Polizisten waren schließlich im Hafenwasser gelandet, und wir haben auf einen Schlag 22% Lohnerhöhung erreicht.

Ich ging nach Hause, völlig erschöpft von dieser ganzen Rumwuselei.

Ich konnte mich nicht mehr auf den Beinen halten.

Und schlief vollkommen angekleidet ein, mir kam noch

der Gedanke, meine Strümpfe auszuziehen, doch das blieb bloß ein Gedanke.

*

Im Thermomètre wütete die Belote. Ich spielte mit Germanaz zusammen, und da ich überhaupt kein Blatt hatte, begnügte ich mich damit, ihn zu unterstützen. Er taktierte wie ein Gott, jeder Wink war überflüssig, ich brauchte ihm nur zu folgen. Wir sind zwar ein- oder zweimal baden gegangen, haben aber die Oberhand behalten. Bei Fünftausend sollten die Verlierer die Zeche bezahlen, die ziemlich gesalzen zu werden versprach, hatte Raymond doch beschlossen, diesmal nur mit Jack Daniels zu laufen. Von dem hatte er in einer Schwarte gelesen, der Markenname gefiel ihm, auch wenn er beim ersten Schluck mächtig die Schnauze verzogen hatte. Und da er mittlerweile verlor, begann er sich allmählich zu fragen, wie er uns nun, ohne uns zu kränken, mitteilen könnte, daß er ins Auge fasse, sich fürderhin nur noch an Badoit zu erquicken.

Und ich, ich hatte genügend Zeit, um all das zu überdenken, was ich am Vorabend gelesen hatte, diese verbale Diarrhöe von Bellaïche und seinem Kumpel, oder eher «*ré-dia bal-ver*», um deren Sprache zu gebrauchen. Sie hatten mir das Band mit wirrem Unfug jeden Kalibers vollgequatscht und sich diese freie Redezeit zunutze gemacht, um auch wirklich alles niederzumachen, ihre Siedlung, ihre Penne, Frankreich, die roten *cocos* und die *babas* der Späthippie- und Alternativszene, letztere waren nun wirklich, und aus gutem Grund, nicht in Verlan auszudrücken, die Pauker, die Juden und die Puppen. Eine saumäßig und total abgehackt von sich gegebene Abrechnung mit allem, wenn ich Marions Transkription glauben schenken durfte, die Arme hatte das Gesagte sicher ziemlich getreu wiedergegeben. Ich konnte es ihnen gar nicht verübeln, letzten

Endes hatten sie eine recht libertäre Einstellung und verdammten alles und jedes in Bausch und Bogen, unrettbar, nichts fand Gnade in ihren Augen, und vor allem nicht die frommen Sprüche über Integration, das künftige Arbeitsleben, all das eben. Am häufigsten ließen sich die beiden jedoch darüber aus, daß «sie» uns während des Algerienkriegs ja ordentlich Dresche verpaßt hätten, die «Käsegesichter» hätten damals den Arsch vollbekommen, und das wäre auch heute noch immer so, die Banlieue würde bald explodieren, und Saddam Hussein sei gar kein echter Araber, da dürfe man nichts durcheinanderbringen, der wäre nicht mal Mesopotamier, sondern ein «Maso-Hippopotamier», der Witz müßte Marion gefallen haben, die echten Araber hingegen wären diejenigen, die wie der sprichwörtliche Wurm in der Frucht seien. Und das würde uns Arschköpfen nur recht geschehen.

Mädchen, Frauen, Mütter und Großmütter galten ihnen im allgemeinen als Schlampen. Ihre eigenen selbstredend ausgenommen. So wie Bush der Große Satan war, so war auch Laura die Große Schlampe. Die Art und Weise, wie die beiden das Mädchen unablässig geißelten, verriet natürlich, daß auch sie wahnsinnig verliebt in diese hübsche Blondine waren oder gewesen waren, die sie seit der Grundschule kannten: Laura hatte die beiden niemals für etwas anderes gehalten als das, was sie nun mal waren, jedoch den Fehler begangen, ihnen andere Jungs vorzuziehen. Von den Paukern redeten sie zwar nicht als Rivalen, für die beiden dürfte es völlig undenkbar sein, daß Laura auch in die Hände von Erwachsenen hatte geraten können, doch dafür bekamen einige unter ihnen gehörig ihr Fett ab. Vuelle besonders, ein Bleiarsch nach Mohands Meinung, ein Großmaul, das viel zu viel von Rassismus und vom Kampf gegen den Rassismus rede, als daß das Ganze tatsächlich so klar in seinem Kopf sein könne. Sie sprachen überdies von einem Korsen, Raldacci, der seine Pädagogik auf verschärfte Brüllerei und Tritte in den Arsch gründete, und daß sie beschlossen hätten, sich den irgendwann zu kaufen, sie hätten ja seine Adresse, und die von Massempès, für den sie jedoch trotz allem eine gewisse Bewunderung aufbrachten, denn der halte sie wenigstens nicht für Scheiße und ließ sie sich mit persischen Gedichten beschäftigen, auch wenn sie nur die Hälfte von dem verstanden, was er ihnen erzählte, auch wenn sie ihn für einen Hosenscheißer hielten.

Aber nichts richtig Spannendes.

Beschimpfungen und Schmähungen, viele Beschimpfungen, zu viele, als daß dies irgendwelche Folgen nach sich ziehen dürfte, viel zu viele Drohungen aller Art, um nur einen Augenblick daran zu glauben, es wurde einem rasch bewußt, daß hierin für sie die einzige Möglichkeit lag, sich abzuheben und niemandem auf den Leim zu gehen. Eine Methode wie jede andere eben. Die Hartgesottenen spielen, so lange sie selbst sich noch verwundbar fanden. Sie würden schon noch auf irgendeine andere Weise vereinnahmt werden, da hatte ich vollstes Vertrauen ins System. Schon jetzt, im Lycée, muckten sie nicht allzusehr auf, waren sie doch überzeugt, so oder so gegenüber anderen Beurs in härteren Banlieues, in nicht so glänzend dastehenden Schulen, privilegiert zu sein. Für den Augenblick stießen sie sich halt die Hörner ab, sangen sich ihren ganz persönlichen kleinen Rap vor, taten so, als wären sie konstant übelster Laune, gaben sich den Anschein gefährlicher Gangster und Bandenchefs, hartgesottener und markiger Kerle.

Endlich haben wir gewonnen, mit fünfhundert Punkten Vorsprung, und Raymond hat einen Scheck rüberwachsen lassen.

Ich hingegen hatte verloren. Nicht bei der Belote, sondern bei meinem kleinen Detektivspiel. Ich stand inzwischen sogar unter Anklage, war nicht um einen Millimeter vorwärtsgekommen, bei den Briefen, die ich vielleicht noch bekommen würde, war ich mir im voraus schon sicher, daß sie mir nichts mehr bringen würden, ich war ziemlich deprimiert, weil ich an meinen Erfolg geglaubt hatte, und stinkwütend darüber, mich auf dieses kleine Bullenspiel eingelassen zu haben.

Doch ich hatte eine Spur.

Mehr als eine Spur, eine Art Verletzung. Man hatte mir die Fresse poliert, damit ich das lautere Gesicht der fröhlichen, klugen Laura vergessen sollte.

Dieser Laura, die sich nie wieder nonchalant, beinahe ermattet auf dem Gras meines kleinen Gartens ausstrecken würde.

Ich nahm Germanaz zur Seite.

*

Über ganz Paris verteilt gab es sechs offizielle Tätowierstudios. Das richtige war letztlich das dritte, das wir «besucht» haben. Fein, eine Art goldene Mitte, das Glück half mir normalerweise, zur Hälfte. Der getürkte Ausweis tat seine Wirkung, ich mußte als schweigsamer Kommissar durchgehen, gerade genug eben, um leidlich einen auf unergründliches Geheimnis zu machen, und Germanaz gab mit Freuden die Rolle des Partners, ließ dabei kräftig die Muskeln spielen, und mit seiner pausbäckigen Killervisage schüchterte er auf Anhieb ein, eine Stimmung, die was von Mäusen und Menschen hatte. Ich hatte ihm eine ungefähre Zeichnung der Tätowierung gegeben, die mein Angreifer auf der Schulter trug, dieses nachgeahmte Raubtierfell eben, und die zeigte er dann den Tätowierern und fragte, erstens, ob so was gängig sei (die beiden ersten hatten eine solche Monstrosität noch nie gemacht, da gab es also doch so was wie Berufsethos), und zweitens (wozu es beim dritten am Boulevard des Filles-du-Calvaire kam), wie wohl der unbesonnene Mensch hieße, der sich diese Verzierung hatte verpassen lassen. Der Typ erinnerte sich an etwas, das dem ähnlich sah, war aber außerstande, uns mehr dazu zu sagen, die Arbeit sei mindestens zwei Jahre her, und es sei nicht seine Art, eine Kartei zu führen, gewiß bewahre er auch ein paar Adressen auf, Scheckbelege, aber nicht immer, und in jedem Fall bringe er auf die Dauer alles durcheinander und sei nicht mehr fähig, eine bestimmte Zeichnung einem entsprechenden Patienten und dessen Namen zuzuordnen.

Ich blieb eine Weile völlig stumm, Germanaz fragte sich sogar, ob wir uns nicht besser verdrücken sollten. Da ich befürchtete, die Tätowierer könnten rebellisch werden, genauere Auskünfte verlangen, eine Antwort verweigern, ja gar den Leopardenmann schützen, der unter Umständen ein Freund, ein Bekannter, ein Mitglied derselben Bande, ein Bruder oder was weiß ich war, da diese Tätowierung mir derart scheußlich erschien, daß ich außerdem noch fürchtete, sie könne eine von der primitiven, zu Hause mit Stecknadeln zusammengestocherten Sorte sein, hatte Germanaz Order, nicht weiter zu drängen, im Falle eines Falles, sofern wir abhauen müßten, würde das dann nichts machen, wir hätten ja immerhin noch den Ansatz einer Spur.

Doch alles ging glatt, die Tätowiererei ist ein Gewerbe wie jedes andere auch, eine Mode vielleicht, und hatte diesen besonderen Ruch übler Bursche, Nuttenviertel Rue de Lappe, Fremdenlegion und der ganze Krempel, der früher so dazugehörte, schon längst verloren. Hierbei verhielt es sich wie mit den Ohrringen, die weiland nur was von Zigeunern waren, ein Erkennungszeichen, und heutzutage die Ohrläppchen eines guten Drittels aller Jungen auf dem Lycée zierten.

Nach einer Weile also zeigte ich auf einen großen Metallkasten, Stil Karteiordner, auf dem Schreibtisch des

Typs, und schrieb, weiterhin den Chefbullen mimend, der nicht einmal geruht, das Wort an den gemeinen Zivilisten zu richten, einen Namen auf einen Zettel.

Ich weiß nicht, was in dem Moment in mich gefahren ist. Eingebung, Erleuchtung, Glück, all das gehört getrost in denselben Topf, an so was glaube ich nicht sonderlich, dafür sind mir die Verflechtungen von Geschichten, Geschicken, Möglichkeiten allzu eng. Großartig viele Mysterien gibt es da nie, und wenn man genau hinsieht, sind die Dinge stets simpel.

Also schrieb ich den Namen LE DU.

Der Kerl stöberte in seinem Kasten, zog eine Karteikarte hervor, eine handgeschriebene, mit den verschiedenen Terminen, kleine mit Bleistift eingetragene Ziffern. Er dachte einen Moment nach und bestätigte kopfnickend, als hätte er gerade eben sein Gedächtnis wiedererlangt.

Milliarden von Riesenameisen kribbelten plötzlich in meinem Innern.

Noch begriff ich überhaupt nichts, und doch war mir, als ob sich plötzlich alles erhellte. Zum erstenmal riß der Himmel über meinem Haupte auf, wie die Poeten sagen. Da mußte ja auch was ganz Einfaches dahinterstecken, bislang war mir viel zu viel krauser Kram untergekommen, allein schon aus statistischen Gründen konnte das nicht andauern.

Ohne auch nur ein Wort mehr haben wir den Tätowierer seinen Nadeln überlassen, ein großer Banlieue-Rocker wartete bereits darauf, daß dieser ihm eine Ode auf seine Mama über den Muskel sticheln mochte.

Germanaz steckte ich dreihundert Kröten für gute Dienste zu.

Natürlich verabredete er sich wieder mit mir für den kommenden Dienstag, im Thermomètre.

MACH KEINEN MIST, KOMM, DIE BELOTE OHNE DICH IST WIE EIN SANDWICH OHNE SENF ODER EIN KUSS

OHNE SCHNURRBART, hat er mir auf die Rückseite zweier Metrotickets geschrieben.

*

Daraufhin bin ich ganz langsam, beinahe flanierend, den Boulevard Beaumarchais hinuntergegangen. Einmal, ohne einem brüllenden Demozug anzugehören. Ich hatte sogar Zeit, an dem winzig kleinen Square Clotilde-de-Vaux zu halten, den wir jedesmal grüßten. Die kleine Büste war nicht mehr da, übrig blieb nur noch der klägliche und leere Sockel. Irgend jemand hatte die kleine Statue gestohlen, irgend jemand, der wahrscheinlich genauso verliebt war wie Auguste Comte. Ich mochte sie, diese schwindsüchtige Dame, die ihre Reize dem Philosophen versagte, während sie ihn doch dazu antrieb, Tag um Tag *positiver* zu werden, ausgerechnet ihn, der zur Unflätigkeit neigte, wenn er an ihren Alabasterleib dachte, und sich deswegen an der Realität rächte.

Und ich überdachte dabei, was ich gefunden hatte. Den lachenden Dritten, den ich nicht kannte, der mir die Schnauze eingeschlagen hatte und noch in Rennes um den Gegenstand meiner Ermittlung wußte. Warum? Wer hatte ihn ins Bild setzen können? Jedenfalls stellte dies ein Bindeglied, eine Verbindung, ein Band zwischen Laura und ihren Lieblingslehrern, Vuelle und Fray, her, vielleicht waren da auch noch andere, allesamt Exmaos, doch wie hing das alles zusammen? Nun mußte Anne Gadot mir schleunigst und endgültig verraten, was sie wußte. Und mir wurde allmählich klar, daß sie es noch nicht getan hatte, weil sie wohl eine ganze Menge wissen mußte, was mir anzuvertrauen sie sich nicht entschließen konnte, oder vielleicht hinderte man sie ja auch daran. Anne Gadot war Komplizin oder aber in Gefahr, wer weiß. Doch was wollte man hier schützen? Und warum mußte Laura sterben?

In der Nähe des Place de la Bastille bin ich in ein großes Postamt gegangen und hockte dort schließlich eine gute Stunde vor einem Minitel, bis ich sämtliche Le Dus in Rennes, im Departement Ille-et-Vilaine und allen angrenzenden beisammenhatte. Ich notierte mir die vollständige Liste auf die Rückseite von Einlieferungsscheinen. Und dabei hatte ich hier ja nur die Aufstellung derer, die mit einem Telefonanschluß und einer frei zugänglichen Nummer ausgestattet waren. Anschließend zählte ich nach, allein in Rennes gab es schon um die fünfzig.

Keine Zeit dafür.

Ich sauste also zum Lycée und gab dem Portier zu verstehen, ich müsse so schnell wie möglich zu Casimir, ich hätte auch einen Termin. Der Freizeitpädagoge holte mich in der Eingangshalle ab und schien gar nicht überrascht, mich abermals zu sehen. Er war noch immer mit den Abzügen seiner Klassenfotos beschäftigt und führte mich in eins der oberen Stockwerke, in einen Saal mit einer eigenen Dunkelkammer, den *Club Photo*. Zwei parat stehende Vergrößerungsapparate, an einer quer durch den Raum gespannten Leine Dutzende trocknender Bilder.

Und in einer Ecke Fabienne, die Fotos sortierte. Und mich betreten und nervös anschaute.

Casimir schloß sich zunächst in der Dunkelkammer ein, um eine Klasse zu beenden, während dieser ganzen Zeit haben wir uns angestarrt, Fabienne und ich, wie sich etwas feindselig fixierende Porzellanhunde, bis sie schließlich direkt auf den Holztisch ICH MÖCHTE MICH ENTSCHULDIGEN schrieb, bis Casimir endlich wieder mit blinzelnden Augen aus seiner Höhle kam. Ich fragte ihn, ob er in seinem Archiv die Aufnahmen des letzten Jahrgangs habe und vor allem die Bilder von Lauras Klasse. Ich sah, wie Fabienne meinen Zettel gleichzeitig las und merklich zusammenzuckte. Und fügte, wahrscheinlich um sie zu beruhigen, hinzu, ich suche nach Bildern eines Studienrates mit

Namen Le Du. Casimir entsann sich, ihn fotografiert zu haben, allerdings mit einer anderen Klasse, mit Sextanern, und begann in einem riesigen Eisenschrank zu kramen, in dem ein unglaubliches Durcheinander herrschte: heillos aufeinander gestapelte Fotos und Filme, in angebrochenen Marmeladengläsern steckende Sportlatschen, widerlich verdreckte Tennisbälle, lose herumfliegende Negative, und ein ganzer Haufen Chemikalien in Flaschen, Beuteln, Dosen.

Schließlich zauberte er einen leicht eselsohrigen Abzug hervor und reichte ihn mir.

Mein Angreifer stand in der Mitte einer Bande von kleinen Bengeln, die allesamt konzentriert auf das Vögelchen warteten, das offenbar im selben Moment herausgekommen sein mußte, mit Ausnahme der drei, vier Rumblödler vom Dienst, die den Kopf in die andere Richtung drehten und dermaßen herumzappelten, daß sie dadurch völlig verschwommen waren.

Es berührte mich schon ganz komisch, diesen gefährlichen Typ da inmitten dieser ganzen unschuldigen Köpfe zu sehen, als hätten all die Bälger potentielle Opfer sein können.

Ich wußte zwar nicht, ob er mit Lauras Tod in irgendeinem Zusammenhang stand, doch es war mir klar, daß ich mir diesen Kerl da vornehmen mußte, hundertprozentig klar.

Während ich diesmal ganz offen dafür sorgte, daß Fabienne es nicht lesen konnte, schrieb ich Casimir, ich bräuchte um jeden Preis die Adresse des Typs, ich hätte nur erfahren, daß er an ein Lycée in Rennes versetzt worden sei, und die Verwaltung müsse es ja genau wissen. Casimir hat zunächst etwas gezögert, er hat meine Anspannung gespürt, hat Fabienne in die Arbeit eingespannt, so tauchte sie nun in der Dunkelkammer ab, und mich aufgefordert, mit ihm hinauszugehen.

Er führte mich zu den Büros der Schulverwaltung, Teppichboden und verhungerte Grünpflanzen in einem kleinen gesonderten Gebäudetrakt, verschwand hinter der Tür vom Sekretariat des Anstaltsleiters und kehrte zehn Minuten später mit einer Adresse zurück, der des Lycée Botherel. Ich drückte Casimir herzlich die Hand und bat ihn, als letzten Gefallen, mich noch zu dem Büro zu bringen, in dem Françoise Meyer arbeitete. Er blickte mich unter leicht schlüpfrigem Augenzwinkern an und winkte mir, ihm zu folgen.

Unterwegs begegneten wir Fabienne auf dem Flur, sie gab mir die Hand, als wollte sie mir auf Wiedersehen sagen, doch in der Innenfläche versteckte sich ein kleiner Zettel, wie für ein galantes Rendezvous.

Françoise hat sich nicht die Spur gesträubt, so etwas wie einen verwaltungstechnischen Anruf von Lycée zu Lycée, vorgeblich wegen irgendwelcher Probleme mit der Rentenversicherung, zu machen, um Le Dus Adresse in Erfahrung zu bringen.

Dieser hatte bereits im November den Dienst quittiert und das Lycée Botherel, das Nationale Unterrichtswesen und sogar die Stadt Rennes hinter sich gelassen, denn die Adresse, die er zur Weiterleitung seiner amtlichen Papiere angegeben hatte, lag in Paris, im 4. Arrondissement, Rue Saint-Paul.

Zurück zum Ausgangspunkt!

Françoise war regelrecht grün. Wirklich krank. Selbst die Sommersprossen in ihrem Gesicht waren von einer beinahe verlaufenden Blässe. Ich witterte sehr deutlich die leicht süßlichen Ausdünstungen einer unermeßlichen Verzweiflung, die der Verlassenheit, den Geruch der Waisen, den ich ein wenig kannte, diesen Geruch der auf ewig verlorenen Zeit, ein irgendwie strenges Odeur nach Scheitern, ja fast schon ein Gestank. Ich hatte große Lust, sie in meine

Arme zu nehmen, wollte versuchen, ihr zu sagen, alles wird gut, ist nicht so schlimm, der Kummer der Liebe löst sich stets in den Worten des Hasses auf. Doch ein Taubstummer wie ich kann niemandem mehr leise ins Ohr flüstern, er kann seine Stimme nicht mehr senken oder gebrochen klingen lassen, um Emotion hineinzulegen, zumindest gerade genügend Emotion, um den anderen wissen zu lassen, daß es nur Emotion und nicht etwa Liebe ist, mach nur, laß dich gehen, wein dich an meiner Schulter aus wie bei einem Vater.

So habe ich ihr denn, in aller Eile, auf eine quer auf ihrem Schreibtisch liegende Anwesenheitsliste einfach nur ein kleines Gedicht geschrieben, an das ich mich erinnerte:

WAS PFEIFT IST NICHT DER WIND
ES IST DIE TRAUER DIE VERZWEIFLUNG
SANFT WIE GEBLÄHTE SPINNAKER
UND PRÄCHTIG
LÄCHERLICH
SICHTBAR VON FERN
UND GEZEICHNET MIT DEM NAMEN DES BOOTES:
FRANÇOISE

Ich hatte lediglich den abschließenden Vornamen ausgetauscht.

Sie sah mich an, sondierte mich beinahe. Das Türkisblau ihrer Augen schien dem ganzen Gesicht nach und nach wieder Farbe zu verleihen.

Ich verließ ihr kleines Büro in dem Augenblick, als eine Horde polternder Schüler mit umgehängten Schultaschen hereinplatzte, welche von der mächtig munteren Sorte, die, weil der Pauker noch nicht da ist, die Erlaubnis einholen wollen, sich schleunigst davonzumachen.

Draußen, auf dem Trottoir gegenüber der Mickey-Bar, las ich Fabiennes kurze Botschaft.

Verzeihen Sie mir wegen allem, das wird mir eine Lehre sein. Ich bin mir sicher, daß man nie herausfindet, wer meine große Schwester ermordet hat. Da können Sie noch so lange suchen, die Stadt ist zu groß, sehen Sie, erst gestern wäre ich fast vergewaltigt worden.

Das einzige, was ich Ihnen hätte geben können, war Lauras Tagebuch, und das habe ich verbrannt. Ich habe es gelesen, da stand nichts Interessantes für Sie drin, auch wenn ich manches über sie erfahren habe. Es waren diese ganzen Liebesgeschichten, und die sollen geheim bleiben. Im übrigen wußte ja alle Welt davon, und die Details interessieren niemanden. Außerdem waren jede Menge Blätter herausgerissen, das sagt doch schon was... Im Grunde sind die Leute im Lycée ziemlich glücklich, und wenn man ein bißchen drüber nachdenkt, wird man sich bewußt, daß wir Privilegierte sind, gegenüber anderen Schulen. Und deshalb, in diesem ganzen relativen Glück versteckt sich kein Mörder. Bei uns zu Hause haben wir Lauras Sachen allesamt fortgeschmissen oder weggeben. Da bleiben nur noch unsere Erinnerungen und ein paar Fotos.

Adieu.

Rosario kam plötzlich wie's Gewitter aus dem Mickey geschossen. In dem schönen Gesicht des Banlieue-Kalabresen überschattete ein wenig Panik den ewigen Spott.

Mitten in Wind und Wetter kritzelte er ein paar Wörter auf die Rückseite einer *Libération*:

ANNE GADOT IST VERSCHWUNDEN. SIE IST NICHT ZU HAUSE. NICHT IN DER PENNE. UND DAS SEIT DREI TAGEN.

Ich überlegte einen Moment, ob ich jemanden in den Kram einweihen sollte. Er hatte mir von Anfang an geholfen, und wenn ich zumindest auf einen zählen konnte, dann doch wohl auf ihn.

DREH NICHT DURCH, WIR HABEN'S BALD GESCHAFFT, WOMÖGLICH.

JETZT NUR JA KEINE WELLEN SCHLAGEN, TU SO, ALS WÜRDEN WIR DAS GANZE SEIN LASSEN.

ERZÄHL JEDEM, DEN ES INTERESSIERT, ICH WÜRDE AUFGEBEN.

ICH WERDE DICH KONTAKTIEREN.

BLEIB IN DER NÄHE.

Er starrte mich an, als hätte der Papst ihm soeben erzählt, er habe das Gesamtwerk von Maurice Thorez gelesen. Und dann begann er zu lächeln, weil er begriffen hatte, daß ich einen bestimmten Plan im Hinterkopf haben mußte und daß dieser ganze Maskierter-Rächer-Mist endlich zu etwas führen würde.

Also ging er, fast schon die Schultern wiegend, zurück ins Mickey, und ich machte mich wieder in die Gärten auf.

Ich war mir sicher, daß es bloß eine einzige Spur gab, nämlich die von Le Du, ohne seinen Hausbesuch mit anschließender Fressepoliererei hätte ich nie etwas herausbekommen und würde immer noch knietief in der Polenta herumstampfen. Wenngleich mein Angreifer vom Gegenteil überzeugt war. Da gab es also etwas herauszufinden, zu erkennen, zu begreifen, das ich bereits hätte herausfinden, erkennen, begreifen müssen. Doch ich konnte noch so nachdenken, ich mußte es übersehen haben. Dies dahingestellt, lag diese Spur nun vor mir, und ich mußte achtgeben, sie bei der Rückverfolgung nicht zu verwischen. Und ich durfte nichts hinter mir zurücklassen. Nur verbrannte Erde. Obwohl ich diesen Ausdruck wegen seiner tatsächlichen Bedeutung haßte. Die Erde in Brand setzen, was für ein irrsinniger Horror. Und dennoch mußte ich all die Briefe, all diese kleinen Denunziationen, Beichten und Vertraulichkeiten vernichten, die nichts bringen würden, außer ihren Verfassern selbst ein paar Scherereien mit den Obrigkeiten, sollten sie je in deren dicke haarige Pranken geraten.

So traf ich eine Entscheidung, die für einen alten Anarcho wie mich ziemlich schwer zu schlucken ist.

Ich grub das Paket schwarzen Plastiks aus, in dem mein kleiner Schatz verborgen war, und sortierte unter den Bekenntnissen diejenigen aus, die entweder nichts zu bedeuten hatten oder nichts bringen würden oder die den Urheber selbst oder auch Laura nicht in ein negatives Licht rückten.

Die anderen verbrannte ich in einem Kohlenbecken, auf dem ich an Winterabenden Kaffee warm zu machen pflegte.

Meine Arbeit als Amateurdetektiv hatte hiermit ihr Ende. Darüber war ich erleichtert, diesen Scheißewühler-Quatsch, durch den ich dem Bullenvolk mehr oder minder ähnelte, mochte ich langsam überhaupt nicht mehr.

Und ich beschloß, den Rest Kommissar Gaillet zu bringen. Nicht etwa, um diesem dicken Saftsack einen Gefallen zu erweisen, sondern um auch auf dieser Seite die Trägheit eines allein und ins Leere drehenden Schwungrads zu bremsen, um eventuelle polizeiliche Verfolgungen zu beenden, um des Versuchs willen, die hinters Licht zu führen. Bei all dem, was ich jetzt zu tun hatte, durfte ich mir den großen Häuptling der Polente noch nicht zum Feind machen, man konnte nie wissen, ob und wie sich eine Sache zum Bumerang entwickelt.

Unten an der Treppe des Polizeipräsidiums von Itry geriet ich noch einmal ins Schwanken. Einen solchen Ort würde ich nun tatsächlich zum allerersten Male freiwillig, aus eigenem Antrieb betreten. Du wirst alt, Enric, sagte ich mir, du läßt nach.

Der Wachhabende hinter seinem vergilbten Schreibtisch und unter seiner Mütze, die jeden Gedanken am Verlassen des Schädels hinderte, hat den Kommissar per Telefon hinzugerufen und mir vermöge einer schönen und ausdrucksvollen Straßentheatermimik bedeutet, etwas weiter, auf einer Bank, zu warten.

Gaillet tanzte schneller an, als ich es vermutet hätte, packte mich wortlos beim Arm und zog mich mit nach draußen. Ich gab ihm meine Blätter, als würde ich gesenkten Hauptes meinen Spitzelbericht abliefern, er warf ein Auge darauf, zuckte mit den Schultern und führte mich kraft Flic'scher Gewalt zu seinem Dienstwagen.

Wir fuhren ziemlich lange herum, ohne eine Unterhaltung beginnen zu können. Gaillet wirkte düster, chauffierte nervös, schaute mich nicht einmal an. Ich muß gestehen, ich bekam langsam ein wenig Schiß, ich dachte sogar an so eine Aktion Marke Todesschwadron, und daß er mich an einen menschenleeren Ort brächte, um mich ohne jede Vorwarnung und Prozeß kaltzumachen. Er durchquerte ganz Petit-Itry, fuhr an den riesigen Einkaufszentren vorbei und hielt endlich unweit der Hängebrücke, auf einem ehemaligen Treidelpfad, gesäumt von leicht randbezirksmäßigen Lagerhäusern.

Die Seine lag unmittelbar darunter, graugrün, schmutzig, eigentlich nicht mehr wirklich flüssig, sondern eher schon teigig.

Eine ganze Weile hat Gaillet sie völlig reglos, gedankenverloren betrachtet, sich zwei Zigaretten angezündet, die eine am Filter. Dann hat er mich fixiert, sich umgedreht und vom Rücksitz eine dicke Kladde genommen.

Daraufhin begannen wir erneut mit unserem surrealistischen *Cadavre-Exquis*-Wortgeplänkel, diesen aneinandergereihten Sätzen, verbunden mit dieser Lust am Schreiben, die ich bei ihm aufkeimen spürte, vielleicht dachte er sogar, er wäre besser Schriftsteller statt Bulle geworden, ohne die Rechtschreibfehler!

«ALS ICH KLEIN WAR, HABE ICH HIER IMMER GEBADET. DA VERHÄLT ES SICH GENAUSO WIE MIT MEINEM JOB, FRÜHER WAR ALLES KLAR UND REIN. HEUTE IST ES EIN FLUSS VON KOTHAUFEN JEDER SORTE.»

«WENN MAN SICH FÜR DIE SEITE DER STÄRKEREN ENTSCHEIDET, IST DAS NORMAL, WAS DANN HINTERHER DIE SPLITTER IN DER HAUT ANGEHT ...»

«JOVILLAR, DU BRINGST MICH NICHT ZUM LACHEN. DU BIST EIN TROTTEL. EIN GEFÄHRLICHES ARSCHLOCH. OBENDREIN SETZT DU DICH AN DIE STELLE DER JUSTIZ. SO WAS IST ZIEMLICH SCHLIMM IN EINER REPUBLIK.»

«ICH HABE NUR VERSUCHT, GANZ ALLEIN ETWAS HERAUSZUFINDEN, WOZU SIE AUSSERSTANDE WAREN. UND DAS GING HALT DANEBEN.»

«DU HAST DICH FÜR WAHNSINNIG AUF DRAHT GEHALTEN, ABER DU BIST NUR EIN SCHEISSHAUFEN, JOVILLAR.»

Selbst durch diese letzte Beleidigung hindurch habe ich seine Verärgerung gespürt, ich habe irgendwie realisiert, daß Gaillet in diesem Moment beinahe auf meiner Seite stehen konnte. Ich war schlagartig beruhigt, irgend etwas tat sich da gerade. Hätte er mir das dort oben, im Château de la Polente, von Angesicht zu Angesicht mit einem Schlagstock gesagt, dann hätte es nicht dieselbe Bedeutung gehabt. Hier aber erreichte dies fast den Rang einer Beichte. Ich brauchte nur noch abzuwarten.

Was ich auch getan habe. Er zündete sich eine dritte Zigarette an. Ich ließ die Scheibe herunter, im Innern des Renault 20 sah es allmählich nach Versuchslabor des staatlichen Tabakmonopolisten SEITA aus.

«AUSSERDEM HAT ES GAR NICHTS GENUTZT.»

Ich blieb ihm eine Antwort schuldig, Gaillet hatte sich erneut in die Lektüre der Bekenntnisse gestürzt, die ich ihm mitgebracht hatte. Ich sah, wie er vor sich hingrummelte, seine Lippen bewegten sich im Takt dazu und bildeten ab und an unsichtbare Blasen. Schließlich kurbelte auch er seine Scheibe herunter, setzte die Blätter mit seinem Feuerzeug in Brand und ließ sie als zusammengerollte Fackel auf das bißchen karge Gras fallen, das am Flußufer vor sich hin siechte. Und begann wieder zu schreiben.

«DU WIRST DICH JETZT GANZ KLEIN MACHEN, JOVILLAR. ICH GLAUBE NICHT, DASS DU IRGENDWAS MIT DEM TOD DER KLEINEN ZU TUN HAST, DER GANZE KRAM DAVOR, DER GEHÖRTE IN DEN BEREICH SAGEN WIR MAL DER TAKTIK. DOCH DU WIRST DICH TROTZDEM GANZ KLEIN MACHEN.»

«WIEDER EIN REZEPT?»

«UNS IST DIE ANGELEGENHEIT ENTZOGEN WORDEN. EINE SONDERABTEILUNG ERBT DIE NUN. UNS IST STRENG UNTERSAGT, UNS DA WEITER EINZUMISCHEN.»

«DER WAHNSINNIGE LANDSTREICHER WIRD BEFÖRDERT.»

«DU LIEGST VÖLLIG FALSCH, ARMES ARSCHLOCH! DAS BEDEUTET, DASS ES DABEI UM ETWAS GEHT, DAS DIE KOMPETENZEN EINES BANLIEUE-KOMMISSARS ÜBERSTEIGT. ODER ABER DAS BEDEUTET GANZ EINFACH, DASS MAN DIE SACHE UNTER DEN TEPPICH KEHREN WILL. WIE ÜBLICH. WOHER SIE IHRE INFORMATIONEN HABEN, BLEIBT DAS GROSSE RÄTSEL. JEDENFALLS ZIEHE ICH DEN KOPF EIN. ICH HABE KEINE LUST, EHRENHALBER NACH MANTES-LA-JOLIE ODER IN EIN ANDERES KAFF VERSETZT ZU WERDEN.»

Da saßen wir also Seite an Seite und schauten dümmlich auf das gegenüberliegende Ufer, auf eine Autobahn, parzelliert von in beide Richtungen dahingleitenden Metallkisten. Und das Wärmekraftwerk, unweit davon. Ich dachte, daß trotz allem kaum einen Kilometer entfernt mein Garten liege, der mir wie eine Art Galapagos inmitten dieses mauergrauen Universums erschien. Ich dachte auch, ich müßte die Partie gewieft spielen. Gaillet hatte mich doch nicht in diese bukolischen Gefilde gebracht, nur um mir den Rat zu geben, mich zu ducken, ein Rat im übrigen, den er mir, seit wir Bekanntschaft geschlossen haben, doch ständig auf handfestere, wie auch auf weniger literarische Art und Weise gegeben hat. Ich sprang also ins kalte Wasser und beruhigte mich gleichzeitig, mir drohe dabei wohl weniger die Cholera, als wenn ich mich tatsächlich in die vor uns fließende Brühe stürzen würde.

«WENN SIE MEINEN, ICH SOLLE MICH GANZ KLEIN MACHEN, DANN WOLLEN SIE MIR DAMIT DOCH BEIBRINGEN, DASS SIE, WAS IMMER AUCH PASSIERT, AUS DER SACHE RAUSBLEIBEN MÖCHTEN.»

«DU SAGST ES, WASSERKOPF. FALLS DU IRGEND ETWAS HERAUSGEFUNDEN HAST, WILL ICH ES GAR NICHT MEHR WISSEN.»

«WARUM GLAUBEN SIE, ICH HÄTTE WAS HERAUSGEFUNDEN?»

«WEIL DU DAS HAST. WEIL DU AM FISCHEN BIST. EIN ANARCHO WIE DU MACHT NIE DEN ERSTEN SCHRITT. DER GEHT NICHT ZU DEN FLICS.»

«SIE KÖNNTEN MICH DOCH ZWINGEN, IHNEN ALLES PREISZUGEBEN, WAS ICH WEISS, SOFERN ICH ÜBERHAUPT IRGENDWAS WEISS.»

«WOZU? UM DIE NASE AUSGERECHNET DORT REINZUSTECKEN, WO ICH SIE AUF KEINEN FALL MEHR REINSTECKEN SOLL?»

«GEHORSAM IST WAS SCHÖNES.»

«LASS DICH DOCH INS KNIE FICKEN, JOVILLAR. IN JEDEM FALL STECKST DU VOLL IM SCHLAMASSEL, WENN DU WEITERHIN BLÖDSINN MACHST. DIE ‹COW-

BOYS› WISSEN NICHT ALLZU VIEL ÜBER DICH, DOCH DIE WERDEN IHREN RÜCKSTAND SCHNELL AUFHOLEN, VOR ALLEM, WENN MAN SIE DEINETWEGEN AUF DIESE SACHE ANGESETZT HAT. WAS MIR ALS EINE DER EINZIGEN PLAUSIBLEN ERKLÄRUNGEN FÜR DIESEN GANZEN MIST ERSCHEINT. ENTWEDER GEHT ES HIER UM KOHLE, UM VIEL KOHLE, ODER UM IRGENDWAS POLITISCHES.»

Oder um beides.

«SOLLTE LAURA IN SO WAS VERWICKELT GEWESEN SEIN?»

«WILL ICH GAR NICHT WISSEN. ICH WERDE ES JA ERFAHREN, WENN DU VOLL EINS IN DIE SCHNAUZE BEKOMMST. UND DAS GESCHIEHT DIR DANN RECHT.»

Ich hatte kaum noch Zeit, seine letzte Tirade zu lesen, da riß Gaillet mir das Heft auch schon aus den Händen, rupfte die drei, vier geschwärzten Seiten heraus und steckte diese sogleich in Brand, da öffnete er mir auch schon die Tür, um mir zu bedeuten, die Unterredung sei nun beendet und ich solle zusehen, wie ich zu Fuß nach Hause käme.

Doch so ganz stimmte das nicht. Wie in einem guten Western, wenn die beiden Kuhhirten aus dem Saloon kommen, um sich im Pferch ordentlich aufs Maul zu kloppen, stieg er ebenfalls aus, legte sein Jackett ab und malte dann mit dem Finger in den Staub auf der Motorhaube:

DU HAST MICH BELEIDIGT.

Klar, völlig normal. Daß ein Flic sich von einem Anarchisten gedemütigt fühlt, ist nur menschlich. Auch ich zog die Jacke aus, während ich mich umschaute, ob uns irgend jemand sehen konnte. Niemand, nur etwas weiter weg dahinbrausende Karren.

Ich würde also ein weiteres Mal meine Dresche bekommen, sozusagen als Abschiedsgeschenk.

Das war besser als jede Anklage.

Gaillet sah mich an, hob einfältig die Fäuste wie ein ungeschickter Boxer. Es wurde langsam grotesk.

Und dann hat er aufgeseufzt, sein Jackett wieder übergestreift und sich zurück in seine Kiste gesetzt.

Ein weiteres Mal schien ich mehr Angst einzuflößen als vorhergesehen.

Ich schaute dem R 20 nach, wie er über den Schotter hoppelte, auf eine schmale geteerte Auffahrt bog und sich weiter oben wieder in die Avenue einfädelte. In jedem Fall hatte ich jetzt meine Belobigung, meinen Sonderurlaub, gewissermaßen einen Paß. Dieses ganz bestimmte Gefühl hatte ich schon einmal erlebt, nämlich als ich die französische Staatsbürgerschaft erhalten hatte.

*

Die Kartoffeln wachsen. Ich muß so langsam die Jutesäcke aus der Hütte holen und sie sorgfältig auswaschen.

Die kleinen Sträuße grüner, schön glänzender, auf ihren Erdhäufchen sauber aufgereihter Blätter haben mich beinahe zum Lächeln gebracht, haben das bange Pochen, das ständig in mir dröhnt, beinahe verlangsamt.

An diesem Morgen hat die Waffel prophezeit: «Der Wind erhebt sich».

Wer weiß, wie das aufzufassen ist.

Der Wind hat sich bereits erhoben, ein kräftiger innerer Mistral. Vom «Autan» verweht, wie man in Toulouse sagt, in Anspielung auf den typischen Südostwind und den Film *Autant en emporte le vent… Vom Winde verweht.* Tief in mir hatte ich bereits das Großsegel gehißt, und die Füße fest im Mutterboden, breitbeinig über meinen Kartoffelreihen stehend, spürte ich, wie ich Fahrt aufnahm, mit Rükkenwind, und in einer unbezwingbaren Bewegung reglos mit fortgerissen wurde.

Das *Village Saint-Paul* ist so ein Getto für Reiche, ein mächtiger Block sich hinter der Rue Saint-Antoine duckender Häuser, mit einem Haufen kleiner Innenhöfe, mit Bäumen, Blumen, schmucken Läden voller Gegenstände an der Grenze zur Geschmacklosigkeit und zu derart astronomischen Preisen, daß sie die Brieftaschen direkt in die Umlaufbahn befördern. Le Dus Adresse entsprach einer derjenigen, die am wenigsten hermachten in dieser Ecke, nämlich einem Kramlädchen, das Sammlerpostkarten anbot und mit alten Zeitungen sowie Dinky-Toys-Blechspielzeug vollgestopft war, ausgestellt in der zweifelhaften Vitrine, auf Holzbrettern, notdürftig zusammengeschusterten Stellagen. Dieser Kleinhandel wirkte eher wie eine Tarnung als wie sonst irgendwas. Im Augenblick war niemand da, der leicht mottenzerfressene Vorhang an der Tür zugezogen, und eine herrliche hellgraue Katze äugte durch das Schaufenster.

Im Innenhof des *Village* findet sich ein kleiner Platz mit einer einzigen Bank, einem einzigen Baum und einem einzigen Mäuerchen drum herum. Diesen winzigen Platz kenne ich in- und auswendig, obwohl ich ihn heute zum ersten Mal betreten habe. Weil ich nämlich schon zwei Stunden hier bin und auf der Bank sitzend die verschlossene Tür des kleinen Geschäfts und die einherschlendernden Spaziergänger belauere, Leute von der Sorte müßiggehende Bourgeois auf der Suche nach *der* Scheußlichkeit, die sie ins traute Heim im ach so noblen Val de Chevreuse schleppen könnten.

In meiner Tasche steckt meine Lieblingsgartenschere, die *Wolf*.

Mittlerweile ging es mir nicht mehr darum, mich mit dem Tätowierten zu prügeln, ich wollte ihm Schiß einjagen und alles tun, damit er ein bißchen plauderte. Und ich wußte auch, wie, das hatte ich in meiner langen Jugendzeit gelernt, dafür brauchte es ein wenig Rumgeschubse, etwas Methode und dazu noch einen Schuß Überredungskunst.

Das Schießeisen hatte ich nicht mitgenommen, solange ich nicht wußte, wo ich da reingeraten würde, sollte es schön kühl in seinem Regenfaß bleiben.

Ein tief ins Gesicht gezogenes Béret und dunkle Brille. In meiner Tasche zudem noch eine offenbar sehr seltene Postkarte, die ich bei einem seiner Fachgenossen in der Rue de Turenne für hundert Mäuse erstanden hatte. Und ein paar im voraus beschriebene Zettel, um das Gespräch in Gang zu bringen ...

Als ich den Kerl endlich ankommen sah, war es schon beinahe Mittag und ich ganz steif, er mußte eine große Pappschachtel auf dem Boden abstellen, um sein Geschäft aufschließen zu können. Meine Hände begannen leicht zu zittern, doch ich beruhigte mich wieder, indem ich tief durchatmete und mir einredete, daß ich auch früher, in meiner Jugend, wenn man mir da die Fresse eingeschlagen hatte, so was nie ungeahndet gelassen habe. Auch auf die Gefahr hin, wie es zwei-, dreimal passiert war, noch einmal kräftig eins aufs Maul zu bekommen. Ich ließ ihn zunächst hineingehen und sich einrichten.

Auf meiner kleinen Bank zog ich ein letztes Mal Bilanz, um jede Unschlüssigkeit zu vertreiben. Le Du war meine allerletzte Spur. Außerdem poliert man einem Alten keineswegs für nichts und wieder nichts die Visage. Und gibt eine Paukerstelle nicht so ohne weiteres auf, nur um einen dermaßen jämmerlichen Laden wie den hier zu führen. Und außerdem war da noch ein totes Mädchen, noch nicht sehr weit weg, in den Limbi.

Ich stand auf, um mich herum strahlten die erst unlängst neu verputzten Fassaden in kitschigem Weiß. Einige Geranien schleimten an den Fenstern. Ich atmete noch einmal kräftig ein und ging, *breiz atao* – Stets lebe die Bretagne! –, auf den teuren Le Du zu.

Er stand hinter einer Art hoher Holztheke und sortierte gerade Postkarten in irgendwelche mit Schildchen beklebten Schubfächer aus Karton. Er warf mir einen Blick zu, ich grüßte ihn mit einem Kopfnicken, es war schon ein ganz komisches Gefühl, diesen Mann ohne Treu und Moral wiederzusehen. Doch er hat mich nicht erkannt, das Béret verbarg mein halbes Gesicht, in seinen Augen war ich anscheinend der typische Spinner, der *die* alte Postkarte von Vierzon sucht, nämlich die, auf der man den Zug noch mitten durch die Stadt fahren sieht.

Ich habe meine Rarität ihm gegenüber auf den Tresen gelegt. Und als Le Du danach greifen wollte, um sie genauer anzuschauen, fixierte ich ihm das rechte Handgelenk mit meiner Linken, zog es zu mir heran und hatte noch genug Zeit, ihm den Daumen zwischen die beiden geöffneten Klingen meiner Gartenschere zu stecken. Er blickte mich baß erstaunt an. In dieser Position konnte Le Du gar nichts machen. Nun ja, er konnte schon alles Mögliche machen, nur halt mit einem Daumen weniger.

Er versuchte, zurückzuweichen, seinen Arm und seine Hand wegzuziehen, ich drückte die Gartenschere leicht zusammen, und er beruhigte sich schlagartig. Er begann sogar zu lächeln, eigenartigerweise, ich spürte, daß er ganz und gar nicht beeindruckt war und sein Verstand vielmehr auf Hochtouren lief, um einen Weg zu finden, wie er sich aus der Affäre ziehen konnte.

Also holte ich mit meiner linken Hand meine Zettelchen aus der Tasche, legte sie auf seine Theke, ordnete sie und zeigte ihm das erste:

DAS HIER IST EINE WOLF-GARTENSCHERE, MIT DREIDREHGELENK-TECHNIK, SO WAS SCHNEIDET APFELBAUMÄSTE VON 5 CM DURCHMESSER GLATT DURCH.

Le Du hat mich lange gemustert, ich wußte nicht, ob er

mich wiedererkannte, doch er rührte sich überhaupt nicht mehr, starrte nur noch auf seinen in Höhe des Gelenks eingeklemmten Daumen und warf mehrere Male einen raschen Blick nach draußen, um nachzusehen, ob sich nicht jemand näherte, ein möglicher Gliedmaßenretter, ein leibhaftiger Gong auf zwei Beinen.

Die Masche mit der Gartenschere, die haben wir schon vor langer Zeit praktiziert, so was beeindruckt weit mehr als das Messer oder die Rasierklinge, vielleicht, weil ein gewisser Zusammenhang zwischen Ast und Finger besteht, da beide so zerbrechlich sind, ganz abgesehen vom Klicken des Geräts selbst, ich weiß nicht.

Doch man muß realistisch bleiben. Diese läppische Drohung würde ihn sicher nicht zum lebenden Bettvorleger machen.

Also habe ich in mir die große Leere geschaffen, die Zähne zusammengebissen und mit all meiner Kraft den Daumen sauber abgetrennt.

Während dieser halben Sekunde, in der er ungläubig, bevor noch der Schmerz einsetzte, diesen kleinen Zipfel von selbst auf den Tresen fallen sah, und das Blut stoßweise, in kleinen Strömen herausspritzte, ohrfeigte ich ihn und nahm seinen Zeigefinger zwischen die beiden Klingen.

Le Du brüllte auf, ich sah seinen verkrampften, halb geöffneten Mund und seine jählings kreideweiße Haut.

Ich legte ihm einen weiteren Zettel vor.

SCHNELL.

Und noch einen.

WARUM? WER?

Gleichzeitig zückte ich einen Kugelschreiber und knallte ihn auf die Theke. Der Typ versuchte seine Hand wegzuziehen, ich erhöhte abermals den Druck auf die Griffe der Gartenschere. Le Du verzog das Gesicht, vielleicht hat er wieder geschrien oder gewimmert, ich werde es nie erfahren.

Doch er hat sich mit übermenschlicher Anstrengung zusammengerissen und es trotz zitternder Hand geschafft, direkt auf die Theke zu schreiben: ICH MUSSTE IHNEN ANGST MACHEN.

Ich legte ihm mein vorletztes Liebesbriefchen, die Liste von Lauras Paukern der letzten zwei Jahre, unter die Nase.

Le Du sah sich die Liste an, dachte nach, schüttelte verneinend den Kopf.

Bleich wie ein Toter. Wenn das so weiterginge, würden wir beide ohnmächtig werden.

Ich machte Miene, ihm auch noch den Zeigefinger mit einem Schnitt abzutrennen, indem ich erneut die Scherengriffe zudrückte.

Sein ganzer Körper hat sich aufgebäumt, ich spürte in ihm einen übermächtigen Schauder, er sperrte sich regelrecht gegen das Geräusch, das folgen würde, gegen dieses merkwürdige Gefühl, zunächst überhaupt nichts zu spüren, diese Betäubung des Schmerzes, die beinahe schlimmer als der Schmerz selbst ist. Ich seufzte, wie wenn ich noch haderte, zur Tat zu schreiten, aber es mußte ja sein.

Und dann kreiste Le Du zwei Namen auf der Liste ein.

Fray, Vuelle.

Beinahe hätte ich innerlich aufgeheult. Jetzt war es so weit, endlich hatte ich etwas in der Hand. Das Warum und das Wie würde ich an diesem Tag nicht erfahren, das wußte ich genau, ich hatte nicht die Mittel und Möglichkeiten, einen Typ mit Nachdruck zu verhören, ich konnte ja weder sprechen noch hören. Ich war jedoch hergekommen, um eins herauszufinden, um in Erfahrung zu bringen, ob ich auf dem rechten Weg war, ob ich zwei Fingerbreit, wenn ich so sagen darf, von irgendeiner Wahrheit entfernt war. Und im gegebenen Fall wußte ich, daß Le Du nicht log, das spürte man, ich bebte synchron mit ihm.

Er begann nun, auf das bereits in Blut schwimmende Papier zu kritzeln. Seine rechte Hand zitterte dermaßen, daß man unweigerlich an eine Kinderschrift oder die von Greisen denken mußte.

DAS MIT LAURA WAR ICH NICHT.

Ich hatte bislang doch gar nicht von Laura gesprochen. Er hat damit angefangen. Und er hatte lediglich eine Liste mit Namen von Paukern vor Augen. Nun packte er alles aus, zwar noch nicht den Namen des Mörders, aber es war endlich so weit, er befreite sich von einer für ihn selbst etwas zu schweren Last. Das genügte mir, ich war bereit, ihm zu glauben.

Ich legte den Zettel mit einem «WER?» zurück.

Er atmete zusehends schneller. Er würde bewußtlos werden oder irgendwas in der Art. Er knurrte auf, wurde ganz weiß, als würde er von oben nach unten leer laufen.

Und dann ist er wie ein Sack umgefallen. Ich hatte gerade noch Zeit, die Klingen der Gartenschere zu öffnen.

Ich brachte ihn in die richtige Lage, den Kopf schön flach auf den Boden, und wickelte einen herumliegenden Lappen fest um die Wunde des abgetrennten Daumens.

Dann nahm ich meinen Kugelschreiber und schrieb auf die Rückseite einer Postkarte:

ICH HABE SIE NUR DANK EINES *EFFIZIENTEN* NETZES VON BEZIEHUNGEN AUFGESPÜRT. ALSO, KEIN WORT DARÜBER. NICHT EINS. MICH GIBT ES GAR NICHT.

Ich ging rückwärts hinaus, ließ die Ladentür sperrangelweit offen und gelangte beinahe im Krebsgang in die Rue Saint-Paul. Danach rannte ich fast, mit heißem Kopf, bis zur Metrostation Sully-Morand, in der Nähe des Ausgangs, auf einer Freifläche vor dem «Arsenal», stand ein Zirkus. *Le Fils de Zavatta*. Ich für mein Teil wußte nicht mehr, wessen Sohn ich eigentlich war, ich hatte nach und nach sogar vergessen, wie meine armen Eltern überhaupt aussehen könnten, erinnerte mich nur noch einer gewissen Nervosität, die von ihnen ausging, ihre Verdammnis war groß genug gewesen, um ihre Kinder im Gebirge zurück- und sich für die strahlende und sozialistische Zukunft des republikanischen Spaniens abmurksen zu lassen.

Ich wußte zwar noch nicht, was ich da aufgerührt hatte, doch ich mußte nun sehr vorsichtig sein. Entweder hatte Le Du sich sofort aufs Telefon gestürzt und alle Welt gewarnt, oder aber er würde schweigen und zunächst abwarten, was nun passieren würde. Doch das schien mir nicht unbedingt wahrscheinlich, auch wenn er für seine Kumpel die Suppe hatte auslöffeln müssen. Er hatte erst mal sozusagen dem Dringendsten abhelfen, also der Gartenschere entrinnen wollen. Entweder blutete er nun in aller Ruhe aus …

Und was mich anging, so mußte ich mich einstweilen sehr vorsehen. Schon binnen einer Stunde würde die Gefahr überall lauern, uneingeschränkt, ständig, da war ich mir sicher.

Auf dem Treppenabsatz, gegenüber meiner Wohnungstür, hockte Rosario und wartete seiner Meinung nach schon mindestens zwei Stunden auf mich. Er hatte mich den ganzen Tag über gesucht und war seit dem Morgen andauernd zwischen Mickey, Kleingärten und Rue de l'Insurrection hin- und hergelaufen. Er reichte mir eine kurze Botschaft, die er am Vorabend erhalten hatte. Es handelte sich um einen kleinen Brief von Anne Gadot.

Mein Herz begann in meiner Brust zu rasen wie eine irre Katze.

Roro,
such mich nicht, ich werde bald zurückkommen.

Theoretisch bin ich momentan bei einer Freundin und büffele fürs Abi. Wenn du mich nur ein bißchen liebst, dann mußt du dem alten bekloppten Stocktauben sagen, er soll unbedingt aufhören herumzuschnüffeln und sich verdrücken. Falls er sich weigert, halt dich absolut fern von ihm.

Anne.

Rosario riß mir den Brief in heller Panik aus den Händen und schrieb darunter: HÖR MIT ALLEM AUF. Ich hatte nicht das Herz, ihn zu fragen, ob er um mich Angst habe oder eben nur wolle, daß Anne, sein Schatz, wieder zurückkehre, ob er nun um meine Gesundheit fürchte oder mich bereits als ein Hindernis für eine mögliche Liebesbeziehung mit der kleinen Gadot betrachte…

Ich nahm ihn mit in meine Wohnung, setzte ihn beinahe mit Gewalt auf einen Stuhl an meinem Eßtisch und drückte ihm eine Dose Bier in die Hand. Dann gab ich ihm zu verstehen, er solle einen Augenblick warten, ich hätte ihm ein paar Dinge zu sagen, er war nervös wie eine Meerkatze, würde jeden Moment seine Krallen überall hineinschlagen.

Ich setzte mich ihm gegenüber.

ICH HÖRE AUF… HAT DAS MIT IHR GEKLAPPT? schrieb ich.

Er hat beiläufig mit den Schultern gezuckt, argwöhnisch, so in der Art: Das geht dich nichts an.

BLÖDEL NICHT RUM, ROSARIO, ICH MEIN'S ERNST.

Mit der Hand deutete er mir an, die Sache sei so lala, noch nicht unbedingt geritzt, schwierig, halb in der Mache, ich weiß nicht so recht.

DU WEISST DOCH WAS.

Er hat sich nicht gemuckst. Ich hatte extra kein Fragezeichen dahintergesetzt, daher konnte es sowohl eine Frage, als auch eine Feststellung sein.

ES GIBT EINEN ANDEREN KERL, fuhr ich fort, mit derselben Taktik.

Keine Antwort, Rosario blieb wie versteinert und dennoch weiterhin nervös, ebenso unglücklich wie ratlos, ich dachte mir, er müsse bei der Suche nach seiner Dulzinea auf etwas gestoßen sein, das ihm schwer zusetzte. Vielleicht war es ja nur eine simple Geschichte um Eifersucht, doch da gab es nun Annes Brief, der alles verkomplizierte. Er redete noch immer nicht, es war schwer zu ertragen, ich hatte zum allerersten Male das Gefühl, einen Taubstummen vor mir zu haben.

EIN ERWACHSENER?

EIN PAUKER? setzte ich noch dazu, was anderes konnte es nicht sein ...

Er hat den Kopf leicht bewegt. So, jetzt war es raus.

WER? drang ich weiter.

Er hat sich wie ein Irrer auf das Papier gestürzt, ungestüm ein paar Wörter hingeworfen und ist dann völlig außer sich abgehauen. Ich spürte noch, wie die Tür zuknallte, während ich bereits las, was er in großen Buchstaben auf den Zettel geschrieben hatte.

DAS WEISS ICH NICHT, VERDAMMTE SCHEISSE, WENN ICH WÜSSTE, WER'S IST, WÜRDE ICH DIESEN ARSCHFICKER MASSAKRIEREN.

Viel weiter war ich deswegen noch nicht. Für Rosario war das Ganze eine verzwickte Liebesgeschichte, bei der er überhaupt nichts kapierte. Für mich war es relativ klar: Anne mußte irgendwas über Laura wissen, etwas, das diese ihr gesagt oder anvertraut haben dürfte, nun schüttelte ich gerade an der Kokospalme, und schon würde man sich mit mir befassen. Anne dürfte manipuliert sein, ich wußte noch nicht so recht, wie, noch warum, noch durch wen. Auch sie war womöglich in Gefahr, wer weiß.

Rosario hat sich jedenfalls wie eine Rakete auf die Jagd nach seiner Mieze gemacht.

Ich schaute mich in meinen drei Zimmern um, diese armselige, zur banalen Gewöhnlichkeit geronnene und von dreißig Jahren meiner Einsamkeit durchtränkte Wohnung benötigte einen kleinen Schlag Jugendlichkeit, ein wenig

Dramatik, und ich betrachtete sie eingehend wie einen von nun an fremden Gegenstand. Ich nahm meine Blechdose zur Hand, die oberste Waffel meinte «Genug der Lügen», ich legte sie an dieselbe Stelle zurück und schloß nachdenklich wieder den Deckel, nun war Schluß mit dieser ganzen schwachsinnigen Wahrsagerei, meine Zukunft war vorhersehbar, Schmerz, Unglück, recht moderne, recht aktuelle Begriffe eben ... Und dennoch, im Vergleich zu Beirut ... zu Bamako ... oder zu Soweto ... Diese Wohnung hier würde ich nun zum letzten Male sehen, das ahnte ich voraus, noch so ein Geruch, den Waisen kennen, diesen überaus charakteristischen Gestank des Abschieds, des Verlassens.

In aller Eile zog ich meine dunkelbraune Jacke an, die, mit der ich im Winter immer umgrabe, setzte eine blau-weiß-gestreifte Matrosenmütze auf und zog meine hohen, mit Walfett eingeschmierten Jagdschuhe an, in denen ich am besten gehe. Derart ausstaffiert könnte ich leicht für einen dieser Wanderer im Seniorenalter gehalten werden, die losziehen, um sich eine beschwerliche Wochenendtour im Wald von Fontainebleau zu gönnen.

Dann steckte ich mir einen Nylonstrumpf in die Tasche, mit einem Schlüsselbund im Fußteil eine furchtbare Waffe. Früher, bei den Demos, da taten wir Stahlkugeln rein und hatten somit einen elastischen und gefährlich umherwirbelnden Totschläger, der den Gegner schwerst beeindruckte.

Ich nahm meine Papiere, mein Scheckheft, Kohle für den Notfall.

Als ich die Tür hinter mir zuschlagen ließ, kam mir der Schloßriegel wie ein Fallbeil vor.

*

Drei Tage und drei Nächte habe ich mich in den Gärten verborgen gehalten. Tagsüber war ich unbesorgt, ziemlich entspannt, zwar ständig auf der Hut, aber da waren ja Leute überall, die sich in ihren Gemüsebeeten eifrig zu schaffen machten, schließlich war nun die Zeit, in der es tüchtig zulangen hieß, das Gemüse wartet nicht. Mein Stück war untadelig, wohl bestellt, schön grün und in Blüte, alles wuchs einwandfrei, ich freute mich, selbst Marcelle schien voller Bewunderung. Ich habe sie gebeten, einen Teil meines Krempels in der Hütte neben ihrer, in der von Charles zu verstauen, nur für circa vierzehn Tage, ich hätte nicht sonderlich viel Platz, meinte ich und schützte vor, wegen der laufenden Untersuchung hätten die Flics mich angewiesen, weder in meiner noch in Totos Hütte irgend etwas anzufassen. Sie hat ein wenig gestutzt, so etwas ist in den Statuten nicht vorgesehen, und alles, was über das gut geölte, gemütliche Alltagsallerlei hinausging, bekümmerte sie ungemein, in ihrer Eigenschaft als natürliche Verantwortliche der Arbeiterkleingärten dieser Gegend, doch sie willigte letztlich ein, beide Augen angesichts dieser Regelwidrigkeit zuzudrücken. Der Vorteil war, daß Marcelle nie hier schlief, schließlich mußte sie sich abends mit ihrem Mann befassen, ihn gar vom Bistro nach Hause schaffen, vom Weinfaß in die Falle rollen, somit konnte sie gar nicht drauf kommen, daß ich mich nachts in der Hütte neben ihrer aufhielt, mit großen Augen in die Dunkelheit starrte und krampfhaft versuchte zu erkennen, ob sich weiter weg, um meine Parzelle herum, irgend etwas rührte.

Und während zweier Nächte habe ich nichts gesehen, zwei Nächte beklemmenden Wachens, den Revolver in Reichweite, ich hatte das Gefühl, ein Einhandsegler zu sein, ich schlief manchmal, halbstündig, neben der Öffnung sitzend, die als Fenster diente, ein einfacher Bilderrahmen, eingelassen in ein direkt aus der Metallwand herausgeschnittenes Rechteck, mit einem staubigen Vorhang schräg davor.

Zum Glück stand da ein falscher Jasmin in voller Blüte und erfüllte meine schlaflosen Nächte balsamisch mit seinem Wohlgeruch.

Am Morgen dann, wenn genug Leute beim Graben, Rechen und Harken waren, versuchte ich, den Schlafmangel wieder wettzumachen.

Ich war beruhigt, weil sich bislang noch nichts getan hatte, Le Du hatte sich sehr wahrscheinlich totgestellt, seine Wunden versorgt oder einen plötzlichen Urlaub in der Bretagne angetreten, und gleichzeitig fand ich es ziemlich beschissen, daß das Ganze so enden könnte.

Ich befand mich in einem Zustand stiller Raserei. Ich brannte darauf, mich zu schlagen, und spürte, daß es, was mich anging, unvermeidlicherweise zur Gewalt kommen mußte, ich hatte die Feindseligkeiten blindlings eröffnet, aber nur wenig Vorsprung vor dem Feind, ich wußte, die ganze Sache würde mich bald überrollen. Mir ging es wie dem Aktivisten in einer Demo. Ein einziger verantwortungsloser Hitzkopf kann eine etwas streitsüchtige Ansammlung zur allgemeinen Prügelei ausarten lassen, mitsamt massiv hochgehenden Tränengasgranaten, polizeilichen Amtsmißbräuchen und dem fein choreographierten Ballett der Krankenwagen mit ihren wie irre blinkenden Signallichtern. Meine morgendlichen Waffeln hatte ich nicht mehr, um mich in irgendeiner Vorstellung zu bestärken. Sonderbarerweise fehlte mir diese kleine, etwas blöde Gewohnheit schmerzlich, ich konnte mich nicht mehr an den Spott klammern, alles schien mir so bedeutend, ernst, lebenswichtig zu werden.

Sie sind schließlich in der dritten Nacht gekommen, gegen fünf Uhr morgens, zu der Stunde, in der man gern einschlummert, in der die Alten, nach der unumgänglichen Schlaflosigkeit, endlich etwas Ruhe finden. Der richtige Zeitpunkt, um jemanden zu überrumpeln. Die Nacht war ziemlich klar, zwar mondlos, aber auch unbewölkt, und ich konnte die Schemen gut erkennen, es waren zwei, sie schlichen auf den Wegen zu beiden Seiten meiner Hütte vorwärts. Der vor lauter Sternen milchige Himmel spendete ausreichend Licht, doch die Gestalten selbst erkannte ich trotzdem nicht. Es konnten genauso gut Flics sein. Wenngleich zu dieser Stunde…

Ich umklammerte krampfhaft die Pistole, ich hatte große Lust, ohne Vorwarnung einfach mitten rein zu feuern, derart auf 180 und erschöpft wie ich war, von der Angst des Wartens zermürbt, von der Leere um mich herum ausgelaugt.

An meiner Hütte angelangt, schrumpften die Schatten mit einemmal. Die suchten mich nicht, die waren wegen etwas anderem hier. Sie bewegten sich nicht mehr, einer der Schatten war neben der Tür in die Hocke gegangen. Ich nahm zwei oder drei kurze Funken wahr, ein Feuerzeug, das betätigt wird. Halb von den massigen Körpern verdeckt, flackerte dann ein zarter Lichtschein im Dunkeln auf.

Natürlich, mir wurde klar, daß sie ganz einfach im Begriff waren, die Hütte in Brand zu stecken oder irgend etwas in der Art. Falls ich mich nicht rührte, würde der beste Teil meiner selbst in Rauch aufgehen, dann wäre es um meinen Garten geschehen, niemand hier würde mir verzeihen, was man als Folge meiner Nachlässigkeit auffassen würde.

Ich verließ also mein Versteck, rückte ganz behutsam vor. Unter meinen Füßen knackte es ein wenig, sehr wahrscheinlich zertrampelte ich gerade Marcelles Salat. Pech halt. Plötzlich stieß mein Fuß gegen einen härteren Gegenstand, ich bückte mich, ein Blumentopf.

Ich ging in die Knie, packte den Topf und schleuderte ihn, die Pistole im Anschlag, mit ganzer Kraft in ihre Richtung. Der Tontopf zerschellte an der Hütte, über ihren Köpfen. Das Ganze hat sich in nicht einmal einer Sekunde abgespielt, der eine hat einen Satz nach hinten gemacht, und ein weißes Aufleuchten erhellte plötzlich meinen ganzen Garten, wahrscheinlich ein Molotowcocktail, der soeben explodiert war, trotz allem konnte ich einen der Schemen davonlaufen, mitten in die Tomaten von Väterchen Laurent stürzen, sich aufrappeln und wieder weiter in die Dunkelheit rennen sehen, doch ich sah vor allem den anderen, der sich mit brennendem Arm auf eines der Regenfässer stürzte, um seinen zur Fackel gewordenen Ärmel hineinzutauchen, doch das Petroleum entzündete sich abermals, die Haare fingen durch sprühenden Funkenflug Feuer. Er warf sich zu Boden, ich erreichte ihn, als er die Flammen gerade erstickt hatte, doch seine Lippen bewegten sich, offenbar wimmerte er, die Hände vor die Augen gepreßt. Die obere Gesichtspartie war rußgeschwärzt, sein Haar schien von braunen Löchern übersät, ich erkannte ihn trotz seiner Verletzungen wieder, es war der junge Typ, der mich zusammen mit Le Du zu Hause besucht hat, um mir eine Lektion zu erteilen.

Ich ließ ihn einfach liegen und lief in die Nacht, nahm die Verfolgung des anderen Angreifers auf.

Etwas weiter in der Straße hörte ich ein Auto anfahren.

Kaum hatte ich das Ende der Avenue, die unsere Gärten säumt, erreicht, da drehte ich mich auch schon um und erkundete die Nacht, sondierte das Halbdunkel, weil ich irgend etwas witterte. Ich glaubte, in der Ferne blaue, sporadisch aufblitzende Lichter zu sehen. Das konnten auch die Scheinwerfer der Karren auf dem Périphérique sein.

Am Horizont, hinter den Schornsteinen des Wärmekraftwerks, zeigte sich bereits etwas fahles Licht und milderte die Schatten ab.

Ich durchquerte Itry zu Fuß, in Richtung Lycée.

Es war Samstag, also nur morgens Unterricht, das wußte ich ja, und ich mußte Fray oder Vuelle unbedingt keilen, bevor die Neuigkeiten dort oben ankämen, bevor die Gartenopis noch die Obrigkeiten benachrichtigen würden, bevor eben ... Und ich wußte noch immer nicht, aus welchem Grund, doch es mußte so sein.

Sonst mußte ich die Adressen von Fray und Vuelle halt über Françoise bekommen. Jedenfalls wieder zurück zur Penne, vorsichtig sein, die Zerstörung meines Gartens lenkte das Augenmerk auf mich. Ich hatte bloß ein oder zwei Stunden Vorsprung.

Ich dachte an meine Kartoffeln. Die waren im Eimer, und es tat mir in der Seele weh, sie mir vorzustellen, wie sie von einem teilweise brennenden und am Boden wild herumfuchtelnden Typ plattgewalzt wurden. Es war idiotisch, doch meine *Schönen von Fontenay* waren wohl so viel wert wie diese Schweinehunde, die versucht hatten, ihnen einzuheizen.

Ich kam so gegen halb sieben bei der Mickey-Bar an, Marie-Louise hatte gerade den eisernen Rolladen hochgezogen und kämpfte verbissen mit den Mülltonnen auf Rollen, um sie nach draußen zu schleifen. Ihr frisch herausgeputzter Gatte war schon auf dem Sprung und bereit, wieder seinen Lastwagen aufzusuchen.

Ich wartete, bis er sich entfernt hatte, und betrat dann das Bistro, in dem es schon nach aufgewärmtem Kaffee roch. Marie-Louise fuhr hoch, als sie mich erblickte, schrieb rasch auf ein Stück Zeitung DAS IST KEIN BETT, DAS IST

EIN SCHLEUDERSITZ, und nahm mich mit in ihre Küche. Im Spiegel über der Spüle sah ich meine leicht geröteten geschwollenen Augen.

Ich setzte mich an den kleinen, mit schmutzigem Geschirr überladenen Tisch, sie reichte mir einen Kaffee, einen frischen, und kritzelte auf dieselbe Zeitung: DU MUSST SCHLAFMITTEL NEHMEN.

Ich stimmte ihr mit einem Kopfnicken zu, dann fing ich plötzlich an zu zittern, sie hat mich besorgt angeschaut, und ich beruhigte sie mit einem Wink, legte meinen Kopf auf meine Arme, als wollte ich nur schlafen. Doch ich zitterte vor Rage, ich hatte große Lust, die Sache zu beenden.

Denn dies hier war mittlerweile, auf Leben und Tod, meine eigene Geschichte, und nicht mehr die von Laura. Man wollte, daß ich gehe. Die *Geschichte* begann von vorn. Aller guten Dinge sind drei, hätte mir in diesem Moment eine allerletzte Waffel weissagen können.

Ich blieb in der Küche an dem Fenster hocken, durch das ich jedes Kommen und Gehen überwachen konnte.

Auf diese Weise konnte ich beobachten, wie das Leben rund um das große Gebäude gegenüber wieder erwachte. Mir fiel eine besondere Unruhe auf, nicht unbedingt das übliche Treiben normaler Tage. Ich sah Françoise Meyer ihren Peugeot 403 einparken. Sah Pépère die riesigen grauen Mülltonnen rausschieben und die schmale geteerte Auffahrt zur Penne kehren. Sah Schüler und Erwachsene in kleinen Gruppen antanzen, alle lässiger und entspannter als sonst.

Doch ich sah keine Flics.

Ich hatte genügend Zeit, alles zu überdenken, ohne auch nur den leisesten Grund für diesen ganzen sinnlosen Mist zu finden. Man hatte Laura umgebracht, ich hatte ganz unschuldig versucht herauszufinden, wer das getan haben könnte, und nun wollte man mir den Garaus machen. Und wer? Pauker, ehemalige Pauker, welche von denen, die als die aufgeschlossensten gelten, die sogar so getan hatten, als wollten sie mir helfen, die mit mir gesprochen hatten... Da soll noch irgend jemand was verstehen.

Um zehn Uhr standen die Pforten des Lycées weit offen, und es gingen eine ganze Menge Leute ein und aus, ohne klar erkennbaren Grund, Erwachsene, vor allem Eltern, von ihren Sprößlingen ohne Schultaschen begleitet. Ich habe an Nouvier gedacht, an so was wie einen Ausbildungsberatungstag, Scheideweg der Berufe oder irgendeinen Blödsinn vom selben Kaliber. Trotz allem bemerkte ich eine Art Posten am Eingang, einige Schüler und ein Pauker im Trainingsanzug schienen die Leute zu verlesen und Eintrittskarten zu verkaufen, die reinste Disco. Als ich schließlich aus Marie-Louises Küche trat, spielte Zaïr angespannt Flipper.

Ich schrieb ihm in aller Eile, er solle irgendwie zusehen, Fray oder Vuelle für mich ausfindig zu machen. Er hat mir geantwortet: UNMÖGLICH, HEUTE IST DOCH SCHULFEST, FALLS DIE ÜBERHAUPT DA SIND, MÜSSTE MAN SIE IN DEM RIESIGEN HAUFEN ARSCHLÖCHER AUFSPÜREN, DIE HEUTE DEN HANSWURST MACHEN.

In diesem Augenblick habe ich den in der Nähe des unteren Eingangs parkenden Kombi entdeckt, sowie den schwitzenden *Le Démon*, der sich mächtig abrackerte, um riesige Lautsprecher durch die Seitentür auszuladen.

Ich überquerte die Straße und gab ihm lächelnd zu verstehen, daß ich ihm helfen wolle. Sichtbar erleichtert zeigte er mir das ganze Material, das er zur Penne hochschaffen mußte, zwei schwere Lautsprecher, einen Verstärker, und seine beiden Saxophone, eins aus einem silbrigen Metall, das andere vergoldet.

Auf diese Weise bin ich ins Lycée hineingekommen: ein Tauber, der Geräte zur Klangerzeugung herumträgt – eine wahrlich tödliche Parabel. Die Lautsprecher waren so schwer wie ein toter Esel, und so kamen wir völlig ausgepumpt in der Eingangshalle an, wo wir sie neben dem schon installierten und beeindruckenden Material der örtlichen Rockgruppe abstellten.

Es herrschte tatsächlich viel Betrieb und Aufruhr, die gesamte erste Etage des Lycées war tüchtig beschallt wie für eine Kirmes, und die Gänge schmückten Wandtafeln, übervoll von Zeichnungen, Gemälden, Gedichten, zweckentfremdeten Plakaten, und überall waren Stände aufgeschlagen, ungefähr dieselben wie beim Fest in der Fachoberschule, nur eben vielleicht etwas üppiger ausgestattet, ansehnlicher, schillernder, wobei Casimir sicherlich die Hand im Spiel hatte. Ich stürmte zum Saal des Film-Clubs. Die Klassenzimmer auf meinem Weg standen alle offen, hier wurde ein Videofilm gezeigt, dort fand eine Fotoausstellung statt. Ganz am Ende, im Raum des Animateurs, herrschte ein heilloses, doch gutmütiges Durcheinander, einige Schüler hatten sich verkleidet, die einen wie in Horrorfilmen, andere als Renaissancefürsten aus der Banlieue. Der Projektor lief, der Kinosaal war voll, ich sah ein Filmplakat von Fellinis *8 ½*, und Casimir wuselte, zerzauster denn je, emsig herum. Ich hob ein paar am Boden herumfliegende Anschläge auf, griff mir einen dicken roten Filzschreiber von einem der Tische und schrieb Casimir, daß ich Fray oder Vuelle sehen müsse. Er antwortete mir in aller Eile, daß er zwar nicht wisse, wo Vuelle stecke, daß Fray aber in einer Viertelstunde in dem Theaterstück mitspielen werde, das im Stockwerk höher aufgeführt werden sollte. Und dann machte er mir völlig gestreßt mit einer Geste der Ohnmacht begreiflich, daß er nichts weiter für mich tun könne, weil er zuviel um die Ohren habe. Als ginge es um seinen Kopf, dachte ich, vielleicht stand sein

Job bei diesem Tag, bei diesem ganzen Chaos, diesem Tohuwabohu ja tatsächlich auf dem Spiel …

In der Eingangshalle entdeckte ich Lentec mit anderen Haartrachtträgern seines Schlages, während er gerade seine Gitarre stimmte. Auf einem großen Transparent wurde eine weitere Gruppe, RAF PROPAGANDA, angekündigt. Lentec lockte mächtig Leute an. Mehrere Bälger rackerten sich mit Kabeln ab und versuchten, einen Pedell des Lycées von der Effektivität der von ihnen vorgesehenen Anschlüsse zu überzeugen. Mittlerweile hatten sich recht viele Leute eingefunden, ich ging in der Menge unter, was ja gut war, doch gleichzeitig musterte ich alle Gesichter, um sofort über den Kerl herzufallen, den ich mir hier schnappen wollte. Meine Wollmütze saß mir tief genug im Gesicht, damit man mich nicht ohne weiteres erkennen konnte, Mohand Bellaïche lief mir über den Weg, ohne mich zu grüßen, andererseits schien meine Visage dadurch vollkommen verboten auszusehen, denn mehrere Schüler starrten mich ziemlich entgeistert an. Wie den absolut unmöglichen Vater irgendeines Schülers eben.

Tief atmend stieg ich in den ersten Stock hoch, von einer Wegmarkierung aus Anschlägen geleitet, die die Festivitäten des Schultheaters ankündigten: ein Stück nach Edgar Allan Poe, *Die Maske des Roten Todes*, aufgeführt von der *Troupe du Grand Jules* und inszeniert von Michel Fray. Ich erklomm die Zementstufen, mitten in einer stürmischen Gruppe hoch aufgeschossener Jugendlicher, die offensichtlich ihre Eltern mit zu der Darbietung schleppten.

An den pulsierenden Schwingungen in meiner Magengrube erkannte ich, das irgendwo Musik gespielt wurde, nicht weit entfernt und ziemlich laut. Der Treppenabsatz auf der ersten Etage war mit einem schwarzgoldenen Vorhang bespannt. Zwei Klassentische versperrten den Durchgang, mittelalterlich geschminkte Schüler verkauften Eintrittskarten und gaben jedem eine rote Halbmaske aus Plastik. Ich setzte meine sogleich auf und war recht erfreut, mich so lange hinter dieser albernen Larve verbergen zu können, bis ich den Feind ausgemacht und mich ihm genähert hätte. Das Publikum wurde anschließend sozusagen in einen dunklen Gang gepfercht. Zusammen mit ein paar Funzeln, Leuchtern mit kleinen Kerzen, Wandbehängen und so ziemlich überall Spinnweben, und zu beiden Seiten des Flurs waren die Türen von fünf oder sechs Klassenzimmern mit farbigem Papier und Gipsskulpturen verziert, jede schauerlicher als die andere. Die Wirkung war ziemlich gruselig. Offenbar würde, so begriff ich, während der Aufführung in jedem dieser Räume, deren Türen sich dann öffnen würden, ein Simultanspiel stattfinden, oder aber man würde uns von einem Zimmer ins andere geleiten, in der Geschichte selbst wie auch räumlich vorwärtsschreiten lassen, ich erinnerte mich noch vage an Poes Erzählung, die Gäste eines Festes latschten da in sämtlichen Zimmern eines Schlosses herum, und das Ganze endete schließlich im Saal der Pest, des Roten Todes. Wir mußten noch eine ganze Viertelstunde schmoren, es wurde immer voller, bis plötzlich eine Tür aufsprang und ein junger Schauspieler erschien, ganz weiß im Gesicht, mit glänzendem Puder und falschen Pestbeulen übersät. Er brüllte einen Text, den ich natürlich nicht hörte, der aber auf das leicht in Panik geratende Publikum offenbar eine gewisse Wirkung zeitigte. Und dann schubsten uns ein Dutzend kleiner, mit roten Strumpfhosen bekleideter und Forken schwingender Teufel in den vollends mit schwarzem Tuch ausgekleideten Klassenraum, in dem ganz am Ende, auf einer erhöhten Bretterbühne, ein großer eingedeckter Tisch voll Gläsern, Kuchen und Champagnerflaschen stand. Die noch immer leicht ergriffenen, eingeschüchterten, gehemmten, überrumpelten Zuschauer ließen sich beinahe bitten, bis sie sich endlich einen Schluck genehmigten und von den Leckereien aßen. Währenddessen sprachen drei oder vier Schauspieler und

Schauspielerinnen, eine unter ihnen mit nacktem Oberkörper, die kleinen Brüste von tiefen blutroten Wunden gezeichnet, ihre Texte, aus denen sich wahrscheinlich endlich erklärte, was hier geschah. Ich hielt derweil überall Ausschau nach Fray, doch keiner der Auftretenden hatte, selbst in Verkleidung, die geringste Ähnlichkeit mit ihm. An den sehr starken Vibrationen merkte ich, daß die Musik in voller Lautstärke aufgedreht war. Irgendwas barockes Hirnerweichendes.

An einer Wand hing ein mit Zwecken festgemachtes Foto von Artaud, ich mußte an jenen Pauker denken, Massempès, der mir in seinem Brief etwas von dem irren Dichter und von Bossuet erzählt hatte. Mir war unbehaglich zumute.

Ich wußte nicht mehr so recht, was ich hier überhaupt sollte.

Die scharlachroten Teufelchen haben uns rücksichtslos zu einer offenen Tür am Ende des Raums, in ein anderes Klassenzimmer gestoßen. Ich ließ die kleine Schar beflissener und heiterer Zuschauer an mir vorbeiziehen, und erst da habe ich ihn erspäht, nach Manier des 18. Jahrhunderts gewandet, in einer Art himmelblauem Wams und eine schlechte Perücke auf dem Kopf. Er beschloß den Zug, einen Hauptschlüssel in der Hand, und sorgte mit großem Getue dafür, daß niemand umkehren konnte und das Spektakel weiter seinen Lauf nehmen mochte.

Theater würde er nun ordentlich bekommen. Als alleiniger Zuschauer.

Ich nahm dem Nylonstrumpf aus der Tasche, steckte meinen Schlüsselbund hinein und kämpfte mich kurzatmig gegen den Strom der anderen, vom Zauber des Theaters in Bann gezogenen Zuschauer bis zu Fray vor. Mit einem Wink wies er mich in die andere Richtung, von seiner Warte aus mußte ich wohl zu den Eltern gehören und offenbar gerade versuchen, seiner Inszenierung zu entfliehen.

Ich drehte mich um, es war niemand mehr in dem schwarzen Raum, die anderen befanden sich inzwischen im zweiten Zimmer, das von hier aus in Feuerrot getaucht schien, als würden dort die Flammen der Hölle züngeln. Dabei mußte ich an meine Hütte denken, und mein Zorn kehrte gewissermaßen en bloc zurück. Ich schloß die Tür, durchquerte erneut den Raum, er war völlig arglos, wahrscheinlich hielt er mich für einen Zuschauer, dem es wirklich nicht gutging, der die Schnauze voll hatte von den gymnasialen Blödheiten, und so habe ich ihm den Strumpf voll über die Visage gezogen, er brüllte auf, ich riß ihm die Perücke herunter, packte ihn an den Haaren und warf ihn um. Sein Schlüssel fiel auf den bereits von Kuchenkrümeln, Papierschlangen und verschüttetem Champagner beschmutzten Boden. Ich lief zur Tür in den roten Saal und schloß sie ab, Fray kam wieder auf die Beine, hielt sich das eine Ohr, sein Gesicht vom Schmerz verzerrt, ich verpaßte ihm einen zweiten Hieb mit dem Strumpf in Höhe des Halses. Seine Lippen bewegten sich und er schrie irgend etwas. Ich drehte ihm den Arm auf den Rücken und schaffte ihn hinaus auf den Flur, wo noch immer ein paar Leute standen, allerdings der anderen Seite, den neuzeitlichen Wiedergeburten der Hölle zugewandt. Uns gegenüber ging eine zweiflügelige Schwingtür auf eine in die oberen Stockwerke führende Treppe. Ich stieß ihn heftig durch diese Tür, es mußte hier wohl ausreichend Krach herrschen, so daß niemand unseren Zirkus, das echte Theater, das Volkstheater hörte, und zwang ihn schnurstracks eine Etage hoch. Auf dem Treppenabsatz hat er sich einen Moment gewehrt, doch ich schlug ihm in den Magen, so fest ich konnte. Zusammengekrümmt und mit benommenem Atem ließ er sich dann in den zweiten Stock bringen.

Keine Menschenseele.

Der Flur glänzte unter den fahlen Deckenlampen. Mit

dem Hauptschlüssel schloß ich die erste Tür auf, die mir unterkam. Ein Klassenzimmer. Ich schleuderte Fray ins Licht, ins Innere.

Die Sonne drang durch die große Fensterfront herein. Das Klassenzimmer tadellos sauber, tadellos aufgeräumt, die Tische aus gelbem Holz tadellos in Reih und Glied. Das Pult, die grüne Tafel an der Wand. Ich schloß die Tür hinter mir ab.

Fray hielt sich den Bauch, die Augen voller Schmerzenstränen. Sein Ohr war quasi violett. Doch er rappelte sich wieder auf, immer noch willens, sich zu schlagen. Ich zog die Pistole aus der Tasche. Er blieb jäh stehen, ganz weiß. Ich sah, wie sein ganzer Körper versuchte, eine gewisse Normalität wiederzuerlangen, dem halb zerrissenen Wams, der lächerlich verwischten Schminke zum Trotz.

Mit einem Finger auf den Lippen habe ich ihm zunächst befohlen, still zu bleiben, dann ging ich, ihn weiterhin mit meiner Waffe in Schach haltend, um ihn herum und stieß ihn zur Tafel. Direkt darunter, in der Kante aus Alu, lag Kreide.

Ich nahm die Halbmaske ab, die mich allmählich behinderte. Damit er mich erkannte, und damit er sehen konnte, daß mir keineswegs nach Spaßen zumute war, falls er das immer noch nicht begriffen hatte. Ich war außer Atem, beinahe völlig am Ende, obwohl dieses ganze Tänzchen nur an die dreißig Sekunden gedauert hatte.

Ich habe ihn lange angeschaut, innerlich genauso erschlagen wie er. Ich wußte wirklich nicht mehr, was tun. Hätte er mir gegenüber nun irgend einen Schmu von der Sorte «tut mir leid, das mit Laura, ich wollte das nicht, aber» vom Stapel gelassen, dann hätte er, von uns beiden, sicher nicht am tiefsten im Schlamassel gesessen. Was hätte ich mit diesem Geständnis anfangen sollen ... Doch ich konnte nicht den Anfang machen, ich wußte nichts, auch er mußte sich sicher fragen, was ich überhaupt wissen konnte, und es durfte ihm auf keinen Fall klarwerden, daß ich tatsächlich völlig im dunkeln, im dicksten Nebel herumtappte. Ich konnte mir nicht vorstellen, wie ich ihn folterte, um ihn zum Reden zu bringen, die Gartenschere, die Le Du den Finger abschnitt, war mir noch immer sehr präsent, in einer der Windungen meines Gehirns eingeprägt, in dem es keine Geräusche mehr gab, sondern einzig und allein noch schneidende Eindrücke.

Jetzt war es an ihm aufzuspielen.

Diffuse und gleichmäßige Erschütterungen unter meinen Füßen sagten mir, daß das Rockkonzert soeben begonnen hatte.

Fray hat mich beobachtet, seine Augen funkelten, doch ich konnte nicht erkennen, ob nun ein wenig boshafte Tükke in ihn zurückkehrte oder ob dies bloß von den Nachwirkungen der Tränen kam.

Er richtete sich langsam auf, unterlegte all seine Bewegungen mit ostentativer Eindeutigkeit, was darauf hinwies, daß er wirklich fürchtete, ich könne auf ihn schießen, und schrieb auf die Tafel:

JETZT SITZEN WIR BEIDE IM SELBEN BOOT.

Nur ja so tun, als ob ich alles verstehe! Ihn hinters Licht führen.

Komischer Unterricht. Grundschule. Hauptschule. Beides zugleich.

Ich stieß ihn brutal einen guten Meter zur Seite und nahm mir, die Pistole weiter auf ihn angelegt, ebenfalls ein Stück Kreide:

ICH BIN ALT UND IM ARSCH. MIR IST ALLES EGAL. SIE WERDEN FÜR DIE ANDEREN BEZAHLEN.

Fray kam erneut näher, mit vorsichtigen Schritten.

Was für ein eigenartiger Tanz um eine grüne Tafel. Ich wich zurück, hob dabei den Lauf der Waffe.

WIEVIEL WOLLEN SIE? schrieb er zornig.

Kohle, dachte ich, da haben wir's also, natürlich, eine

Geschichte um Kohle, die Welt wird sich wirklich nicht so bald ändern.

Also gut, dann machen wir jetzt also in Zaster.

Den Volltarif. Die endgültige Ausgabe.

DEN PREIS FÜR LAURA, habe ich geantwortet.

Er zog die Augenbrauen hoch, dann weiteten sich seine Augen, und schließlich hellte sich sogar sein Gesicht auf, ich mußte an eine Aufheiterung denken, wenn der Schatten der dunklen Wolke über den Hang hinweghuscht, um sich in der Ebene darunter breitzumachen. Von zusehends stärker werdendem nervösem Zittern geschüttelt, blickte er zunächst auf meine Waffe, seufzte auf und stürzte sich dann wortwörtlich auf die Tafel.

BEWAHREN SIE IHRE RUHE, ES IST WICHTIG.

NICHTS VON ALL DEM HIER HÄNGT IRGENDWIE MIT LAURA, DEM ARMEN KIND, ZUSAMMEN.

Er schaute mich an, versuchte, sich flehentlich zu geben.

Ich spürte, wie ein Gutteil meines Blutes in mich zurückströmte, doch aus Gewohnheit ließ ich die Waffe weiter im Anschlag. Ich atmete angestrengt, schnappte krampfhaft nach Luft, diese Kerle hatten doch trotz allem versucht, mich bei meiner Suche aufzuhalten, hatten mir die Fresse poliert und mich die Nacht zuvor beinahe zum buddhistischen Mönch gemacht, wenn sie gekonnt hätten.

WIR MÜSSEN UNS AUSSPRECHEN, fügte er lauernd hinzu.

Na klar, da gewann der Pauker also wieder die Oberhand. Er wollte mir eine Schulstunde halten, verdammte Scheiße. Laura verfaulte unweit von hier, und er wollte mir alles erklären. Und was im übrigen? Wie lange so ein Holzsarg in der Erde wohl braucht, bis er verrottet?

Er gab sich den Anstrich eines Typs, der intensiv nachdenkt oder dies zumindest zu tun versucht, eines Typs, der gleich einen Entschluß fassen wird.

WAS LAURA BETRIFFT, WISSEN WIR NICHT MEHR ALS SIE.

Ich mochte dieses «wir», diese Vorstellung einer Gruppe, die hatten gemeinsame Interessen.

ICH SCHWÖR ES IHNEN.

Leg schon los, mach nur weiter, Saukerl, pack aus ...

SIE HABEN BESCHLOSSEN, LAURAS MÖRDER ZU FINDEN.

DAS HAT UNS NICHT IN DEN KRAM GEPASST, DAS IST ALLES.

Er zögerte.

SIE HABEN WAS ABBEKOMMEN, LE DU HAT WAS ABBEKOMMEN. WIR SIND QUITT.

Furchtbar erregt stieß ich ihn mit dem Pistolenlauf weg. Ich hatte große Lust, auf ihn draufzukloppen, richtig hart, mir war nach Blut, nach rosa Rotze an den Mundwinkeln.

WAS SOLLTE ICH DENN NICHT HERAUSFINDEN? UND WAS HAT DAS MIT LAURA ZU TUN?

Er sah mich endlich lächelnd an, fand mit einemmal die Kraft zu kämpfen.

DAS GEHT SIE NICHTS AN.

Und da merkte ich: Selbst wenn ich diesen Typ zu Hacksteak verarbeiten würde, hätte er noch Mühe, es mir zu gestehen. Und außerdem war ich ganz tattrig, ausgelaugt, am Ende, ich hatte nur noch ein Bedürfnis, nämlich schlafen. Ich versuchte, an Laura zurückzudenken, an den Garten, an die brennende Hütte, an meine Schmerzen, um mir wieder Mut zu machen, doch alles rückte in die Ferne, jede Streitsucht, jede Gewalt fiel von mir ab, ich war nichts anderes mehr als ein aufgeblasener Hohlkopf, dem durch mikroskopische Löcher allmählich alles entwich.

Doch ich wagte den allerletzten Trumpf.

WUSSTE ANNE GADOT GENAU WIE LAURA ÜBER IHREN KRAM DA BESCHEID?

Fray fixierte mich äußerst besorgt, versuchte offensichtlich, meine Frage zu verstehen. Somit beantwortete er sie mir bereits. Daran hatte er gar nicht gedacht, und das machte ihm das Leben schwerer, und schon entwarf er neue Pläne. Demnach steckte irgendwas anderes dahinter.

ICH GLAUBE NICHT, schrieb er nun weitaus langsamer.

Das war sein einziger Fehler, mit diesen Worten verriet er mir, daß Laura jedenfalls davon wußte, und daß ich bei der Suche nach Auskünften über sie auf irgendeine mysteriöse Geschichte um Kohle hätte stoßen können... Andererseits aber untermauerte dieses Geständnis auch ihre Unschuld, in gewisser Weise...

Da standen wir nun, wie zwei Idioten, Feinde zwar, doch nunmehr ohne Schlachtfeld, Boxer ohne Ring, ohne Schiedsrichter. Wir waren bereit, uns zu schlagen, aber nicht aus denselben Gründen. Und ich wußte aus sicherem Gespür heraus, daß er nicht log und daß dieser ganze Mist, diese zufälligen Zusammentreffen, diese komischen Erwachsenengeschichten, die die Geschicke irgendwelcher Bälger kreuzten, tatsächlich wahr sein mußten. Und was er da zu verbergen hatte, diese Sache um Knete oder Macht oder was weiß ich, irgendeine Mauschelei wahrscheinlich, interessierte mich nicht die Bohne, ich wollte einzig und allein den Dreckskerl aufspüren, der einem jungen Mädchen etwas zuleide getan hatte, das ich noch so glücklich, über das ganze schöne Gesicht lachend vor mir sah, so sehnig, während der zarte Körper sich über das vergilbte Gras im Garten schlängelte, um der Sonne zu folgen und sich woanders hinzulegen, und wie es meine armen Krüppelwangen küßte, und all die hübschen Gesten, mit denen es mir jedesmal auf Wiedersehen sagte ...

SIE ALLE SIND NUR SCHEISSE, schrieb ich auf die Tafel.

Der angestaute Druck entwich mit einem Pfiff aus mir. Ich wußte nicht, was ich sonst hätte tun können, bevor ich zu weinen angefangen hätte, ich drehte mich jäh auf dem Absatz um, schloß die Tür auf und warf den Hauptschlüssel in Frays Richtung, der sich um keinen Millimeter rührte.

Sollte er doch krepieren, er und seine Kumpel. Er war nur ein Scheißpauker in einem Scheißlycée, der sein beschissenes Dasein lebte. Sollte er doch zweimal krepieren.

Im Gang verstaute ich die Pistole unter meiner Jacke. Meine Beine gaben unter mir nach, sechzig unnütze Jahre lasteten schwer auf ihnen, die Welt um mich herum wurde eindeutig weißer. Ich stand kurz vor einem Kollaps. Klammerte mich ans Geländer, um die Treppe hinunterzusteigen, bereitete mich, stoßweise nach Luft schnappend, darauf vor, mein Unwohlsein zu bezwingen und der kleinen Menge dort unten, der des Roten Todes, zu trotzen, und danach die Eingangshalle, die Fete zu durchqueren, die Straße zu erreichen, das Draußen, und nicht mehr weiterzuwissen.

Ich konnte nicht mehr und setzte mich dann, zwei Stockwerk tiefer, doch lieber auf eine Stufe, den Kopf gegen den kalten Beton gelehnt, das Gehirn eisig kalt, um zu warten, bis die Kräfte, das Leben wiederkehrten. Ich dachte sogar, daß ich einfach da krepieren könnte, sanft, ohne allzuviel Schmerz, ganz leise.

Eine allgemeine Betriebsstörung, ein Stellwerkerstreik.

Ich habe die Augen geschlossen.

Für wie lange weiß ich nicht.

Bis man mich an der Schulter schüttelte.

Es war ein Gefühl, als erwachte ich, als kehrte ich von sehr weit her zurück, Françoise Meyer stand vor mir, besorgt, ihre großen blauen Augen etwas dunkler als sonst. Ich versuchte, ihr zuzulächeln, um ihr mitzuteilen, daß ich noch lebte und daß alles gut sei oder schlecht, es war mir inzwischen ziemlich schnurz. Sie nahm mich beim Arm, half mir die paar Stufen hinunter, stützte mich dann im wahrsten Sinne bis vor die Tür der Penne, irgendein Schüler, ein großer Langhaariger, hat ihr dabei einige Schritte weit geholfen, und schließlich traten wir hinaus. Die frische Luft hat mich ein bißchen aufgebaut, doch die Umwelt erschien mir noch immer schneebedeckt, und ich entdeckte den alten 403, dachte an Columbo und realisierte endlich, weshalb die Schüler sie bisweilen Françoise Columba nannten, ein magerer Trost bei meinen Entdeckungen... Man verfrachtete mich auf den Rücksitz, in diesem Wagen herrschte ein kaum zu glaubender Saustall aus Papieren, Kleidungsstücken, der reinste Mülleimer. Ich spürte das Zuknallen der Türen und den Druckanstieg in meinen Ohren. Françoise begann in ihrem Handschuhfach zu wühlen, ich habe ihre Bewegungen beobachtet, die Augen halb geschlossen, den Kopf leicht nach hinten, gegen die Oberkante der Sitzbank gelehnt, ich fühlte mich schon ein wenig besser, sie zauberte eine Flasche hervor, Wodka, wie ich erkannte, und ich trank einen großen Schluck davon, geißelte mir ordentlich den Magenpförtner, als würde ein Molotowcocktail im Innern der Speiseröhre explodieren.

Françoise hat ihre Handtasche schräg gelegt, um einen Bleistift zu finden, sich einen alten Strafzettel geschnappt und mir geschrieben, sie wolle mich nach Hause bringen, und wie meine Adresse laute.

Mit einem Wink bat ich sie, noch einen Moment zu warten, bis meine Hände nicht mehr zitterten und ich die Kraft hätte zu schreiben. Draußen gingen Gruppen von Schülern vorbei, die Gesichter verzerrt von dem Gegröle, das sie sicher ausstießen. Die Fete.

Endlich ging es mir besser. Die Außenwelt hatte ihre Farben wiedererlangt, Françoises fragende Augen waren erneut lagunenfarben geworden, ich spürte meinen gesamten Körper und seine präzisen Schmerzsignale, ich fühlte mich halt wie der Alte, der ich so ungefähr geblieben war.

Ich hob ein Blatt vom Boden auf, um ihr zu antworten, mich doch bitte zu den Kleingärten zu bringen.

Und im selben Augenblick kam die Übelkeit wieder.

Dieses Blatt war nämlich einer meiner Fragebögen, doch nicht irgendeiner, sondern der, bei dem ich das Wörtchen «etwas» gestrichen und durch die Pluralform «alles» ersetzt hatte, jener Fragebogen eben, den ich bereits vor einer ganzen Weile Anne Gadot gegeben hatte.

Ich begann abermals schneller zu atmen, das Glück lächelte mir erneut.

WARUM HABEN SIE DIESEN WISCH HIER IN IHREM WAGEN?

Françoise studierte meine Worte förmlich, als müßte sie sie erst in Klartext übersetzen, sie hat mich lange angesehen, in ihre eigenen Erinnerungen oder ihre eigenen Mutmaßungen versunken, und verschloß sich dann wie eine Auster. Sie drehte sich um und legte die Hände aufs Steuer, umklammerte es krampfhaft, ich sah ihre Fingergelenke weiß werden.

Und endlich hat sie mir geantwortet.

DER STAMMT NICHT VON MIR. ES LIEGEN NOCH SACHEN VON MEINEM EX IM WAGEN.

BONNEMAY? schrieb ich hastig.

Stimmte ja, sie hatte sich doch vor nicht allzu langer Zeit vor dem Mickey mit ihm heftig gestritten.

Sie schien in einer zunehmenden Verzweiflung, in einem Schmerz verloren, vielleicht der Grund für all das Leid, das man seit kurzem in ihr las, die unterschwelligen Tränen, diese verhaltene Gewalt, diese Schwermut, die ihre Haut gelegentlich blaßgrün beschattete.

Ich schaffte Leere in mir, nun mußte ich die richtigen Fragen stellen, diese kleine ungewisse Chance ergreifen, behutsam den schmalen, noch recht sandigen Pfad beschreiten, der sich vor mir auftat, diesen Anschein einer schwachen Spur.

Ich ließ sie eine Weile in diesen stillen Geheimnissen schmoren und schrieb schließlich auf einen anderen herumfliegenden Wisch, die Matheaufgabe eines Schülers, wobei ich meine Worte sorgsam wählte:

DIESES BLATT HATTE ICH ANNE GADOT GEGEBEN. WIE HAT IHR EXFREUND ES IN DIE HÄNDE BEKOMMEN?

HABEN SIE SICH ETWA WEGEN ANNE GETRENNT?

Sie las mein Briefchen und zerknüllte es wütend. Hier ging es also um die dreißigjährige, von einem jungen Mädchen ausgestochene Frau, eine lange Liebesgeschichte, die auf blöde Weise, in Lügen und Vergleichen zu Ende gegangen war. Was sie nicht wissen konnte war jedoch, daß Anne sich versteckte und von mir redete und Angst hatte und irgend etwas vertuschte, das ich um jeden Preis wissen mußte, weil da ganz hinten in meinem Kopf so was wie ein kleines Lichtchen aufleuchtete, weil ich genau spürte, daß es da irgendwas Anormales, Unsauberes gab oder sogar irgendwas Furchtbares, Beklemmendes. Etwas, das zum Himmel stank, meilenweit.

Die Eingebung des Taubstummen, der das Unhörbare hört, gerade diese ganz leise Musik aus Infraschall vernimmt, den die anderen, die *Zorros*, die *Sohren* gerade nicht hören können.

Ich weiß nicht, was sie begriffen, erraten, gedacht hat.

Jedenfalls richtete sie sich schlagartig auf und schrieb auf das Blatt: WENN SIE WOLLEN, BRINGE ICH SIE JETZT ZU IHM.

Natürlich, ich saß hier ja nicht mit einer Gymnasiastin zusammen.

Sie kapierte mindestens genauso schnell wie ich.

Ich nickte zustimmend.

*

Sie parkte den 403 in der kleinen Rue d'Athis-Mons, unweit des Seine-Ufers. Auf der kurzen Fahrt hatte ich das Wärmekraftwerk von nahem gesehen, und die östlichen

Wohnsiedlungen von Choisy, und die große Rhône-Poulenc-Fabrik, mit ihrem feinen Geruch nach nicht ganz frischen Eiern, der die gesamte Gegend verpestet, und den ich manchmal sogar noch in den Gärten rieche, wenn der Wind nach Süden dreht.

Wir befanden uns in einem Viertel schlichter Einfamilienhäuser, Milliarden samt und sonders unterschiedlicher Einfamilienhäuser, Milliarden ästhetischer Möglichkeiten des Kleineigentums, mit jenen Similigärten und jenen alles überwuchernden Rasen, bisweilen von Gartenzwergen aus Ton oder dem berühmten Brunnen aus alten Autoreifen verstellt, manchmal auch vom alles überwuchernden Mauve einer Glyzinie erdrückt, grüngestreift durch die obligatorische Thujahecke, von Rosen wimmelnd, den elementaren Gefährten des Vorstädters, gepeinigte, mißhandelte Freunde, dreimal zuviel beschnitten, mit allerlei Dünger und Insektiziden begossen, begrapscht, durch Steckreiser vermehrt, mit allen möglichen Eisendrähten und Schnüren festgebunden und letztendlich ihrer duftenden Pracht kastriert.

Françoise hatte den Wagen wie eine Automate gelenkt, ich war hinten sitzen geblieben, die Hände auf die Rükkenlehne des Vordersitzes gelegt. Ich spürte, daß sie angespannt war wie ein Bogen, alles in allem hatte sie ja vielleicht eine Möglichkeit gefunden, sich an einem Liebhaber zu rächen, der ihr noch immer Leid zufügte, und ich nahm in ihr ganz außergewöhnliche Kräfte wahr, würde jedoch nie erfahren, zu welcher Heftigkeit ihre Liebe sich hatte entwickeln können, vielleicht war da etwas Hartes wie eine Peitsche, Uneingestehbares wie ein Bekenntnis, Unvergeßliches wie das Glück. Ich hatte meine Sinne wiedererlangt, mir war nicht mehr schwindelig, ich hatte sogar Hunger, und vor allem hatte mich im flimmernden, an Beschlag erinnernden Nebel meiner ganzen Mutmaßungen, meiner gesamten Ängste abermals der Zorn gepackt, dieser kleine zähe Haß, untrennbar verbunden mit meinem idiotischen Rachefeldzug, in dem ich jedoch bis zum Hals steckte und der mir nun Leben, Zukunft, Selbstachtung war.

Françoise hat die Handbremse angezogen.

ER WOHNT IN DER NUMMER 19. EINEM GELBEN HAUS.

Als ich die Wagentüre öffnete, hielt sie mich mit der Hand zurück und schrieb noch ein paar Worte mehr auf das leicht verschmutzte Blatt voller Schuhabdrücke:

ICH MÖCHTE MIT IHNEN KOMMEN.

ICH WEISS NICHT, WOHIN ICH GEHE, habe ich geantwortet.

Sie nickte zaghaft, erkannte selbst, daß sie beinahe erleichtert war, ihren ehemaligen Geliebten nicht überraschen, ihn nicht in einer Geschichte verstrickt ertappen zu müssen, die sie nicht einmal vage erahnte.

SIE WERDEN ABER TROTZDEM GEHEN, schrieb sie.

Und fügte in Rage hinzu:

AUF DER HINTERSEITE LIEGT EIN GARTEN, IN DEN MAN ÜBER EINEN DURCHGANG AN DER SEITE DES HAUSES GELANGT. EINE GLASTÜR FÜHRT INS INNERE. DIE VORDERTÜR IST IMMER ABGESCHLOSSEN. DIE HINTERE QUIETSCHT.

Sie streichelte mir die Wange, mit dem Handrücken, als wollte sie mir das bißchen Mut, das ihr blieb, einflößen.

Ich vermochte das Puzzle noch nicht zusammenzufügen und wußte nicht, was sie dachte, was sie erriet, was sie ahnte. Die einzige Frage, die wir imstande gewesen wären, uns zu stellen, lautete, weshalb nur hatte Anne Gadot so große Angst? Ich zog die Pistole unter meiner Jacke hervor, um sie mir in die Tasche zu stecken, die rechte Hand fest um den Knauf gelegt. Sie beobachtete mein Tun und lächelte, unerklärlicherweise. Ich stieg aus dem Peugeot, wir standen gegenüber der Nummer 11, und ich ging gemächlich vorwärts, es war mit einemmal sehr warm, die Maisonne gab sich als Hundshitze aus. Die

Schatten auf dem Gehsteig waren gestochen scharf, klar, tintenfarben.

Ich blinzelte.

An der Nummer 19 traf ich auf ein großes, bauchiges gelbes Einfamilienhaus mit baskischroten Fensterläden. Hohe Ligusterhecken versperrten die Sicht auf den Garten und die Freitreppe, die Nachahmung eines Galeonenhecks. Ich stieß das nicht abgeschlossene verrostete Tor auf, mit größter Wachsamkeit, schließlich hätte es ja einen Hund geben können, ich sah den Durchgang seitlich vom Haus, eine Laube, die sich unterm Gewicht eines riesigen Rosenstrauchs mit dicken gelben Blüten bog. Das Gras stand überall hoch, es gab fast keine Blumen, bis auf einige in Quecken ertrinkende Kümmerlinge, Bonnemay war also kein Gärtner, und das beruhigte mich beinahe.

Ich zog die Pistole hervor.

Mit einer Waffe in der Hand war ich der Rächer. Falls derjenige, den ich suchte, mich unverhofft so antreffen würde, brauchte er gar nichts zu kapieren, er würde sofort glauben, daß ich hergekommen wäre, um ihn zu beseitigen.

Doch ich wußte wirklich nicht, was ich tun sollte.

Vor allem wollte ich Anne sehen, sichergehen, daß ...

Ihretwegen, meinetwegen, Rosario wegen.

Ich ging am Haus entlang, einer Wand aus französischem Mühlkalkstein, und kam dahinter in einen großen Garten, auch hier eine regelrechte Wiese mit hohen Gräsern, einige Bäume, zwei Apfelbäume ganz am Ende, vor einer Ziegelsteinmauer, mit einer zwischen den beiden Stämmen gespannten Hängematte, aus der ein wirres Knäuel Arme und Beine herauslugte, als handele es sich dabei um eine ihre Siesta haltende Familie Amazonasindianer.

Oder besser gesagt, um eine riesige Spinne mit weißem Bauch.

Meine Füße mähten das Gras nieder.

Die Waffe am ausgestreckten Arm.

Plötzlich bewegte sich die Hängematte. Ich sah Anne Gadots Gesicht über dem Baumwollgewebe auftauchen, sie dürfte einen kleinen Schrei ausgestoßen haben, denn die Spinne begann nun plötzlich mit ihren Beinen zu zappeln, und ein vollkommen nackter Typ sprang auf die Wiese. Bonnemay, ich erkannte ihn so ungefähr wieder, obwohl er seine ewige Lederkleidung nicht am Leib hatte. Er war sehr muskulös, mit langen Beinen, knorrigen Armen. Er lächelte.

Hinter ihm spähte Anne mit ihrem Gesicht eines verschreckten Vögelchens über den Rand der Hängematte.

Er sah mich an und streckte dabei die Hand aus, forderte mich nachdrücklich auf, ihm meine Pistole zu geben. Wie hätte ich ohne Gewißheit auf einen splitternackten Typ schießen sollen?

Ich wich etwas zurück, hob meine Waffe, richtete sie auf seine Brust.

Ich habe den Rechen nicht gesehen, der am Stamm des Aprikosenbaums lehnte, dachte für eine Sekunde nur an eins, nämlich daß es sich um die Sorte *Rouge du Roussillon* handelte, nicht unbedingt die beste für den Boden in der Île de France, und außerdem war ich ziemlich aus der Fassung wegen der unerwarteten Nacktheit dieses großen Körpers, des Bauchs voller Haare und des langen schlenkernden Geschlechtsteils.

Mit unglaublicher Geschwindigkeit schlug Bonnemay mir mit dem Rechen auf die Hand, ich spürte, wie die erdigen Stahlzinken mir die Haut aufrissen, die Pistole flog weit hinter mich, ins Gras, schon war Bonnemay über mir, ich bekam seine Faust in die Visage, fiel verdutzt hin, und als ich mir sagte, daß ich mich wie ein Schuljunge hatte reinlegen lassen, hockte er auch schon auf meiner Brust, und seine beiden Hände um meine Kehle begannen zuzudrücken.

Ich versuchte, ihm das Gesicht zu zerkratzen und um mich zu schlagen, währenddessen brüllte er oder redete auf mich ein, er sagte mächtig viele Dinge, beschimpfte mich wahrscheinlich oder erklärte mir vielleicht, warum er mich derart fest würgte, und mein Hals brannte, und es kam keine Luft mehr durch, und meine Lungen stockten, und ich sagte mir, dieser Typ ist gerade dabei, mich umzubringen, und er wollte mich nur deshalb umbringen, weil er meinte, ich wüßte, daß er Laura getötet hat, eine andere Erklärung gab es nicht, und mein Herz hämmerte, ich rang mit ganzer Kraft nach Luft, sah die gelben Gräser plötzlich ganz schnell herumwirbeln und ihn da über mir, violett vor Anstrengung, und es kam mir plötzlich so vor, als würde ich mich von innen nach außen stülpen, ich ertrank in einem Garten, Scheiße, das war doch nicht möglich, alles ringsum wurde erneut weiß und rosa.

Und plötzlich fing sich Bonnemay so etwas wie einen unsichtbaren Rammbockstoß voll auf den Oberkörper ein. Ich sah den roten Aufschlag und wie die Haut direkt unterhalb der rechten Brustwarze eingedrückt wurde.

Dann sah ich Françoise Meyer, verkehrt herum, auf dem Kopf, mit meiner Pistole in der Hand. Es gelang mir, mich auf einem Ellbogen aufzustützen, meine Lunge pfiff, brennende Luft strömte durch meine Kehle. Anne Gadot, eine kleine halbnackte Gestalt, die Rippenknochen riffelten ihr die Seiten, sprang aus der Hängematte und stürzte sich auf Bonnemay, schien zu schreien, was genau wollte ich gar nicht hören, sie richtete sich wieder auf, das Gesicht völlig verzerrt, wollte sich nun auf Françoise stürzen. Ich habe ihr reflexartig ein Bein gestellt, sie knallte der Länge nach ins Gras, rappelte sich wieder hoch, musterte uns eingehend, als wären wir Gespenster, und rannte dann in Richtung Haus davon. Ihr weißer zierlicher Rücken verschwand im Tiefschwarz einer kleinen Tür.

Françoise schimmerte wie Milch. Die Lippen zusammengekniffen.

Die Kiefer wie verschweißt.

Und wußte nicht, was tun. Nahm mich an der Hand, half mir wieder auf die Beine und führte mich, beinahe laufend, zum Eingangstor, stieß mich auf den Gehsteig, in ein ebenso weißes Licht wie die Blitze von Fotografen. Ich hatte gerade noch die Kraft, ihr die Waffe aus der Hand zu nehmen und sie in meiner Tasche verschwinden zu lassen.

Ich sackte auf den Beifahrersitz des Peugeots, ausgelaugt, oder eher leer, wie ausgeweidet. Françoise fuhr ungestüm an, sie stand noch immer unter dem Eindruck des Rückstoßes der Waffe, die in ihrer Hand leicht gezuckt hatte, sie sah nichts, führte lediglich diese automatischen Bewegungen aus, die sie nicht zum Denken zwangen, wie einfach drauflosfahren, fliehen, abhauen.

Und ich dachte, daß diese Geschichte fast wie ein Paradoxon endete. Ausgerechnet das einzige wirklich wichtige Bekenntnis, nämlich das Bonnemays, der sich so sicher gewesen war, daß er mich beseitigen würde, zweifelsohne von guten Gründen dazu genötigt, ausgerechnet das hatte ich nicht verstanden, solcherlei Geständnisse würden wohl sowieso nie schriftlich erfolgen. Françoise hatte es vielleicht gehört, sehr wahrscheinlich hatte sie deswegen auch geschossen. Oder auch um ihn davon abzuhalten, mich zu töten. Oder schlicht aus Rache. Ich war es mir schuldig, sie schleunigst danach zu fragen, doch ich hatte keinerlei Kraft mehr, ich war ganz einfach nur noch erstarrt, geronnen, auf dem Autositz zu einem Klumpen koaguliert, ich schaute starr vor mich hin, all diese kleinen Straßen der Banlieue, die rechtwinkligen Biegungen, die Hinweisschilder ohne jeden Sinn.

*

Schließlich fanden wir uns auf der Autobahn wieder, wie durch Zauberei, ohne daß wir es hatten kommen sehen, als wäre dies eine völlig normale Ausflucht, eine Möglichkeit, schneller voranzukommen, nicht mehr anzuhalten. Françoise war noch immer verkrampft, ihr standen schon sehr lange Tränen in den Augen, für sie regnete es draußen womöglich, schon seit der Rue d'Athis-Mons, wie aus Eimern. In meinem Kopf jedoch war das lautlose Getöse, das permanente Dröhnen, dieses dumpfe Pfeifen, dies beinahe schrille Tosen kein wirres Tohuwabohu mehr, vielmehr strukturierte es sich langsam, alternierte sogar, ein Geräusch folgte geordnet aufs andere. Ich wußte, was das bedeutete. Alles in mir wurde ruhiger, ganz allmählich, methodisch.

*

Wir hatten die Mautstation seit gut zehn Minuten hinter uns gelassen, als ich endlich die Kraft fand, meine Hand auf ihren Arm zu legen. Als hätte sie nur darauf gewartet, lächelte sie mir zu, mit der Schulter zuckend, irgendwie entschuldigend.

Sie bog rechts ab, nahm die Ausfahrt zu einem Rastplatz. Etliche Bäume, ein paar Autos, zwei Familien, die an den Tischen aus Rundholz aßen. Françoise parkte unmittelbar neben den Toiletten, einem lächerlichen, weiß verputzten Häuschen.

Sie stellte den Motor ab, legte die Stirn aufs Lenkrad, verharrte eine ganze Zeitlang so. Dann schien sie sich wieder zu fassen, schnappte sich, über den Sitz greifend, einen ganzen Packen Blätter, die auf der Bodenmatte herumlagen, und holte einen Kuli aus ihrer Handtasche.

WAS SOLLTE ICH JETZT NORMALERWEISE TUN?

Ich antwortete ihr nicht sofort, dafür hatte ich nicht genug Informationen bei der Hand, und außerdem ist es ein Ding der Unmöglichkeit, jemandem zu sagen, er müsse sich der Polizei stellen. Man darf sich niemals stellen. Geschnappt werden, ja, doch selbst was das angeht ... Sich stets wehren, man hat immer offenkundige Gründe, um Widerstand zu bieten. Sich nicht gehenlassen.

WAS HAT ER GESAGT?

Sie hat zu weinen begonnen, leise, eine ganze Weile, und schließlich legte sie mit ihrer großen zitternden Hand los, es war schon merkwürdig, sie hatte schmale, abgezehrte Hände, mit Sommersprossen zwischen den Sehnen, und fing an zu schreiben, durchzustreichen, von vorn zu beginnen, nach Worten zu suchen, und endlich gelang es ihr, all das zu beschreiben, was sich in ihrem vollkommen durcheinander geratenen Hirn wirr, ungeordnet zeigte.

Währenddessen wischte ich zunächst sorgfältig sämtliche Spuren von der Waffe, hauchte daraufhin meine Handinnenfläche und meine Finger an, bis sie feucht wurden, und umklammerte die Pistole schließlich ganz fest mit meiner Rechten.

Bis sie mir ihren übel zugerichteten Text zu lesen gab, quer über die Mitte eines Wischs geschrieben, der die Tarife der Schulkantine anpries.

Da ging es also um diesen Bonnemay, den langjährigen Geliebten, und um all die Liebe, die sie für ihn empfunden hatte, ehe er sie dann mit den Gymnasiastinnen hinterging, sie wußte nie mit welcher, zunächst habe sie darunter gelitten, und dann geschwiegen, und schließlich war alles nach und nach in die Binsen gegangen, er veränderte sich, nannte sie nur noch die Alte, und schließlich war der Tag gekommen, an dem sie das mit Anne erfahren hatte, und daraufhin die schwierige Trennung, bis hin zu den Schlägen, vor aller Welt, sie blieb enttäuscht, gedemütigt, völlig am Boden zerstört zurück.

Sie war unmittelbar hinter mir in den Garten gekommen, einfach nur, um mich einzuholen und mir zu sagen, ich solle lieber gehen, und sie bereue es, mich überhaupt hergebracht zu haben, und was soll's, das Ganze sei halt doch nur eine Geschichte wie in der Sülzzeitschrift *Nous Deux*, Wir Zwei. Und dann hatte sie Bonnemay gesehen, wie er mich gerade erwürgen wollte, ein Bonnemay, welcher von «dieser kleinen Schlampe» Laura sprach, der es nicht mehr genügt habe, sich bespringen zu lassen, die auch noch dazu die ganze Knete verlangt habe, und daß sie es wirklich drauf angelegt hätte und ich, der bekloppte Taubstumme, ebenfalls, aus demselben Grund. Seit ich ihnen auf den Sack gegangen sei ...

Und da habe sie geschossen, hauptsächlich wegen Laura, und zwar mehr noch, weil er sie geliebt, als daß er sie getötet hatte.

Demnach hatten wir also zweifelsohne den Mörder der kleinen Laura erwischt.

Die Sache erledigt.

Und diese ganze Geschichte mit der Kohle, schon wieder ... Fray hatte mich abermals reingelegt, durch bewußtes Verschweigen.

Ich nahm Françoise das Blatt aus den Händen und schrieb nur eine einzige Frage drauf.

WAS WAR ER EIGENTLICH, 68 UND SPÄTER?

Sie starrte mich an, als fragte ich sie gerade, welche Farbe der Jaguar von Albert Camus gehabt habe.

MAO, antwortete sie, und WARUM?

Was für ein Zufall.

Wie die drei anderen Pauker vom Jules-Romains. Da tummelten sich so langsam ziemlich viele Freaks des Kleinen Roten Buchs in der Landschaft herum. Das reinste Chinatown. Zuzüglich zu all den anderen Stalinisten im Umland. Ich fragte mich, ob ich nicht ein bißchen wie meine Eltern in Barcelona war, ganz allein eine POUM, eine

Partido Obrero de Unificación Marxista eben. Trotzdem kapierte ich den Film noch immer nicht.

Jedenfalls gab es nun einen Toten mehr. Es würde zu einer schnellen Untersuchung kommen, mit zwei Leichen und einer schockierten Anne Gadot in der Landschaft, die Sache würde sehr fix gehen, die Nachprüfungen, Geständnisse und zusätzlichen Ermittlungen würden die Lücken rasch schließen. Die Polizei würde ihre Arbeit machen, das Wesentliche ohne große Mühe herausfinden. Gaillet würde eine Fresse ziehen, wenn er sähe, daß die «Cowboys» dort, wo er gescheitert war, durch Glück Erfolg gehabt hatten.

Erst in dem Moment würde ich wissen, wie ich mich in diesen Wirrwarr einklinken könnte. Im Augenblick bestand nämlich die Gefahr, daß ich mir nicht einen Hut anziehen würde, sondern eine vollständige Hutfabrik.

Krieg ist Krieg, ein Hoch auf die modernen Abenteuer!

WAS HALTEN SIE VON EINEM SATTEN MONAT FERIEN IN DEN BERGEN?

Sie betrachtete mich, ohne zu antworten, dachte so gut sie konnte nach.

HABEN SIE IHRE PAPIERE BEI SICH?

Sie nickte.

DANN IMMER GERADEAUS, schrieb ich und zeigte auf die Autobahn vor uns. Sichtlich besorgt fuhr sie an. Ich aber schaute weit nach vorn, so weit wie möglich, ich versuchte, Spanien zu erspähen.

3

ERNTE

Ein ganzer Monat schon.

Die dreißig schönsten Tage meines Lebens. Zumindest die friedlich glücklichsten, erfüllt von diesem stillen egoistischen Glück, das um so mehr Kraft gewinnt, als man weiß, daß es nicht lange währt. Ein voller Monat, im Grünen eingetaucht, in einer derart chaotischen Natur, daß man sich nicht mal traut, das geringste darin zu berühren, aus Angst, man könnte irgendeine verheerende Störung auslösen. Und ich, der Gärtner, der manische Gemüsegärtler, ich wagte nicht einmal, eine Feldblume zu pflücken, eine Beere zu brechen, einen zu niedrigen oder zu stark wuchernden Baum zu beschneiden.

Ich wasche meinen ausgemergelten Körper am Dorfbrunnen. Nackt. Was mir völlig egal ist, hier ist sowieso niemand. Françoise schläft noch unter den alten Ziegeln im oberen Haus, dem einzigen, das wir mit einem Dach versehen vorgefunden haben. Es hat zwar nicht geregnet in dem Monat, doch man schläft so besser, derart geborgen, alles in allem befinden wir uns ja doch im Gebirge, und hier ist der Himmel näher, und man verspürt das dringende Verlangen, sich vor ihm zu schützen.

Dieses Dorf Sarahis, in dem wir unseren Urlaub verleben, haben wir menschenleer, verwaist vorgefunden, jedoch immerhin mit genügend Spuren des Lebens, um sich trotz allem hier einrichten zu können. Alte Matratzen, Tische und Stühle, ein Faß alten Weins, Töpfe aus Weißblech. In dem, was einst das Pfarrhaus war, habe ich sogar zwei Päckchen Zigaretten aufgestöbert, Ducados. Wir machen Feuer, und kochen Suppen mit allem, was wir finden, es gibt schon Obst, am Ende des Dorfes stehen zwei Kirschbäume, und es wimmelt von Karnickeln. Und der leicht unterhalb liegende kleine Sturzbach erscheint wie metallisiert vor lauter Forellen. Meine ehemals erworbenen Kenntnisse eines kleinen achtjährigen Wilderers waren augenblicklich wieder präsent. All meine Erinnerungen sind ganz allmählich zurückgekehrt, ich habe mich durch das Dorf bewegt und nach und nach all die geräuschvollen Erinnerungen wieder durchlebt, aus einer Zeit, in der ich noch hörte, in der noch Menschen hier waren, eine Schwester, die sich um mich kümmerte, ein Pastor, der uns zärtlich behütete. Mir war, als fände ich meine Spuren über den Ton, die Musik, die Geräusche wieder.

Eigentlich hatte ich erst nach Tercuy gewollt, wo ich geboren wurde, ein deutlich größerer Marktflecken, in dem mich meine Eltern über einen Zeitraum von vier Jahren großgezogen haben, bis sie mich später dann hierher, in sichere Obhut, schickten, weiter hoch in den Norden, weiter hoch in die Sierra. Doch dann kamen wir hier durch, am späten Nachmittag und ziemlich erschöpft. Der 403 konnte nicht mehr, auch für ihn war dies eine allerletzte Reise, er wußte, daß er uns noch hier heraufbringen mußte und anschließend krepieren konnte, um in anderer Gestalt wiedergeboren zu werden, als Hühnerkäfig etwa oder aber als riesiges Wespennest.

Von Autobahn zu Autobahn, mit lediglich kurzen Rasten, in denen Françoise ein paar Augenblicke schlief, und ohne uns auch nur zu unterhalten, sind wir gen Süden gesaust, in Richtung Pyrenäen, Saint-Bertrand-de-Comminges, und dann die staubtrockene Straße hinauf nach Fos, wir haben die Grenze bei Nacht passiert, und der eingeschlummerte Zöllner hat uns nicht mal angesehen, und dahinter dann durch das Vall d'Aran, Viella, El Pont de Suert, praktisch den ganzen Weg zurück, den meine Schwester zu Fuß bewältigt und mich dabei auf ihren kleinen Schultern getragen hatte, und von dort an habe ich mich von meiner kleinen Musik aus Kindertagen leiten lassen und Françoise angewiesen, hier mußt du mit dem Wagen durch, diesen Feldweg da mußt du nehmen, den kleinen Sturzbach dort überqueren, und eine Stunde später haben wir das Dorf auf der Kuppe eines Hügels, an der Kante eines Steilhangs erblickt.

Ja fast mit Erleichterung stellten wir fest, daß es verwaist war, offenbar heilfroh darüber, niemanden überreden, besänftigen zu müssen, so als wäre es beinahe unerläßlich, daß nur wir beide, ganz allein, ein Geheimnis teilen, den Tod eines Menschen, so als wäre diese Abgeschiedenheit gut für uns, um darüber nachzudenken, was nun aus unserem Leben werden könnte.

Die Tage sind sacht verflossen. Wir warteten. Wußten aber nicht genau, worauf, fest entschlossen, den Sommer in diesem abgelegenen Gebirge zu verleben. Françoise schrieb mir, sie höre bisweilen Gewehrschüsse, Jäger, und das Fauchen von Autos, in der Ferne, auf der Straße unterhalb. Wir schrieben uns viel, in Abschnitten, auf der Schwelle des Hauses aus braunem Stein, mitten in der Sonne sitzend. Sie erzählte mir ihr ziemlich schlichtes Leben, ein derart schlichtes, daß die Liebe, die sie für Bonnemay empfunden hatte, ihr von Erhabenheit umstrahlt erschienen war und sie im Anschluß die chaotische Unordnung der Dinge, die schmerzliche Entropie hatte spüren lassen. Ich erzählte ihr auch ein wenig über mein eigenes, von jenem Unfall in der

Kindheit so tief gespaltenes Geschick. Françoise sagte mir, daß es ihr guttue, meine Ohren zu sein, und meine Stimme, ein Teil meiner selbst. Wir lebten friedlich so eine Art von Liebe, und mit der Zeit schliefen wir sogar im selben Bett, die Nächte der Sierra sind beinahe eisig, wir wärmten unsere Körper unter einem Behang, den wir im Sturzbach gewaschen hatten, Nächte ohne Verlangen, wie zwei Kinder, vielleicht wie meine Schwester und ich damals, vor so langer Zeit, und am Morgen dann, da ich ja immer zu früh erwache, betrachtete ich sie wie ein Gemälde, ihre an Sand erinnernde, rötlich gesprenkelte Haut, diesen Duft nach Muskat.

Jeden Morgen wusch ich ihre langen schlanken Hüften mit Seifenkraut, und danach ließ sie sich in der Sonne trocknen, und ich fragte mich trotz allem, was das wohl für eine Art Liebe war, die so still und leise daherkam.

Doch ich hatte mit ihr einen ganz anderen Weg zurückzulegen, einen weitaus heikleren Weg. Den des Überzeugens. Damit sie einsah, daß ich alt war, irre, taub, quasi stumm, allein, ohne Zukunft, oder zumindest ohne in nächster Zeit etwas zu verlieren, zu beklagen zu haben. Sie überzeugen, damit sie einsehen, denken und endlich auch zugeben mochte, daß ich, nur ich allein, mir Bonnemays Tod auf den Buckel laden mußte. Und zwar ausgeführt mit der Waffe, die ich gefunden hätte, und nur um die kleine Laura zu rächen. Daß Anne Gadot überhaupt nichts gesehen habe und getrost erzählen könne, was sie wolle, denn wir würden dagegenhalten, daß sie ihre Rivalin ja nur um jeden Preis belasten wolle ...

Und daß die Tage, die wir hier oben, völlig zurückgezogen verbrachten, für sie die erste Sprosse einer noch unbekannten Leiter sei, die sie auf ein anderes Leben hin erklimmen müsse. Natürlich sei sie Mitwisserin, Zeugin, doch man würde sie in Ruhe lassen, und ich, nun, für mich bestünde keine Gefahr, und vielleicht würde ja, was wir aufgedeckt hatten, unsere armselige Tat in den Schatten stellen.

Mindestens zwei Wochen lang hat sie sich gegen diese Vorstellung heftig aufgelehnt, und schließlich spürte ich an der Wahl ihrer Worte, an der Art und Weise, wie sie von ihrem Gewissen sprach und die Sache immer wieder von neuem aufs Tapet brachte, daß sie sich dennoch peu à peu mit diesem Gedanken angefreundet hatte.

Es machte mich traurig, bedeutete es doch trotz allem die Ankündigung weiteren Verlassens, vielleicht hatte ich in meinem tiefsten Innern davon geräumt, sie würde mir sagen, komm, laß uns fortgehen, weit weg, laß uns weiter fliehen, und gleichzeitig war ich somit auch beruhigt, die Dinge wurden dadurch ganz einfach, ich wußte nun, wogegen ich zu kämpfen hätte.

Und außerdem würde man sich meiner annehmen, ich könnte mich gehenlassen, mich anderen anheimgeben. Ich bräuchte nur noch kontra handeln, ohne mich um mich selbst zu kümmern.

Mir war, als hätte ich Feuer im Leib.

Ich tauchte vollständig im eiskalten Wasser des Brunnens ein. Diese tagtägliche Prozedur verlieh mir eine Kraft und eine Gesundheit zurück, die ich schon seit langem nicht mehr verspürt hatte.

Meine Füße ruhten auf einem Kissen dicken Mooses, und die schwimmenden grünen Gräser wogten unter meinem Rücken. In jenen Momenten war ich derart außer mir oder zumindest meiner Kindheit derart nahe, daß ich mir sagte, wirst sehen, irgendwann wirst du noch so etwas wie einen Urschrei ausstoßen.

Und dann ist mir, auf mich herabschauend, Françoises schönes, noch verschlafenes Gesicht erschienen, sie hat sich entkleidet und neben mir im Brunnen ausgestreckt, ihr Haar schwamm im Wasser, ich mußte dabei an Orphelia denken, von der Kälte bekam sie eine Gänsehaut, zwei weiße Forellen lagen da im fließenden Wasser, und eine davon war sogar eine Lachsforelle.

Mir fiel ein Buch von Brautigan ein, das Laura mir mal zu lesen gegeben hatte.

Die Guardia civil kam schließlich in Gestalt fünf schwitzender, etwas ängstlicher Beamter mit den schwarzen Kochtöpfen auf dem Kopf fünf Tage später an, die Bleispritzen auf unsere Wänste gerichtet.

Wir machten keinerlei Schwierigkeiten, ihnen zu folgen. Sie schienen nicht nur erleichtert, sondern auch irgendwie ehrerbietig. Sie versuchten gar nicht erst, mit mir zu reden, und wandten sich allein an Françoise, dazu auf Spanisch, und da sie dies nicht sprach, ging die ganze Angelegenheit sehr leise vonstatten. Wir mußten zwei Tage in einer Art Gefängnis in der kleinen Stadt Tremp bleiben, anschließend brachte man uns nach Lleida, und von dort wurden wir dann in einem kleinen Militärflugzeug nach Toulouse verfrachtet. Drei Gendarmeriebrigadiers steckten uns daraufhin in den Zug, und sechs Stunden später wurden wir schließlich auf dem Bahnsteig des Gare d'Austerlitz von den Flics, den echten, in Obhut genommen.

Kommissar Gaillet gehörte dazu, und während wir zum Transporter geschleift wurden, konnte er sich einfach nicht verkneifen, mir heimlich einen Zettel zuzustecken.

UM NICHTS AUF DER WELT HÄTTE ICH DAS HIER VERPASST.

Ich hatte nicht die Muße, ihn eine Hyäne oder einen Schakal zu schimpfen oder irgend etwas Ähnliches eben. Doch ich empfand Scham. In seinen Augen, in seinem halb spöttischen, halb paternalistischen Blick stand so was wie Gratulation, echte!

Scheiße.

Siebenundzwanzig Tage bin ich jetzt schon hier, in Fresnes.

Die Unterrichtung geht munter voran, es macht sie wahnsinnig, mir ALLES schreiben zu müssen, eine Art Jurisprudenz ganz für mich alleine. Jovillar gegen die Ganze Justiz. Aber eigentlich ist alles relativ einfach. Ich lade mir den Mord an Bonnemay auf den Buckel. Anne Gadot hat natürlich gewaltig ausgepackt, doch sie scheinen zu glauben, die Kleine belaste Françoise aus reiner Eifersucht. Werden ja sehen.

Dafür habe ich jedoch ein paar lustige Sachen erfahren.

Kommissar Gaillet kam mehrere Male her, um mir ein Lichtlein aufzustecken, ein Lächeln auf den Lippen und hocherfreut, mich wie eine einzige Wollhandkrabbe inmitten eines Korbes voller Taschenkrebse betrachten zu können.

OFFIZIELLERSEITS IST DAS GANZE EINE SEXGESCHICHTE, UND DABEI BELASSEN WIR ES AUCH.

So lautete der Tenor des ersten Liebesbriefchens, das er mir zugesteckt hat.

ALLES ÜBRIGE WIRD SO ZIEMLICH VERTUSCHT.

Der Sinn des zweiten.

ABER DU BIST EIN ZU GROSSES ARSCHLOCH, UM DUMM ZU STERBEN.

Die Moral des dritten.

Und daraufhin begann er zu delirieren.

Diese ganze Geschichte mit der Kohle, die Mauscheleien von Fray, Le Du, Vuelle und sogar von Bonnemay. Eine kaum zu glaubende Geschichte, aberwitzig und erbärmlich zugleich.

Sie alle kannten sich sehr gut, militante Kumpel, reinste und harte Maos, die dies vor allem gegen Wind und Wetter geblieben waren, Wahrer der *Wahrheit*, der *Guten Sache*, über Bord gegangen, als die Bewegung sich selbst versenkt hatte, durch die Absage an den bewaffneten Kampf, an die NAP, die bewaffneten Zellen, und all das. Sie waren die Hüter des *Schatzes*. Jaja, wie es auch den Schatz der Nazis gab, den der FLN und den der OAS, der *Organisation de l'Armée Secrète*, so gab es auch den Schatz der 68er, wenn man so will. Ziemlich überall eingesackte Kohle, Schenkungen, allein während der Besetzung der Sorbonne war ein hübscher kleiner Batzen zusammengerafft worden, man hatte sogar erlebt, daß irgendwelche kleinen Unternehmensbosse terrorisiert angewackelt kamen, um die Studentenwortführer zu schmieren, damit sie in deren Betrieben keinen Saustall veranstalteten, und dann gab es auch noch weitaus ominösere Knete, internationale sozusagen, revolutionärere, die über Albanien kam, über Vietnam und die Länder des Ostens, Koffer waren da im Umlauf, da mußte man die militärische Ausbildung der dereinstigen Volkskrieger und falsche Papiere bezahlen, die Illegalität finanzieren, Waffen bereitstellen. Kohle, viel Kohle hatte sich angehäuft, aus allen möglichen Kanälen, es hätte zig Jahre erfordert, tatsächlich herauszufinden, woher genau das alles stammte, und da hätte es sicherlich auch Überraschungen gegeben...

Als das Ganze schließlich ein Ende fand, war Vuelle so etwas wie der Schatzmeister, im wahrsten Sinne des Wortes, der Hüter des *Privatschatzes*, und so hatte die gesamte Bande besorgt entschieden, den Zaster der *Guten Sache* zu bunkern, auf verstreuten Konten, insbesondere natürlich in der Schweiz, das *Großkapital* verhalf dem Moos der Maos zu Zins und Zinseszins. Und all diese Reinen und Harten warteten von da an auf den geeigneten Augenblick, diese Knete der *Sache* wieder zurückzugeben, die Hoffnung neu zu finanzieren. Im Moment konnten sie sich dazu noch nicht durchringen, wenn sie so sahen, was aus den großen Maohäuptlingen geworden war, der eine Boß, der andere

Regierungsmitglied, wieder ein anderer Star der Literaturszene, während es sie mit Wut erfüllte, daß all jene, die aus der Basis, die ins Gangstertum, in die Welt der Drogen oder des Ziegenkäses abgestürzt waren, auch weiterhin so schwer zu knacken hatten, daß manche schon tot waren, andere immer noch in der Fabrik schufteten.

Und so hatten sie, quasi Moliersche Harpagons der Moderne, eifersüchtig über den heimlichen Batzen gewacht, darauf harrend, eine neue Hoffnung finanzieren zu können, die eines baldigen Großen Abends unweigerlich wieder aufkeimen mußte.

Mit Ausnahme Bonnemays, der so nach und nach einen Schlußstrich unter die revolutionäre Reinheit seiner Jugend gezogen hatte und im Geheimen, langsam, aber sicher, kräftig in den Fonds langte.

Und Laura hatte – durch den ständigen Umgang mit diesen Erwachsenen, was nicht wirklich auf Zufall beruhte, schließlich waren sie ja stets die reinsten Charmeure, leidlich romantisch, in jedem Fall aber außergewöhnlich – den Zirkus rasch durchschaut und, als Bonnemays Geliebte, es verstanden, ihm auf dem Kopfkissen die nötigen Vertraulichkeiten zu entlocken, um dann ebenfalls was von dem schönen Zaster durchbringen zu wollen, warum eigentlich auch nicht.

Von diesem Punkt an war mir die Persönlichkeit Lauras vollkommen entglitten, und den anderen ebenso, na ja, summa summarum, warum sollte ein junges, in jeder Hinsicht großartiges Mädchen eigentlich nicht auch ein bißchen käuflich sein ...

Vielleicht wollte die heutige Zeit es so, hatte Kommissar Gaillet jedenfalls hervorgehoben.

Bonnemay hatte sich geweigert, er selbst mochte ja noch angehen, aber eine kleine revisionistische Fotze, entschieden nicht! Also hatte Laura ihm gedroht, den drei anderen Tempelwächtern alles zu erzählen.

Und das war übel ausgegangen.

Anne Gadot hatte das Ganze als erste in Lauras Tagebuch entdeckt und womöglich, indem sie Bonnemays Geliebte wurde, die Absicht gehabt, die seit dem Tod ihrer Freundin erloschene Fackel zu übernehmen, doch das würde man nun nie erfahren… Darüber schwieg sie sich nämlich gründlich aus.

All dies hatte Gaillet mir erzählt, geduldig, auf schriftlichem Weg, mit echtem Spaß an der Sache.

Unter Umständen könnte er das auch erfunden haben, dermaßen erfreut wie er war.

Erfreut darüber, daß zwei junge Mädchen ebenfalls kleine Miststücke sein konnten. In jedem Fall hat die Sondereinheit es so eingefädelt, daß nichts durchsickerte, Befehl von oben. Da würden sich schon genug finden, um sich den Batzen Kohle ruck, zuck untern Nagel zu reißen.

Angeblich sind Vuelle und Fray noch immer Pauker. Von Le Du hingegen hatte Gaillet keine genauen Nachrichten. Ich dachte, er könnte vielleicht in Brasilien sein, um sich einen neuen Daumen verpflanzen zu lassen. Unsere abschließende «Unterhaltung» ergab ungefähr folgendes:

OB WAHR ODER UNWAHR WIRD JA BEIM PROZESS HERAUSKOMMEN, hatte ich begonnen.

IST GANZ UND GAR NICHT SICHER, OB ES ÜBERHAUPT EINEN GEBEN WIRD. LAURAS MÖRDER IST BESTRAFT. UND DU, DU KANNST AUSBRECHEN. SPANIEN STRECKT SEINE GROSSEN HAARIGEN ARME NACH DIR AUS.

ICH BESTEHE DARAUF, VON DER JUSTIZ MEINES LANDES ABGEURTEILT ZU WERDEN.

DEIN LAND, DAS IST DER SCHAFSCHEISS, MANN.

Françoise ist auf freiem Fuß, allerdings unter richterlicher Überwachung.

Sie ist gestern hergekommen, ins Sprechzimmer, sie war

mein zweiter «privater» Besuch, nach Marion. Sie hat eine Plastiktüte mit zwei Kilo Kartoffeln mitgebracht, die sie in meinem Garten ausgemacht hatte. Die Schließer haben die Kartoffeln gründlichst untersucht und mir danach widerwillig überlassen. Sie liegen schön säuberlich aufgereiht auf dem Regalbrett in meiner Zelle, gegenüber meinem Bett.

Meine *Schönen von Fontenay* trösten mich im Hinblick auf den Fortbestand *aller* Dinge.

Sie sind schön, prall. Eines Tages werden sie köstlich sein. Dieser Tag wir kommen, und diese Aussicht macht mir Lust, herumzublödeln, idiotische Sätze zu produzieren und leicht schwachsinnige Witze, von der Sorte: Wenn man sich lange als dumme Kartoffel aufführt, kriegt man's auf Dauer nicht nur mit der Crème de la Crème zu tun.

Worterklärungen

AIT: Association Internationale des Travailleurs, Internationale Arbeiterassoziation.

Besnard, Marie: Alias «die Giftmörderin von Loudun» (1896–1980), wurde zwar des elffachen Mordes angeklagt, doch nach langer Verhandlung freigesprochen.

Beur: Entweder in Anlehnung an *beurre,* «Butter», oder durch Silbenumkehrung (siehe *Verlan*) von *arabe → rebeu → beur;* allgemein Argotbegriff für aus Nordafrika stammende Franzosen.

Blanchot, Maurice: Frz. Vertreter des «Antiromans»; nebenbei bedeutet «blanche», in der Wurzel des Familiennamens, weiß.

Bonnot, Jules: Anarchist (1876, getötet 1912); seine sprichwörtlich gewordene *Bande à Bonnot* wurde durch mehrere Banküberfälle in Zusammenhang mit Morden berühmt-berüchtigt.

Carrero Blanco, Luis: Enger Mitarbeiter Francos, 1973 Ministerpräsident, starb im selben Jahr durch eine Sprengstoffalle der ETA in seinem Auto, das dabei über die fünf Stockwerke eines Klosters geschleudert wurde und in dessen Patio landete.

Cause du Peuple: «Sache des Volkes», maoistisches Blatt, aus dem 1973 *Libération* hervorgeht.

CNT: Confédération National du Travail, Nationale Konföderation der Arbeit, anarchistische Gewerkschaftsorganisation.

Commune (de Paris): Pariser Kommune. Der vor allem in der sogenannten Aufständischen Regierung (18.5. bis 27.5.1871) gipfelnde, weitestgehend auf das Arbeitermilieu gestützte Aufstand der «Pariser Kommune» gegen die preußische Besatzung, den Vorfrieden mit Dtl. und die monarchisch gesinnte Nationalversammlung; wurde blutig von den Truppen der «offiziellen» Regierung Thiers unter MacMahon niedergewalzt.

Delaveine: Real existierendes Billigkaufhaus. Gesprochen wie: *de la veine:* Mordsglück.

Faure, Félix: Von 1895 an Präsident der Frz. Republik, starb 1899 im Élysée, wahrscheinlich «in den Armen» seiner Mätresse Marguerite Steinheil.

Goncourt-Preis: Nach dem Schriftsteller Edmond de Goncourt benannter und sicher begehrtester Preis für junge Autoren.

Itry: Prototypische Banlieue-Gemeinde aus Ivry-s.-S. und Vitry-s.-S.

Linksradikalismus: In Frankreich sämtliche politischen Gruppierungen links von der Kommunistischen Partei.

Minitel: Frz. Variante eines interaktiven, vom Fernsehen unabhängigen Bildschirmtextes; erfreute sich schon in den 80er Jahren großen Erfolgs, wurde als elektronisches Telefonbuch von der Post gratis installiert.

Moloch, Jules: Verballhornung des bekannten Sozialisten, mehrmaligen Ministers usw. Jules Moch (1893–1985), der an der Schaffung der berühmt-berüchtigten *Compagnies Républicaines de Sécurités,* CRS, (1944/45) beteiligt war.

Nanterre: An der Universität von Nanterre läutete die Besetzung des Verwaltungsgebäudes, am 22. März, den frz. «Mai 68» ein.

Nerval, Gérard de: Frz. Dichter (1808–1855), exzentrischer Romantiker, der ständig dem Wahnsinn nahe war und durch Selbstmord endete; gilt als einer der wichtigsten Vorläufer der Surrealismus.

OAS: Geheimorganisation (1961–63) nationalistischer Algerienfranzosen und Angehöriger der frz. Algerienarmee, kämpfte mit Terror gegen De Gaulles Politik.

ORA: Organisation Révolutionnaire Anarchiste.

PARTEI, Kommunistische Partei: siehe Linksradikalismus.

Puig Antich: Katalanischer Anarchist, des Mordes an einem Polizisten beschuldigt und 1974 hingerichtet.

Russier-Syndrom: Authentischer Fall einer 32jährigen Lehrerin, die eine Liebesbeziehung mit einem 17jährigen Schüler eingeht, von Eltern und Justiz verfolgt wird und schließlich im Gefängnis Selbstmord begeht; verfilmt von A. Cayatte, mit Annie Girardot, *Sterben vor Liebe* (1970).

SNES, SGEN: Lehrergewerkschaften, die erste ist kommunistisch orientiert, die zweite sozialistisch.

Suze: Aperitif, Likör auf Enzianbasis.

Vache qui rit: «Die lachende Kuh», in Dtl. einfach nur «Kiri».

Verlan: Auf Silbenumkehrung beruhendes Argot: *l'envers* (Kehrseite, Umkehrung) wird also zu *verlan.*

Vie du Rail: Real existierende Zeitung «Das Leben der Schiene», homophon zu «La vie duraille», das harte Leben.

Zyklotrop: Figur aus dem Comic «Im Bann des Z», aus der Serie Spirou und Fantasio, im frz. *Zorglub*; verrückter Wissenschaftler mit Ambition zur Weltherrschaft und einer ihm hörigen Privatarmee aus ferngesteuerten «Zyklomännern».

In der Reihe «auf abwegen» sind bisher erschienen:

Jean-Patrick Manchette
Volles Leichenhaus
ISBN 3-923208-43-X

Jean-Patrick Manchette
Knüppeldick
ISBN 3-923208-44-8

Jean-Patrick Manchette
Fatal
ISBN 3-923208-47-2

Jean-Bernard Pouy
Larchmütz 5632
ISBN 3-923208-45-6

Chantal Pelletier
Eros und Thalasso
ISBN 3-923208-46-4

Serge Preuss
Einverständnis vorausgesetzt
ISBN 3-923208-50-2

Laurence Démonio
Eine Art Engel
ISBN 3-923208-40-5

Jordi Sierra i Fabra
Tod in Havanna
ISBN3-923208-42-1

Roberto Estrada Bourgeois
Ein Modigliani aus Kuba
ISBN 3-923208-39-1

August Gödecke
Die Pest der Gewalt
ISBN 3-923208-41-3